ちくま文庫

西成山王ホテル

黒岩重吾

JN166052

筑摩書房

目次

西成山王ホテル

湿った底に

南海電車の萩《はぎ》の茶屋駅に立つと西成《にしなり》天王寺界隈が一眼で見渡せる。汚れた街である。それは屋根瓦にはっきり現われている。華やかな色彩がない。薄汚れた黒い瓦は色が剥げ、どれも土色になっている。時たま赤い屋根もあるが、それは大てい波トタン屋根をペンキで塗ったものである。反対側は大阪湾の工場地帯に続く。高い煙突が赤や緑の煙りを吐く。

夕方になると空は夕陽を浴びたスモッグで無気味な暗い血の色に染まることもある。そんな時煙突は黒い鉄の棒のようであった。ネオンの瞬き始めた通天閣は、この界隈で唯一の美しい塔である。

人々は黄昏《たそがれ》になると、なんとなく通天閣のネオンを見て安心するようである。

萩の茶屋駅から商店街がまっすぐ伸びて飛田本通りに連なっている。そこは西成山王町である。突き当りを左に行けば霞町に出て、広い国道を越えてジャンジャン横丁から新世界に連なる。右に行けば阪堺《はんかい》電車の飛田駅から松田町に出る。飛田駅界隈は飲屋と夜の女たちの街である。萩の茶屋商店街の裏側は西成のカスバ地帯であった。

萩の茶屋駅を下りてすぐ右に行けば古物屋の通りがある。十数軒の古物屋が軒を並べている。道端にござを敷き、古ぼけた日常品を売っている露店の古物屋もある。

これらの古物屋の中には、盗品売買を専門とする故買屋も居るようだ。地下足袋《じかたび》に手拭《てぬぐい》を頭に巻いた日傭《ひやとい》たちが絶えずうろうろしている。道に並べた商品は薄い埃《ほこり》を被り、露店の主たちは太公望のように悠然と坐って客が来るのを待っている。露店の品物の中には、思わぬ拾いものがある。パーカーの万年筆やオメガの腕時計も時にはまぎれこんでいる。

いんちき品ではない。それらはすべて盗品であった。しかし値段はいんちき品と余り変らない。露店の親爺もいんちきの方が良いと思っている。警察に故買の嫌疑を掛けられては馬鹿らしいからである。だがそんな品は、ござの上に並べるとすぐ売れる。

買うのは背広を着た男たちである。

時々彼らは盗んだスクーターなどをこの街に持ち込む。そしてそれらの品を扱う店は決っている。しかしトタン屋根の汚れた古物屋の通りでは、盗品を扱わない店の方が多かった。

扱う店は決っている。ただスクーターのように盗品が大きい場合は、店には出されない。それ専門の仲間があって、少し離れた裏通りで取り引きされる。

この街がざわめくのは、日傭たちが働きに出掛ける午前七時から八時頃と、そして彼らが帰って来る夜である。昼は空虚だ。

青い顔をした一杯飲屋の仲居や夜の女たちが風呂に行くため、通るのと、仕事にあぶれた日傭が道路にしゃがみこんでいるくらいである。

すぐ傍の高架を通る南海電車の音だけがやかましい。

古物屋通りの裏側に、バラックのような家がならんでいる。

澄江はそんな一軒に住んでいた。三畳と六畳の二た部屋である。部屋は陽当りが悪く陰気で暗い。澄江は片足が悪い。子供の時関節炎を患い、そのためうまく曲げることができない。だから歩く時は変な恰好になる。

普通に歩こうとして腰に力を入れるので、腰の筋肉だけが異様に発達している。

澄江は二十三歳であった。顔はそんなに悪くはない。色は黒いが眼が大きく鼻筋が通っている。唇は薄いが見方によっては、男心をそそる。ただ環境のせいか暗い翳《かげ》があるのは仕方ないだろう。

午後三時頃、澄江は、洗面用具をかかえて自宅に戻って来た。

道にござを敷き、がらくたを売っているたつ子が声をかけた。

「澄江ちゃん、吉松はん帰ってるで」

たつ子は毎日道端に坐っているせいか日に焼けて真黒である。四十前後だが五十過ぎに見える。亭主は韓国人でパチンコにうつつを抜かし、たつ子に喰わしてもらっている。

たつ子の顔には下卑た笑いが浮いていた。

「おおきに……」

と澄江は答えた。足を引きずりながら自宅に戻ると、建て付けの悪い戸を勢い良く開けた。

母の康江の呻き声が聞えて来た。いつもそうである。吉松が帰って来ると、朝だろうと昼だろうと二人は獣のように絡み合う。澄江は慣れているので、なんとも思わない。三畳の間の鏡台に向って髪をとき始めた。吉松は故買ブローカーである。もう警察に三度挙げられている。ただ証拠を隠すのがうまく、刑務所に入れられたのはまだ一度しかない。五十歳を過ぎているが頑丈な身体で精力は旺盛だった。

澄江は康江が家に引き込む男たちを、お父さんとは呼ばない。康江は澄江がもの心ついて以来五人も男を変えていた。

男と別れる場合、普通なら女の方が追い出されるのだが、康江の場合は、男の方が出て行く。それはこの家が康江のものであり、性格的なしんの強さにもよるだろう。別離の時期が来ると、康江は男と言い争うたびに、出て行け、出て行け、と喚く。隣り近所に聞えるように、

「ここはわての家やで、お天とう様も近所の人も知ってはる、出て行け、二度と帰って来るな」

澄江はそんな康江の喚き声を、もう何度も聞いて来た。これには男も勝てない。

男の中には康江の留守に家財道具を叩き売って出た者も居る。後釜《あとがま》の男と刃傷沙汰《にんじょうざた》になった男も居る。しかし、康江はたくみにそれらの関係をくぐり抜け、男を変えて来た。

浮気っぽいというより、康江は彼女なりに一人の男に熱中するから、その男と同棲するのである。現在の吉松とは割合長く、もう三年も続いている。

震動と呻き声が止み、トイレに行く気配がした。

澄江は気に掛けずに化粧を続ける。眼に墨を入れ、眉を引張る。口紅も厚い。化粧すると澄江の魅力的な顔は消えて、ありふれた西成の夜の街の女の顔になる。

澄江は康江と一緒に山王町の飲屋に働いているのである。

康江は四十三歳だが、五つ六つ若く見える。澄江と異《ちが》って色が白くぽっちゃりしている。二人が母娘《おやこ》だと思う客はまずない。

その飲屋は一杯飲屋にしては割合大きく、仲居たちは七、八人居た。別に身体を売らなくてもチップだけで生活できる。

しかしこれは澄江のように養う家族がいない者の場合で、子供や、ぐうたら亭主を持った仲居たちは、身体を売らなければならない。

彼女たちの相手は店に来る客である。大てい中年から初老の男たちである。澄江もそんな客と月に一、二度は泊る。

吉松と康江が再び蒲団《ふとん》に入ったので、澄江は襖《ふすま》を開けた。

「もう用意せな店に遅れるで」

澄江がいうと、

「なんや、いつ戻っとったんや」

康江は蒲団から顔を出して、今日は休む、といった。吉松がくしゃくしゃになったステテコ一枚の姿で起き上り、枕元のトランクをあけて、博多人形を取り出して、澄江に投《ほう》って来た。

「澄ちゃん、おみやげや」

上半身裸の吉松の身体は汗臭かった。澄江はその中に康江の体臭を嗅いだような気がした。吉松のどんよりした眼が鏡の中の澄江の身体を窺《うかが》っている。

「おおきに」

吉松は良く家を空ける。そのたびに澄江にみやげものを買って来る。それは地方の民芸品である。この男にこんな趣味があるのかと思うほど優雅な品が多い。

真白い博多人形は細い眉と繊細な眼を澄江に向けていた。

「どうや綺麗やろ」

吉松が澄江の頰に顔をつけるようにしていった。

康江も諦めたのか蒲団から這い出た。

「澄江、待っとりや、大急ぎで銭湯に行ってくるよって」

澄江は最近アパートに移ろうと思っている。康江が反対するので今まで一緒に暮していたが、吉松の態度が気になってならない。

吉松が澄江を眺める眼には獣じみた光りがある。吉松がどう思おうと、澄江は撥《は》ねつける自信があったが、気分的に憂鬱でたまらない。

康江が銭湯に行くと、吉松は待っていたように澄江の傍にやって来て、なんだかんだ、と話しかける。時々吉松の視線が投げ出された澄江の足に行く。澄江が気持悪く思うのはこの時だ。吉松が澄江の身体に手をかければ、その時こそ思い切りののしってやろうと考えているが、吉松はまだそこまでしない。

黄昏時、澄江と康江は肩を並べて山王町の一杯飲屋に出掛けて行った。

店の客はなじみ客といちげんの客と半々である。サラリーマンも来れば、近くの商店主たちもやって来る。天王寺村に住む芸人たち、それから西成界隈の得体の知れぬ男たち、店は時間がたてばたつほど賑やかに騒々しくなる。

客たちは仲居たちを抱き締め勝手な歌を喚く。今はお座敷小唄が一番多い。昔、三流地の芸者だった千代子が三味線をひく。騒ぎは午前零時頃まで続く。昔は午前二時頃まで騒がしかったが、警察の取締りがきつくなったので、午前零時になると大体おさまる。

女を抱きたい客たちはそれから目当ての仲居を傍に引き寄せて口説く。澄江も康江も良く口説かれる。康江は結構楽しそうである。

最近、康江のもとに熱心に通って来る客に赤松という男が居た。五十前後でこの近所で貸本屋を経営している。

本が好きな澄江がなじみになり店に来るようになったのだ。貸本屋を閉じるのは午後の十時頃で、それから来て一時間ばかり飲んで帰る。その赤松がどうやら康江に気があになっていた。


るようなのだ。それを知った時、澄江はおかしくておかしくて、赤松の顔を見るたびにげらげら笑ったが、この頃は康江が赤松のような男と一緒になったら良い、と思うようになっていた。

男にかけて康江はなかなか敏感な方だから、赤松の気持をすぐ見抜いたらしい。

そして赤松をからかうようになった。時には突っけんどんにあしらったり、時にはいかにも気があるような態度をする。

それだけでなく康江は、店の外で会う約束をして二、三度すっぽかしているらしい。

今夜の康江はすごく不機嫌である。赤松を相手にしない。いや他の客にも余りサービスしない。店のおかみが、身体でも悪いの、と聞いても、すみません、ともいわない。

澄江には原因が分っている。不機嫌なのではなく、吉松との行為で体力を消耗しているのである。昔はそうではなかった。

そんな康江を見ると、澄江は康江の年齢を思わずには居れなかった。

康江は、澄江の実の母ではない。澄江は自分の両親が誰なのか知らない。康江も知らないのではないか。

終戦後、廃墟の新世界で泣いていた澄江を康江が拾い育てたのである。

康江は動物的な女だが、それだけに人情めいたものを持っていた。そうでなければ、澄江はとうに家を飛び出していただろう。

康江には実の娘が居た。

咲江と言って、澄江の義姉にあたる。

咲江は松田町のアパートに住み、大阪のアルサロ※に通っていた。気の強い女で、十八の年、康江と衝突し家を飛び出したのである。

愚連隊の情婦になったり、キャバレーの楽団員と同棲したりして、現在は一人だ。

咲江の男である郷田が暴力団狩りであげられ、刑務所に入っているからである。

咲江は近所に住んでいるが、めったに家に寄らない。年に二度ぐらい寄るだろうか。

来てもすぐ康江と喧嘩する。咲江にとっては、母である康江の男関係が腹立たしいのだ。

「いやらしい、良い年して!」咲江はそういって康江をののしる。康江も負けていない。

「この親不孝ものが、やくざなんかと一緒になって……」

さすがに取っ組みあいの喧嘩にはならない。咲江がすぐ家を出るからだ。

いつだったか、咲江は澄江にしんみりといったことがあった。

「澄江があそこに居れるのは、やっぱり本当の親娘と異《ちが》うからよ」

そういわれて、澄江は咲江の淋しさが分るような気がした。慣れたということもあるが、康江のあさましい行為に平気でおれるのは、所詮、康江は他人だ、という意識があるからだろう。しかしそれはごく奥底のもので、ふだんの澄江は康江を実の母のように思っている。

だから一緒に居る、ともいえよう。

その夜、澄江はふと咲江のアパートを訪れてみる気になった。家を出るにしても、咲江にも相談したい。

気分が悪いという理由で、康江は午前零時を過ぎると帰って行った。二週間ぶりに吉松が帰って来たのだ。身体は疲れているが、気持だけはまだ不満足なのだろう。

午前一時、澄江は店を出た。ほとんどの店は戸を下ろし、暗い商店街を歩いているのは、仲居たちや愚連隊、それに酔っ払いである。

それがくせで澄江は足を引きずるまいとして腰に力を入れる。自然腰が少し傾く。酔っ払いや愚連隊の中には、そんな澄江をからかう者も居る。不具者をからかうのは残酷なことである。人間的な思いやりが全くない連中だ。中には聞くに耐えないような下卑た言葉を吐く者も居る。

澄江は慣れているが、そんな言葉を聞くとやはり悲しさと怒りで一瞬だが胸が痛くなる。しかし澄江の場合は、杖をつかわずに歩けるのだからまだ良い方だ。

阪堺線飛田駅の一杯飲屋はまだ灯をつけていた。お茶を引いた夜の女が、足を投げ出して気だるそうに丸椅子《まるいす》に坐っている。

埃に蔽《おお》われた広いアスファルトの道は、月の光りで白っぽく見える。

咲江の部屋はアパートの二階にあった。ドアの隙間から灯が洩れている。

澄江はドアをノックした。

「お帰り……」

若い男の声がしてドアが開いた。男も驚いたらしいが澄江も驚いた。男はまだ二十前後だろう。細手の黒いズボンに派手なセーターを着ている。血色が良く涼しい眼元にはまだ少年の面影が残っている。

部屋を間違ったのかと思ったが、澄江は部屋の中に見慣れた咲江のコートを見付けた。

「私は澄江です……」

「ああ、咲江さんのお友達、まだ帰ってないけど、どうぞお上り下さい」

どんな関係の男か知らないが、咲江には澄江という妹があることを知っていないらしい。澄江は部屋に上った。若い男も坐るとギターを出してひき始めた。たどたどしい演奏だが男は熱心である。澄江の眼は素早く室内に走る。男もののダスターコートが壁に掛っている。新しい座蒲団が増えている。

澄江は咲江の部屋に若い男の臭いを嗅いだ。どうやら咲江はこの少年に近い男と同棲しているらしい。澄江は俯向《うつむ》いていたがその男を盗み見すると、男も澄江を見たところであった。男は照れたように笑った。

「僕、村田一男です」

「私は妹です」

澄江は怒ったようにいった。村田一男は驚いたらしい。ギターを置くと坐り直した。そして頭を下げたのである。

「僕、咲江さんにお世話になっています、どうぞよろしく、でもあなたのような妹さんがあるなんて、全然知りませんでした」

「私も知らなかったわ」

と澄江は言った。

咲江の水臭さが腹立たしい。咲江は二十八である。それなのにこんな少年のような男と同棲するなんて、どうかしている、と澄江は思った。一男の若々しい唇が、調子の良い男のように思えて、澄江は横を向いた。

咲江は村田一男にだまされているに違いない、とも思った。

しかし間もなく澄江は心配になって来た。刑務所に入っている郷田は、この秋には出所するはずである。もう四月だから余り日はない。咲江は郷田のことをどう思っているのだろう。村田一男に喋《しゃべ》っているのだろうか。

一男はまたギターをひき始めた。今度は調子が出ないと見えてすぐ置いた。腕時計を見ると、

「遅いなあ、僕ちょっと迎えに行って来ます、待ってて下さい」

身軽に部屋を出て行った。澄江は煙草に火を付けた。あんな男が居ると、咲江の部屋に来ても今までのようにのびのびと足を伸ばせない。坐ると澄江はどうしても足を投げ出さねばならないのである。

澄江は吸ったばかりの煙草を灰皿にこすりつけると立ち上った。咲江と会う気がしなくなった。

ゆっくり家に戻ると午前二時を過ぎている。吉松の大きな鼾《いびき》が聞えていた。

翌日の昼、咲江がやって来た。咲江は背が高く眉も濃く華やかな顔立ちである。戸を開けると、澄江居るか、と呼んだ。

澄江は康江と吉松と三人で遅い朝食を取っているところだった。

「姉ちゃんか、上っておいでな」

「話があるんや、出て来て」

康江は吉松の顔を見たが上れとは言わない。吉松はそ知らぬ顔で飯を喰っている。

「待っててや」

「ああ、山野のおっさんとこに行ってるからな」

澄江が急いで飯を搔き込み立ち上ると、

「咲江はわしが嫌いらしいな」

と吉松が楊子《ようじ》を使いながら言った。

「親不孝もんめが」

康江が調子を合せる。

咲江は古物屋の山野の店に入り込み、親父と話し込んでいた。山野の店は二間ほどの間口で、古着や日用品が山のように置かれている。澄江が顔を出すと咲江と山野は話を止めた。

「お邪魔さん」と咲江が言った。

「今の話は内緒やで」

「分ってる、さよなら」

咲江は澄江の顔を見詰めて怒ったように、

「なんで昨夜帰ったんや、あれからすぐ戻って来たのに、お茶でも飲みに行こか」

昼なのに咲江は薄く化粧していた。そんな咲江の顔は確かに美しい。愚連隊の郷田が惚れ込んだのも無理はない。それにしても、咲江が昼間から化粧するなんて珍しい。これも、あの村田一男という青年と同棲しているからだろう。

咲江は歩くのが早い。澄江と一緒でもどんどん先に行く。追いつこうとして澄江は額に汗を浮べた。咲江は一人で先に行き、曲り角に来ると歩きながら澄江を待っている。

二人は飛田商店街の喫茶店に入った。客は一人も居ない。この店は午前中はコーヒーが四十円である。午後は五十円、夕方から六十円になる。量も質も同じである。

「村田はな、うちの恋人や、遠慮することあれへん」

坐るなり咲江が言った。

「まだ子供やないの」

「もう二十や、子供やない」

咲江の答えが余りにも咲江らしくなかったので澄江は噴き出しそうになった。

だが咲江は意外にも真面目な表情で、村田一男のことを澄江に話した。

それによると咲江が村田と知りあったのは、咲江が勤めているアルサロであった。

村田は高校を出たばかりで、そのアルサロのボーイとして入店したのである。別に水商売の世界に憧れたのではない。父親が村田を無理に大学の工科に入学させようとしたので父親と喧嘩して家を飛び出たらしい。村田の実家は東京であった。村田は東京のバーで一年間バーテンをした。ところが東京だとどうしても知った顔に会う。なんとなく窮屈である。それで村田は一人で大阪にやって来たのだ。ボーイ募集の広告を見て、応募したのだが、住むところがないので店の三階の独身寮に寝泊りしていた。

他のボーイのように崩れたところがなく、まだ学生気分の抜けない村田は、明るい素直な青年である。姐御肌《あねごはだ》の咲江は初めはいつもの弱い者を庇《かば》う気持で村田に眼を掛けてやったのだが、先日、村田が咲江のアパートに遊びに来て、なんとなく関係してしまったのである。途端に咲江は村田と離れ難い気持になってしまった。母性愛的な気持もあるのだろう。村田が可愛くて、可愛くて仕方がないのである。

「なあ澄江、うちは今まで、村田のようなお坊ちゃんタイプの男を知らなかった、うちが知り合ったのは、郷田とか、やくざめいた男ばっかりや、確かに、郷田には郷田の良さがあるけど、村田と一緒に住んでみると郷田のような男はしんどい」

村田は現在店を止めて、何にもしていないが、近々咲江の友達がやっているバーに、バーテンとして働くらしい。

咲江は喋りながら、しきりに煙草をふかしている。郷田という言葉が出るたびに眉が寄るところを見ると、咲江はかなり郷田のことを気にしているらしい。

「姉ちゃん、話つける自信あるの」

「大丈夫や……」

咲江は言ったが、澄江はとんでもないことになりそうな気がした。咲江に手を掛けないとしても、村田を傷つけるくらいやりかねない。澄江は、村田の照れてかしこまった顔を思い浮べた。そう言えば村田は、澄江なども接したことのないような雰囲気を持っている。澄江はふと咲江が羨《うらや》ましくなった。


澄江が家を出たい、というと咲江は大賛成である。今住んでいるアパートが空いたらすぐ知らせるから、いつでも出られるように用意をしていたら良い、と言った。

咲江の話では、吉松は故買ブローカーだけではなく、もっと悪いことをしているようである。故郷に妻子があるに違いない、という。家を離れている間に、なにをしているか分らない、とも言う。どうやら咲江は、古物屋の山野と、吉松の噂をしていたらしい。

澄江はますます吉松の顔を見るのが嫌になった。

澄江は毎日熱心に店に通う。めったに客の誘惑には乗らないが、それでも時には客と一夜をあかすことがある。それは決って、吉松が家に居る時期であった。

澄江は十八の年に身体を奪われた。中学を出てから澄江は本町にある小さな織物工場の女工になった。給料は八千円である。

井関という工員が居た。女に手を出すので有名な男である。青白い顔で、刃物など持ってはちんぴらを気取っていた。井関が澄江に眼をつけたのである。澄江は足こそ悪いが素顔はあどけない。十七、八の時はことにそうであった。井関は澄江が自分の誘いに乗ると思ったようである。拒絶された井関は澄江に復讐した。先天的に犯罪者の素質のある男である。澄江は新世界の傍にあるグラウンドの隅で井関たちに輪姦されたのである。

なぜ井関に誘われて映画に行ったのか。なぜグラウンドの暗がりについて行ったのか。後悔しても及ばない。

男たちは澄江の身体に野卑な叫び声を残して去って行った。失心して倒れているのをパトロールの警官に見付かったのである。

その時も、浮浪者が澄江の身体を覗き込んでいたので、警官が見付けたのだ。

井関たちは検挙されたが、澄江が受けた傷は深かった。

澄江が、康江の勤めている一杯飲屋に勤めるようになったのはそれ以後である。

それから四年もたったのだ。

澄江が月に一度か二度、客と泊ったっておかしくないだろう。だが澄江は本当の生理の喜びは知らなかった。快感と嫌悪が入り交り後味の悪い感じで、結局もうこんなことは止めよう、と思う。

しかし、澄江と一夜を共にした男たちは、澄江の身体が特殊なもので千人に一人だという。中には小料理屋を持たせるから自分の女にならないか、と真剣に申し込んだ客もある。だが澄江はそれらの申し出に応じなかった。いや、二度と寝ようとはしなかった。

「わしが嫌いか……」

翌日来て、客は苛立《いらだ》たしそうに不思議そうに尋ねるが、

「嫌いなことあれへんわ、ただ、一回きりやったら浮気で済むけど、二度、三度と重ねると、そうはいけへん、うちはまだ男をつくりとうないのよ」

だから澄江は、店の同僚からは変人という評判であり、客からは反対に変った女として持てていた。

澄江がなぜ客たちと、一度きりしか関係しないかは、澄江自身にもはっきり分らない。

澄江は今まで一万五千円家計に渡していた。澄江の収入は、三万から四万である。安物だが着物も買わねばならないし、一万五千円も出すのは苦しいが、家計を助けるためである。ところが康江が、それでは足りないから、二万よこせ、といいだした。

吉松は家に居ても全然金を入れない。康江に喰わせて貰っているのである。

吉松の居ない時、澄江は康江に、吉松と別れるようにいうが、康江は眼を釣り上げて怒鳴る。

「今まで育ててやった恩を忘れたのか、この恩知らずめ！」

怒鳴り出すと手がつけられない。

澄江はいよいよ家を出ねばならない、と思った。しかし、出るとなると康江が哀れで

ある。吉松というのは実にずうずうしい男で、今度だけは康江も今までのように飽きたから、といって吉松を追い出せない、と思う。吉松のために、なにもかも奪われそうな気がする。澄江は色々考えた末、家を出る間際に康江のために役立つようなことをしよう、と考えた。それがせめてもの恩返しである。

その日澄江は店を休んだ。

五月の生暖かい夜である。気分が悪いといって、澄江は昼から床を敷いて、横になっていた。

暑いので澄江はスリップ一つである。

澄江は身体は良く発達している。瘦せているのは悪い足だけで、乳房などスリップからはみ出るほど盛り上っている。

澄江がそんな姿でトイレに行くたびに吉松は好色そうな眼を光らせていた。ことに歩く時、身体の均こうを補うために腰を突き出すから、それがかえって中年男の好色を異常にそそるようである。

いつも吉松は夜になると近所に飲みに行くが、その夜は家で酒を飲んだ。

「わしが澄江を看《み》とったるから、お前は安心して店に行ったらええ」

澄江が蒲団から手を出して赤松の店から借りた小説を読んでいると、吉松が枕元に来てあぐらをかいた。澄江は知らん顔で読んでいた。スリップ一枚だから、澄江の肩から上はむき出ている。

「なあ澄江、あんたはわしが嫌いか……」

吉松はコップ酒を飲みながら濁った眼を澄江の脇下に向けている。

澄江は本を置くと蒲団を顎のあたりまで引き上げた。

「別に嫌いなことあれへんわ」

「それなら、なんでわしをいつもさけるんや」

「お母ちゃんがうるさいからよ、うち、いつもみやげもん貰うて、喜んでるんのや」

「本当か……」

吉松は身体を乗り出すと澄江の腕に手を掛けた。吉松のような男は簡単なきっかけであっさり獣になる。

そんな吉松が、今まで直接的な行動に出ないということを見ても、澄江がいかに吉松に対して毅然とした態度を取っていたかが窺われよう。

「嫌よ」

澄江は蒲団を鼻の上まで引き上げて熱っぽい眼で吉松を見詰めた。

「澄江、わしはお前が好きや、な……」

言葉は優しくいいながら、吉松は蒲団をめくると素早い動作で入り込んで来た。

澄江は待っていたように蒲団の外に転り出た。吉松がそんな澄江の上に乗り掛る。

澄江は死物狂いで身を守りながら、

「風呂に行くから待って、待って……」

と叫び続けた。

吉松は息をはずませながら、

「本当か……」

「嘘なんかいえへん」

澄江は服を着ると外に出た。澄江が風呂から戻って来たのは三十分後である。

吉松は待ちこがれていた。

澄江が服を脱ぎ蒲団に入ると同時に襲い掛って来た。澄江は眼を閉じ、吉松の獣のような身体を受けた。

蒲団に入って十分くらいたった頃だろう、玄関の戸が開くと康江が飛び込んできたのである。澄江の身体から離れる間もない。

康江の後ろから好奇心に身体を慄わせながらたつ子が入って来た。

澄江がよろよろしながら立ち上ると、康江の平手打ちが澄江の顔に飛んで来た。

「出て行け、この色気狂い、恩知らず」

康江は喚くと、ふてくされたような吉松に飛び掛って行った。

しかし、澄江の計画は失敗したようである。澄江は吉松との場面を康江に見せることで、康江の迷夢を醒《さ》まそうとしたのである。

風呂に行った帰り、たつ子に話して、康江を呼びにやらしたのである。

だが康江が激怒したのは澄江に対してであって、吉松には泣くことしかできなかった。

お天とう様も知っている、と道で喚いて男を追い出した康江も、四十三歳という女の最後の火花を吉松に注ぎ込んで別れることはできなくなっていたのである。

女の業というものを澄江はまだ知らなかったのだ。

身体を捨ててまで別れさせようとした澄江の計画は、水泡に帰した。

澄江は翌日、七万五千円の貯金通帳と、風呂敷包みをさげて、住み慣れた家を出た。

澄江は長年のなじみである古物屋通りの人たちに挨拶して廻った。

澄江の計画は、たつ子の口から尾ひれをつけて伝えられ、人々は澄江の気持に同情するよりも、気狂いを見るような眼で澄江の挨拶に答えたようである。

その夜澄江は、咲江のアパートの近くの安宿に泊った。

康江とああなった以上、康江の勤めている一杯飲屋には行けない。

血は怖ろしいものだと思う。康江と澄江の間は全くの他人になっていた。二十年の母娘としての生活は、一体どんな意味があったのだろう。

翌日の昼、澄江は咲江のアパートを訪れた。咲江は留守で、一男は窓を開けて体操していた。部屋の蒲団は押入れにしまわれている。

咲江も変ったものだ。

一男はランニングシャツ一枚である。肉付きの良い若い肉体は艶が良く、澄江は視線を外《そ》らせた。

「咲江さんは買物に行ったよ、すぐ戻って来る」

一男はランニングも取ると手拭で上半身を拭いた。

澄江は窓のさし出しに腰を下ろした。こういう坐り方が一番楽である。

「あんたはもう働きに行ってるの？」

「まだだよ、咲江さんがもう少し休んでいろというんだ」

一男は屈託がなさそうである。旨そうに水を飲むと、コップに水を入れて持って来た。

「飲みますか、旨いよ」

「おおきに」

仕方なく半分ほど飲んだ。一男は澄江と並んで坐ると、足をぶらぶら振った。

「あんた一人で大阪に来て、淋しくないの」

「しようがないよ、それに今は咲江さんと一緒だから楽しい」

一男は白い歯を見せた。

澄江は一男の態度や言葉に無責任なものを感じて仕方がない。年が若いといえばそれまでだが、仕事もせずに咲江に甘えているのはずるい。

一男の身体は若さで張り切っている。微かに汗の匂いがするが、それは吉松のと異って不愉快ではなかった。

「早く働いた方が良いわよ、お姉ちゃんだって楽じゃないんだし」

一男は眼を丸くした。

「澄江さんは怖いんだなあ」

「怖くはないわ」

一男の背中にまだ汗が残っている。澄江は手拭を持って来てその汗を拭いてやった。

「澄江さんて、化粧しない顔の方が良いなあ、素敵だよ……」

一男は拭かれながら澄江の顔を見た。一男の唇が澄江のすぐ傍にある。

「なにを言ってるの、子供のくせに」

澄江は一男の顔に手拭を被せた。

咲江が戻って来た。疲れた顔をしている。買物籠には新聞で包んだ魚や、野菜が入っている。

「早いのね」

「うち家を出たん……」

「へえ、まだここのアパート空いてへんのよ」

それでも咲江は部屋が見付かるまで泊って行ったら良い、といった。

「心配せんでもええわ、どこか見つけるから」

澄江は咲江にその理由を話した。

咲江はあきれたように、

「あんたも、変った女《こ》やねえ、昔からそう思っとったけど、澄江には怖いところがある」

「なにが怖いの」

「だって吉松なんかと……」

「お母ちゃんのため、思たんやないの、新世界の傍のグラウンドで強姦された時のこと思たら、なんでもないわ」

「それやったら淫売しても平気か」

　咲江はなぜか冷たい眼で澄江を見た。その眼が澄江の足に移った。

　澄江はかっとした。侮辱されたような気がした。傍に一男が居るので、いっそう腹が立つ。

「ようそんな酷いことというなあ……」

　誰も自分を理解してくれない。

　澄江は部屋を飛び出した。

　その夜も旅館に泊った。だが澄江はその夜のうちに勤め先を決めている。

　三歳の時、新世界で康江に拾われた澄江はその痛々しい外見に似ず、野草のような強じんさを体内に秘めていたのかもしれない。

　澄江が新しく勤めた店はお幸といって、旭町にあった。旭町は阿倍野近鉄前から旧飛田遊廓に通じる狭い商店街である。

　ここには小料理屋が何十軒と並んでいる。その雰囲気は、一昨日まで勤めていた一杯飲屋と余り変らない。

部屋もお幸の裏側のアパートに見付かった。二万円の権利金で家賃は五千円である。四畳半だが澄江は結構満足であった。

あっという間に夏が来た。あれから澄江は康江の家に戻っていない。咲江のアパートも訪れなかった。

澄江はお幸でも人気があった。酔うと朗かで大きな声で歌を歌い、客に胸のふくらみをさわらせるくらい平気である。

お幸のおかみは、細面で色が白くこの界隈では美人で通っている。

商売にはなかなか熱心で、店を開けると、お幸と白く染め抜いた大きな赤提灯《あかぢょうちん》の下に立ち、客を誘う。いちげんの客は、彼女がお幸のおかみだとは思わない。つられて入ると二、三時間は引きとめられた。

お幸はいちげんの客には、今夜は泊っても良いふりをする。だから客の中には看板までねばるものも居た。もちろんお幸には亭主が居るから、客はだまされているわけである。

待合せをすっぽかされても、客は大てい、三度ぐらいは通って来る。

それほどお幸の客扱いは旨い。

そんなある夜、思いも掛けず一男がお幸にやって来た。一人ではない、連れが居た。

一男も澄江の姿を見て驚いたようである。

「なんだ、澄江ちゃんか、咲江が心配してるよ」

連れの男は色の黒い背の低いきょとんとした若者である。一男よりも二つ三つ上らしいが、一男の方が兄貴ぶっている。

自分に対する態度も変ったが、一男はひどく厚かましくずうずうしくなっていた。まだ勤めには出ずにぶらぶらしているらしい。咲江が一男を喰べさせているので、一男もそれに慣れて働く気をなくしたのではないか。それとなくふれてみると、

「僕が働きたいといっても、咲江が承知しないんだよ、それにね、澄江ちゃんの前だが、咲江のやつ、この頃嫉妬深くなってね、嫌になっちゃう、あんな女じゃなかったんだがなあ」

唇を突き出して喋ると、慣れた様子でビールを飲む。

「おい高井、じゃんじゃん飲めよ……」

と連れにすすめる。

澄江は腹が立って来て、

「お勘定大丈夫……」

「がめつぃな澄江ちゃんは、大丈夫だよ、咲江姉ちゃんが控えているんだ」

左のポケットをぽんと叩いた。

一男は更に太ったと見えて、尻がはち切れそうである。初対面の時の照れた少年じみた男とは思えない。両腕をカウンターに乗せて左右を眺めながらつまみものを喰べる姿は、ちんぴらに似ている。

なんでこれが良家の息子なものか。咲江はだまされているのだ、と澄江は思う。連れの高井は大人しい男である。

窪んだ眼をきょとんとさせて、おずおずとビールを飲んでいる。

「あんた、なにしてんの……」

澄江は高井の顔を覗き込んだ。

「僕か、僕も咲江さんと同じ店に居てる」

一男が腹をかかえて笑った。

「こいつはなあ、サンドイッチマンだ、ほらプラカードみたいなやつを持って街を歩くんだ、今宵もアルサロ、夢の女の美しいパートナーが、あなたをお待ち申しあげています、八時まではビールは出血サービス税共二百五十円……」

一男が奇妙な声をあげた。

声色がかった妙な声である。

だが高井は怒った様子もない。気弱い微笑を浮べて、

「そやけど、僕はボーイよりも、一人で街を歩く方がええわ、気が楽やな」

一男が口をはさんだ。

「こいつも初めボーイだったんだけど、余りぼそっとしてるので、マネージャにサンドイッチマンに変えられたんだ」

一男は高井を馬鹿にし切っている。しかし澄江は、次第に、この高井という男に同情

を覚えた。社会でまともな規則正しい生活ができない者が、キャバレーのボーイなどになったりする。ところが、この高井という貧相な色の黒い男は、そのボーイにさえもなれないのだ。社会から完全に見捨てられた憐れな男である。

澄江はこの時、高井に自分に似たあるものを感じたようである。それは澄江が店で会った何百人の客に感じなかった本能的な親近感であった。ビールを持つ高井の手が微かに慄えている。初め澄江は一男が馬鹿にするので内心怒っているのだろう、と思ったがどうやらそうではないらしい。身体でも悪いところがあるのだろうか。

「高井さんは身体悪いの？」

「別に悪いことないんやけど、ぜんそくの気があるんや」

そう言われてみると、色が黒いのは、プラカードを持って街を歩くためで、陽に焼けない肌は青白いようである。身体も強い方ではない。一男は、澄江が高井とばかり話をするので次第に機嫌を悪くしたようである。

「澄江ちゃんが居ったら、どうも気分が出ないな、帰ろうか……」

左のポケットから皮財布を出した。この中身は咲江が稼いだ金であろう。

トイレに一男が立ったので、澄江は高井に、

「あんた、どこに住んでんの」

「アルサロ、夢の女や、三階に居る」

高井は住込みらしい。ぼそっとした喋り方、気の弱そうな微笑、澄江は高井を見てい

るといらいらして来る。自分が力になってやりたいような気もする。

「今度一人でいらっしゃい」

「うん」と高井は答えた。はがゆいほど気の抜けた返事である。


二人が帰ったあと、澄江はなんとなく咲江の生活が気になった。郷田が戻って来るのはあと一月とちょっとである。咲江はどんな風に話をつけるのだろう。それに、一男の変りようを見ると、二人の生活が思いやられる。男なんかいらない、と澄江は今更のように呟《つぶや》いた。

日曜日の昼、澄江は咲江のアパートを訪れた。澄江が危惧した通りである。一男はふんぞり返り、咲江は一男の機嫌を損ねまいと必死の様子である。若い一男と一緒なのに、咲江はずっとふけたようである。

「咲江、ちょっと出て来るからな……」

一男は金をくれ、といって手を出す。

「この間の分は……」

「昨日、高井と飲んだ、澄ちゃんも知ってる、あの店、余り安くないぜ」

一男は澄江を見て、にやっと笑った。

咲江は諦めたように溜息をつき、

「はいこれだけ、もうないわよ……」

「ちえっ、もう少し稼げよ」

「ねえ、この間のバーテンの口どうなの、向うも来てくれ、といっているのよ」

「うるさいなあ、最初僕が勤めるといったのに、働かさなかったのは咲江の方だぜ、そのうち働くよ、僕だっていつまでも女の世話になっていようとは思わない」

　一男は肩をすくめて出て行った。

　咲江は一男が出て行くと急に不機嫌な顔になった。煙草を口の端に咥《くわ》えると、ハンドバッグからマッチを摑み出した。アルサロ、夢の女のマッチが十幾つ転り出た。咲江が店から持って帰ったのである。

　澄江は憐れで仕方がない。咲江は店のマッチをくすねて帰るような女ではないはずである。

「姉ちゃん、あの男《こ》、変ったわね、姉ちゃんいかれてるやないの、別れたらどうやのん」

「別れろ、といったって、そう簡単に別れられるものじゃない、うちが今までめんどう見て来たんや……」

　咲江は澄江などに分らない問題だから口を出すな、といった。両足を投げ出して坐ると膝の辺りを揉み始めた。

「一人でどこに遊びに行きよるんや」

「競輪やろ、あの男《こ》をあんなにしたのは、うちにも責任があるんや、早よう働かしたら良かった」

「姉ちゃん、だまされてんねん、あの男はもともとからあんな性質《こ》やで、姉ちゃんをだますために、ごまかしとったんや」

「阿呆、子供やあるまいし、ごまかされたりするかいな」

「それはそうと、郷田、もうすぐ帰って来るやろ、一体どうするつもりや」

「しょうがないから、アパート移ろうと思てんね。店も変えるわ」

「阿呆らしい、姉ちゃん、あの一男に惚れてんの……」

あれほど気が強かった咲江がいつも若い男の機嫌を損ねまいとして、憐れなほど尽している。しかし、一男と別れたとしても、咲江は郷田から離れることができない。一体咲江にとっては、どっちが幸せなのか。郷田の属している暴力団は、警察の集中的な取締りで解散になっている。団員たちもちりぢりばらばらだ。郷田も働くことのできない男である。咲江のひもになって、ごろごろするだけだろう。

康江も咲江も、どうしてこう男運が悪いのか。澄江が帰ろうとすると、

「この頃、母ちゃん吉松と揉めてるらしいぜ、吉松のやつ、若い女を家に引張り込みよるらしい、あいつは今までの男と異《ちが》うなあ」

「言わんことやない、うかうかしとったら、お母ちゃん、家から放り出されるわ、なんとか方法ないやろか」

澄江が心配そうにいうと咲江は煙を吐き出し、

「ふん、今までさんざん勝手なことさらしとって、放り出されても知るもんか、澄江、お前もな、良い加減に人のことばかり気を使うのは止めた方が良いよ、自分のこと考えるんや、誰でもな、自分の問題でせい一杯や、澄江みたいに呑気な者はおれへんのや」

「うちが、なにが呑気やねん」

「男が居れへんがな、男が……」

咲江はごろっと畳に倒れると、太腿《ふともも》がむき出るのも構わず足を組み、大きなあくびをした。咲江の太腿には黒いあざがある。

郷田につけられたあざであった。

澄江は汗を流しながら階段を下りた。階段を上り下りするのが一番苦手である。

久し振りに古物屋通りに行った。たつ子は相変らずござの後ろに坐っている。夏なので塵がひどく茶碗や道具類は白く塵を被って汚れている。たつ子は腕を組んで眠っていた。

澄江が声をかけると、

「なんや、澄江ちゃんか、知ってるか、母ちゃんと吉松のこと……」

「揉めてるそうやな」

「揉めてるどころの騒ぎやあれへんで、毎晩頭の毛摑んで引きずり回されるし、道には蹴飛ばされるし、そりゃ大変や、母ちゃんは今度は旨いことゆけへんいう評判やで」

たつ子の話によると、澄江が出て行ってから、吉松は若い女を連れ込むようになった。

山王町のアルバイトサロンの女である。初めは、康江が出掛けたあとこそこそと会っていたが見付かってから居直り、康江が居るにもかかわらず連れ込むという。

それで、一週間に二日は大喧嘩になるらしい。若い女というのが、また厚かましい女で、康江が喚こうが、ものを投げようが平気で、吉松といちゃつくらしい。

「母ちゃん、出て行け、と怒鳴ってへんか」

「吉松は、怒鳴ってもこたえへんわ」

「そうか……」

澄江はしばらく黙っていたが、二、三日たって店の帰りわが家に戻った。

辻を曲ると玄関の戸の前に康江がうずくまっている。髪は乱れ見るも憐れな姿であった。それでも康江の手は戸に掛かっている。

「母ちゃん、どうしたんや」

康江はきょとんと澄江を眺めたが、

「おお、澄江か、ええとこへ来てくれた、わてはな、えらいめにおうてんね……」

康江はまともにみられないほどやつれていた。

「そやよって、いわんことないやろ、なあ、あの吉松と別れる決心あるか……」

「あるとも、今度いう今度はこりた、澄江！」

澄江は激しく戸を叩き始めた。戸は中から鍵が掛っていて開かない。割れるほど戸を

叩いていると、

「うるさい、くそばば！」

吉松の怒鳴る声がした。隣り近所の窓が開く。澄江は構わず叩く。

「畜生、くたばりやがれ」

喚き声がして吉松は勢い良く戸を開けたが、

「なんや、澄江か」

気をそがれたように棒立ちになると、澄江は大きな声を張り上げた。

「出て行って、ここはうちの家や！」

「なに、このあま！」

「お天とう様も近所の人も知ってる、ここはうちの家や」

店で歌を歌うような大きな声である。

「どうしたんや、あんた」

家の中で若い女の声がした。だが澄江の叫び声は止まない。吉松は澄江を突き飛ばした。足の悪い澄江は棒のように倒れた。それでも澄江は止めない。

「お天とう様も近所の人も知ってる、ここはうちの家や、出て行って！」

「こん畜生、このかたわめ！」

吉松は裸足で飛び出すと澄江を家の中に引きずり込んだ。その光景を見て康江は初めて、往年の精気を取り戻したようである。

「澄江が殺される！　おまわりや、おまわりや！　澄江が殺される！」

近所の連中がぞろぞろ出て来た。一人が警察に電話を掛けた。

警官が駈けつけた時、澄江は鼻血を出し、失心一歩手前であった。

その夜はそれでおさまったものの、澄江は翌日の夜、またもやわが家を襲撃したのである。

吉松が家を出たのは四日めであった。

どこで手に入れたのか大型三輪を持って来て、家財道具全部をつみ込み、逃げてしまったのである。

家の中は綺麗に空になった。

その夜、澄江と康江は畳の上で眠った。康江は呆《ほう》けたように黙り込んでいる。いや、完全に呆けてしまったようである。店へも出ず、ぼんやり家の中に引っ込んでいる。澄江は仕方なく、アパートを引き払い、わが家に戻った。

この事件で澄江は当分、近所の噂のたねになった。だが驚いたことに、澄江の勇敢な行為を称賛する者は少なかった。

「あの子は鬼の子や、鬼子や」

澄江の顔を見ると、今はそんな風に噂したのである。なかには泣く子を黙らすために、

「泣いとったら澄江が喰うよ」

という母親も居た。

澄江が怒鳴っている時、口が耳もとまで裂けていた、と真顔で喋るものも居た。スラム街の一角の、故買屋、盗人、詐欺師、そんな小悪党が出入りするこの街に住んでいる人々の口から出る言葉である。

澄江が完全に呆けた康江を連れて住み慣れた街を出て、旭町のアパートに引越したのはある秋の日であった。

澄江は相変らずお幸に勤めていたが、その頃から次第に無口になっていったようである。酒もよほど飲まなければ騒がない。

騒ぐと人間が変ったように騒ぐが、それ以外の時はぽかんとしている。

咲江は澄江には黙ってアパートを移ってしまった。一男も一緒に行ったのか。おそらく、郷田を怖れて店も変ったに違いない。咲江のアパートを訪れて、居なくなったのを知ったのである。

飛田遊廓の石の塀に残暑の陽が照りつけていた。高井吾一がお幸を訪れたのは、そんな秋の夜であった。店には客が少なく、澄江はカウンターにもたれて煙草を吸っていた。この頃澄江は、日に五十本も煙草を吸うようになっている。

高井吾一は入って来ると、女たちの、いらっしゃい、という声におびえたように立ち停ったが、澄江を見ると嬉しそうに傍に来た。

「探したんや、同じ店が何軒も並んでいるから分れへんかった」

「もう来えへんのかと思っとった」

澄江がビールをつぐと、コップを持った高井吾一の手が相変らず慄えている。

それを見た途端、澄江は急に活々《いきいき》して来た。

「ぜんそくはどうやの」

「今のところおさまってるけど、寒ぶなって来たら心配や、蒲団に入って眠るとあたたこうなるやろ、それで起るんや」

良く見ると、高井吾一の手は豆だらけである。プラカードを持って歩くのは大変な重労働に違いない、と澄江は思った。

だが高井は、その点は平気のようである。

「ボーイしてる時よりずっと楽やな、ボーイいうのはな、やくざみたいな兄貴分がおって、すぐ擲《なぐ》りよる、僕はな、みんなより動きがにぶいやろ、よう擲られた」

自分の弱さを平気で口にする高井が、澄江にははがゆく、また憐れにも思える。

二杯ほど飲むと、高井はすぐ真赤になった。他の女たちは、高井を金のない客と見たか寄りつかない。

澄江はその方が有難かった。

「うちも飲むわ、おごって」

「ああ飲みいな、今日は給料日やよって、金はあるで」

高井吾一は元気良くいった。

「給料は幾らやのん」

「一万六千円や」

「へえ、そんなに少ないの」

「家賃がいらんから、なんとかやっていける」

高井吾一と話していても、澄江は客という感じがしない。年も自分と同じだが、弟のような気がする。客は千差万別である。若い客も多い。休みの日、農村の青年や、田舎の工員たちが大阪に遊びに来て、店に来ることもある。だが彼らは柄が悪く厚かましく、時にはちんぴらよりも性《たち》が悪かった。

女の話、喧嘩の話、そしてたいして金もないのに仲居たちを厚かましく口説く。

澄江が店で知っている若者と言えば、そんな男たちばかりである。澄江は、客とはそんなものだと思っているから、高井吾一のように、気の弱い大人しい青年は客のような気がしないのだ。

「あんた、一男とこの頃会ってんの?」

「うん、時々な」

高井吾一は、ふと視線を外らせた。

なんだか妙だ、と澄江は思った。大体一男が、どうやら皆から馬鹿にされている高井吾一のような男と親しいのがおかしい。

納得できないものがある。

「一男はまだ姉ちゃんと一緒かいな」

「うん、そうらしいな」

澄江が覗き込むように高井吾一を見ると、慄える手でビールを飲み、

「村田はええやっちゃ……」

「ええことあるかいな、あんな男、で、姉ちゃんどこに居るんや」

「十三《じゅうそう》や……」

「ふーん、またえらい北に行きよってんなあ、で、店はどこ？」

「それは知らん、別なアルサロと違うか」

これは本当に知らないようである。高井吾一は、もっと飲み、といった。

「余り金使わんでええ……」

「うん……」

これは気のない返事である。高井吾一は澄江が自分の顔を見ると慌てて視線をそむけるが、なんとなく澄江の顔を盗み見しているようである。この男は自分に気があるのだろうか、そう思って澄江はおかしくなった。

澄江は前を向いていて、突然高井吾一の眼を見た。吾一が慌てて顔をそむけたので、手を握ると、高井吾一は意外なほど強い力で握り返して来た。

「えらい柔かい手やな」

「あんたの手はごつごつしてるわ」

「肩の肉も張ってるで、毎日重いもん持ってるからなあ、軽いようでも、あれは一貫以上あるんや」

高井吾一は、自慢そうにいった。

澄江は高井吾一が、プラカードを持って、街を歩いている姿を想像した。そんな時の高井吾一の顔が、澄江には想像できない。

澄江の手は高井吾一に握られたままである。澄江が尋ねるままに、高井吾一は自分が回る道を話した。

千日前から道頓堀を通り、心斎橋に出て、北から南まで三往復する。それから難波から大劇の前を通り、宗右衛門町《そえもんちよう》に出て、通りを三往復する。そして店に戻るのだ。

一回に、三里は完全に歩く、と高井吾一はいった。プラカードを持って、のろのろ歩くのだから、途中の休みを入れても七時間はかかる。午後一時に出発し、帰って来るのは、夜の七時か八時になる。

辛いのは雨の日である。よほどひどい雨でない限り出掛けねばならない。

頭から被る雨ゴートを着て、長靴をはいて行く。雨の日だけは心斎橋も宗右衛門町も一往復するだけだが、天気の日よりも疲れる、と高井吾一はいった。

この人手不足の現代に、えらい商売もあるものだ、と澄江は思った。良い若い者が、サンドイッチマンとは情けない。

「あんたなんで、工場に勤めへんの、今はどの工場も人手が足らんそうやないの……」

客の話からそんな世間知識を澄江は持っていた。

「中学を出てから工場に勤めとった、だが僕はどうも、仲間づき合いができへん、それで居辛らくなって止める、工場も三つ四つ変った、みな駄目や、偏くつやねん、だから一人でできる仕事でないとあかん」

そういわれてみれば、高井吾一には、このめまぐるしい社会に受け入れられない気の弱さと、のろまさがある。

「運ちゃんはどうや」

「あかん、ぜんそくやよって……」

気がつくと高井吾一はまだ澄江の手を握っている。いつかかなり客が入り、店が騒がしくなっていた。

澄江が手を引くと、高井吾一は慌てて離したが、何にかもじもじしていて、

「なあ、今夜あかんか?」

思い切ったようにいった。途端に高井吾一は発作に襲われた。苦しそうにぜいぜいとあえぎ始めた。カウンターの端を爪が立つほど握り、肩を落し首を前に突き出して脂汗を流しながら苦しんでいる。黒い顔が紫色に変色する。澄江はびっくりしたが、背中をさする以外どうしようもない。ぜんそくというものが、こんなに酷いものとは思わなかった。

女たちも客たちも白けたように騒ぎを止めた。おかみのお幸が眉を寄せながら、澄江

の後に来て背中を突いた。

眼で、早く外に連れ出せ、と合図している。澄江は顔に血が昇るほど憤りを覚えた。

知らん顔してさすっていると、客の一人がやけのように大声で歌い始めた。

仲居の種子が皿を叩いて伴奏する。店内は蜂の巣をつついたような騒ぎになった。

それがショックになったのか、高井吾一のぜんそくが停った。

高井吾一はカウンターに顔を伏せ、大きく肩を上下していたが、

「水くれるか……」

澄江は急いでコップを差し出した。高井吾一は、一口飲んでは休み休みしながら水を飲むと、

「もう帰るわ、僕は昂奮したらあかん」

眼に涙を溜めていった。

ついと胸に来るような憐みを澄江は覚えた。足が悪くなってから、どれほど馬鹿にされて来ただろうか。だが澄江は、絶えず負けん気を出して、くそ、くそ、と思いながら生きて来た。それが口から出ない時も、胸の中では呟いていた。

高井吾一の気持が、澄江には自分のことのように分るのである。

それに高井吾一は、くそ、という呟きも忘れているようである。

澄江は高井吾一を送って、店の外に出た。

「今夜な、午前一時に、近鉄百貨店の前で待っとって、遅れても行くからな、必ず待っ

ててや」

「ほんとか、来てくれるか……」

「阿呆やな、それは女子のいう言葉やで」

澄江は白い歯を見せた。

澄江と高井吾一は旭町商店街の裏の古ぼけた旅館に泊った。ここは素泊りで一泊七百円である。それでも二階の庭に面した六畳の間であった。

便所のわきには八つ手と青桐《あおぎり》が植えられている。五坪ほどの狭い庭には石燈籠もある。

澄江は高井吾一の前では、足を投げ出して坐っても全然気にならない。

今までどんな客と来た時も、足が気になってならなかった。

客の好奇な眼が足に来ると、途端に腹が立った。客の中には、足が悪い方が面白うてええ、と喜ぶ者も居たが、そんな言葉も馬鹿にされたようで腹が立つ。

ところが高井吾一の前では澄江は自由にふるまえる。

女中が風呂が空いた、といって来た。

「あんた先に入り」

「僕はあとでええ」

「そんなら一緒に入ろうか」

「そうやな、行こか」

澄江は他の客とは一緒に風呂に入ったことがない。だが高井吾一となら平気であった。

自分でも分らない不思議な感情である。

高井吾一は胸が瘦せていた。肋骨が見える。しかし、肩の肉は確かに盛り上っている。少し奇形じみた身体である。

「澄江ちゃんは、足どうしたんや」

「関節炎でな……」

澄江が関節炎を患った頃、康江は今宮の近くのスラム街に住んでいた。古物屋通りよりも、もっと悲惨な住居であった。トタン屋根で四畳半一間のバラックである。そんなバラックが何百軒も立っているのだ。明り取りの窓から入る陽は、高架にさえぎられているので暗い。家の中は昼でも電燈をつけねばならなかった。ところが、その電燈さえもないのである。

康江は澄江が病気したとき、

「澄江はひょっとしたら、ええしの娘かもしれんな」

といった。同じ家に住みながら咲江は健康そのものである。そしてバラックの住人で、澄江のような病気にかかる者はなかった。

澄江は湿地帯に住める身体ではなかったのかもしれない。

高井吾一は不器用に澄江を抱いた。他の客のように男女関係に慣れていない。それなのに澄江は、自分の身体が底の方から熱く燃えて来るような気がした。

澄江が力を込めて高井吾一を抱くと、彼は顔をしかめて終ってしまった。

「早いんやな」

と澄江はがっかりしたようにいった。

「余り経験ないんや、せやけど良かった」

「そうか、あんたが良かったらええけど」

高井吾一は今まで何度も女を買ったが、いざというとぜんそくが起き、うまく行かなかった、と告白した。よほど酔っ払い、身体のコンディションが良くなければ、ぜんそくが起るのである。うまく行ったと思っても行為の最中に発作が出る場合もある。

「明日会うてくれへんか……」

高井吾一は澄江に三千円渡そうとしたが、澄江は受け取らなかった。

「うちは、あんなところの仲居してるけど、金で身体を売るような女じゃないで、間違わんといて……」

と澄江はいったのだ。


高井吾一は河内《かわち》の生れである。家は農家だったが小学生の時父が死に、兄はぐれて家を出て行方不明らしい。母が野良仕事をやったが、女手一人では無理である。そのうち土地ブームに乗って田畑を売ったが、その金はすぐだまされて無一文になった。

高井吾一が中学二年の時、母も亡くなっている。吾一は伯父《おじ》の家にひき取られ、中学を出てから、あっちこっちの工場を転々としたらしい。澄江は高井吾一と、明け方近くまでお互いの身上話をし合った。

翌日、澄江と高井吾一は奇妙な再会の約束をして別れた。つまり、高井吾一がサンドイッチマンの仕事に出掛ける時、一緒に散歩しないか、といったのだ。

「僕はゆっくりゆっくり歩かんならんから、あんたもゆっくり歩いたらええ、サンドイッチマンと、並んで歩いとったら恥かしいかな」

「別に恥かしないわ」

好奇な眼には慣れている。

澄江は近々必ず行く約束をした。高井吾一は毎日午後一時きっかり、アルサロ、夢の女の通用門から出発するという。夢の女の場所を地図に書いた。それは千日前にある大劇の裏側であった。

郷田と旭町の商店街で会ったのは九月の末であった。郷田には往年のさっそうとした面影はない。古ぼけた背広で下駄をはいて肩をすくめるようにして歩いて来た。

「澄江やないか、咲江はどこに居る?」

「知らんで、この頃全然会うてへん」

「隠してんのやろ、ええ」

郷田はかみつきそうな顔になった。仕方なく澄江は郷田を近くの喫茶店に連れて行った。

「煙草持ってるか」

澄江が差し出すハイライトを抜いた郷田の手には深い切り傷がある。郷田も三十五歳である。三年間を刑務所に入っていたのだ。だが頰の傷あとといい、ひどくおちぶれた感じで、黒背広に金バッジをつけ、肩で風を切って歩いていた郷田とは思えない。眼だけはきょろきょろしている。

郷田は旨そうに一服吸うと、

「俺も運が悪い、M組に居ったら、刑務所から出て来ても、ええ顔できたんや」

やくざにも運不運があるのか、と澄江はおかしくなった。郷田の属していたのはN会だが、これは愚連隊の集団で、パチンコの景品買、暴力売春以外これといった収入源がなかった。真先に警察にねらわれ、郷田が暴力団の抗争で相手を刺し、刑務所に入っている時に解散してしまったのである。ところが、N会のライバルであったM組は西日本一帯を押える暴力団W組の傘下に入り、N会の縄張りも奪い取ったのである。

だから刑務所を出ても、郷田には行くところがない。

M組に頭を下げれば、組員に迎えてくれるだろうが、その際は三下《さんした》として入らねばならない。N会の幹部であり三十五歳になった郷田としては、そんな情けない真似ができないのである。

「咲江は男をつくってるということは、ないやろな」

「うちは知らんで、で、兄ちゃんは今どうしてんの」

「釜ケ崎の安宿でごろごろしとる、先に咲江を探すことが先決や、おふくろにも連絡ないのか」

「うちはかあちゃんと一緒に暮してんね、せやけど顔なんか出さんといてや、母ちゃん、心臓悪うして寝とるからな、あんたの顔見たらびっくりして死んでしまうわ」

「なに、こいつ……」

郷田は肩をいからせたが、

「俺も落ちたなあ、女《スケ》の妹になめられるようじゃ」

澄江は横を向いた。

郷田は喉から手が出るほど小遣が欲しかっただろう。だが澄江にそれを切り出すような男ではなかった。

澄江は久し振りに大阪の街に出た、西成を離れるのは一年ぶりだろうか。新世界まで映画を見に行くことはあるが、それから先はめったに足を伸ばしたことがない。

道頓堀や心斎橋を歩くと、西成を歩く何倍も疲れるのである。

澄江はその日のために、無理をして高いウールお召《めし》を買った。五千円である。着物を着ると歩きにくいが、その代り足の悪いのがそんなに目立たない。化粧は薄く素顔を残した。康江は蒲団から顔を出し、

「どこへ行くんや」

「道頓堀に映画を見に行く、支那栗買うて来たるから待っといてや」

「吉松はどうしとるやろな」

「阿呆……」

康江の顔は青くむくんでいる。わずか半年でこれほど変るかと思えるほど変っている。男と離れて、康江は生きる目的を失ったようである。

「元気を出してまた勤めるんや、赤松のおっさん連れて来たるがな、ええ人やで」

「こんな身体や、誰にも相手にされへんわ」

康江がこれほど参ったのも珍しい。

このまま長い患いになるのではないか。澄江はそれを思うと憂鬱である。自分がめんどうを見なければならない。実の娘である咲江はどこに居るのかも知らせて来ない。

今日、高井吾一に会ったら、咲江の勤め先を聞き出さねばならない、と澄江は思った。

千日前に出るには、阿倍野から地下鉄で難波に出れば良い。最も早道である。だが地下鉄だと長い階段を上り下りせねばならない。澄江はバスで出掛けた。

千日前、道頓堀界隈はウィークデーの昼なのに、かなりの人が出ている。

アルサロ、夢の女は、澄江が想像していたよりも大きな店である。ただ建物は古びていた。教えられたように裏手の通用門で待っていると、高井吾一が宣伝の文句を書いた大きな看板を身体の前後にはさんで出て来た。

澄江は驚いた。高井吾一はプラカードのような宣伝板を持って歩くものだ、と思っていたのである。

今日の高井吾一は本当にサンドイッチマンになっている。前後の看板は木でつながれ、高井吾一は間に入り、つないだ木を両肩に乗せて。

澄江は高井吾一が出て来るのをもの蔭に隠れて眺めていた。道路に出て来た高井吾一は、澄江がどこに居るかと、きょろきょろしている。顔が二つの看板の間から外に出ている。

その恰好がおかしく、澄江はくっくっと、笑った。笑わずには居られない。なおも眺めていると、とうとう高井吾一は看板を背負ったまま一回転した。

澄江が姿を現わすと、ゆっくり近付いて来た。実にのろい、この分では並んで歩いても、疲れないだろう。

「えらい大きなもんかつがされた、マネージャの命令やよってしようがない」

「重たいやろね」

「うん、こいつは三貫五百匁ある、その代り歩く道は、今までの半分でええらしい」

前の看板には、赤い字で、特価奉仕の夢の女、誰もがチャンスの夢の女！　でかでかと書かれている。後ろも同じ文句である。余りにもそのものずばりの文句だが、持って回った文学的なものより、こんな方が、かえって有効なのだろう。高井吾一は、千日前から道頓堀に出た。良く注意してみると、サンドイッチマン、というのは実に多い。

大ていの中年の男である。

高井吾一のような若い男は居ないようである。ただ高井吾一の場合は、アルサロ、夢の女の従業員で、名目は宣伝部員らしい。

マネージャも、高井吾一のうまい使い道を考えたものである。

ずっと並んで歩くわけにもゆかないので、澄江は後になり先になりした。普通なら先になど、とうていなれるものではないが、高井吾一の速度は澄江よりもずっと遅いのだ。澄江はそれが面白くてならない。

「あんた、先に行ってるわよ、辻で待ってるからな」

声をかけて先に行き、商店のショウウィンドウを眺めていると、看板がのそのそやって来る。それに、こんな大きな看板だと見失う心配はなかった。澄江は結構心斎橋筋を南から北の端まで歩いたのである。

その間にウィンドウもたんのうするほど覗いたし、買物もした。特価売り出しの洋服を買ったのである。

澄江は喉がかわいた。

「お茶でも飲みたいなあ、あんたちょっとそこから抜け出されへんか……」

「三十分くらいならかめへんやろ、そやけど、心斎橋筋の喫茶店はあかん、こいつ置いとったら、すぐサボってる、と分るからな……」

高井吾一は八幡筋に入った。そこで堺筋の手前にある喫茶店の前まで来るとひょいとしゃがんだ。肩に背負っている看板がうまく地面に立つ。肩を叩きながら看板の間から出ると、

「ああえらい、こいつはえらいわ」

「こんなもん、毎日かつがされたら、身体潰れてしまうわ、マネージャに、ちゃんというこというたらええやないの」

「うん、マネージャいうのがな、愚連隊あがりでな、すぐ小突いたり、突き飛ばしたりしやがるんや」

高井吾一はクリームソーダを一息に飲むと、クリームをストローで潰しながら、ちょっと腹立たしそうにいった。高井吾一が、怒りらしきものを見せたのは、この時が初めてである。そんな店、止めてしまい、澄江はいいたかったが、その後を考えると無責任な言葉も出ない。澄江には高井吾一が、弟のような気がしてならない。吾一と肉体関係があったにもかかわらずそんなに異性という気がしない。

足が悪い、という暗い運命にありながら、澄江の中には自分でも気付かない勝気さがあるようである。咲江も勝気だが、そんな勝気さとはまた異ったものである。

「村田のやつも、マネージャに擲られたことがあるんやで」

高井吾一は弁解するようにいった。へえ、と澄江は思った。あのずる賢い男にも、そんな失策があったのか。

村田が擲られた理由は、村田が二階のマダムの私室に入ったためらしい。夢の女のマダムは経営者の二号で、まだ三十二歳の若さである。彼女は店内の一室に寝泊りしているのだ。色が白く東北ふうの美人だが、がめついという評判で、女たちの受けは悪かった。

「なあ、姉ちゃんはまだ村田と一緒やろ、どこに居んの、教えてよ」

澄江は康江の容態が悪く、咲江にどしても連絡したいのだ、といった。

高井吾一は困ったように、

「あいつ、自分の住んどるところ、なかなか言えへんねん、せやけどお母ちゃん病気やったら大変や、旨いこと聞き出したるわ、一昨日も、夜、遊びに来よった」

アルサロ、夢の女の三階は独身寮だといっても、こわれた椅子やテーブルが物置代りに置かれている。がらくたの間に、畳が十畳ほど敷かれているだけである。陽も当らず、火事でも起ったら逃げ場がない。これは不法建築で再三警告を受けているが、経営者は非常梯子をつけることさえしなかった。

だから現在住んでいるのは、高井吾一だけである。

午前一時になると夜警が通用門の戸も鍵を掛けるが、村田が遊びに来る時、高井吾一は内から鍵を外しておくらしい。

「そんなことして、見付かったら大変やろ」

「泥棒なんか入ったこともないし、マダムは自分の部屋に鍵掛けて寝よるし、見付かることはあれへん」

「なんで、村田来よるん」

「僕の友達や」

高井吾一は怒ったようにいったが、澄江の強い視線に合うと、顔をそむけた。どうもおかしい、村田のような男に、高井吾一は友人として不似合である。村田には村田にふさわしい友人があっていいはずである。澄江はなんとなくしゃくしゃく然としない思いで高井吾一と別れた。咲江はまだ村田と一緒なのだろうか。咲江にとって、郷田と村田とどちらが幸せなのか。

次の給料日、高井吾一は疲れた顔でやって来た。陽に焼けているのに蒼黒《あおぐろ》く病人のようである。三貫目もある二つの看板が、頑健ではない高井吾一には相当苦しいらしい。澄江はこの前の時のように近鉄百貨店の前で待ち合せ、例の旅館に行った。風呂に入ると、肩のあたりが赤く腫れ上っている。触ると、痛い、痛い、と高井吾一はいった。それなのに明日になればまたかつがねばならないのだ。澄江はそんな吾一を見ると、マネージャーが彼をいじめているような気がしてならなかった。

澄江は高井吾一を喜ばしてやりたいような気持になった。優しく愛撫して男の疲れを取ってやりたい。だから蒲団に入ってから、澄江は酔った客や同僚たちが卑猥な笑顔で話しているような技巧を高井吾一にほどこしたのである。そして、高井吾一の呻き声を聞くと、澄江は今までに感じたことのないような昂奮を覚えた。

澄江は燃えて息苦しくなり、自分でも恥かしいようなことを叫びながら男の身体にむしゃぶりついていた。

二人は昂奮と欲望の中で溺れ、お互いの名を呼びながらむさぼりあった。

身体が溶けて行くような余韻の中に、澄江は自分の身体が残りの痙攣《けいれん》を続けているのをはっきり感じている。

それが無理に片足を使うために異様に肉付いた腰のあたりまで伝わった時、澄江は女の喜びと悲しみを知ったようである。

午前二時頃になると、この旅館も満員になる。造作が雑なので、隣りの部屋の話し声が聞える。高井吾一は眼だけを異様に光らせて、天井を見詰めている。

「村田の住所分ったよ」

と高井吾一はぽつんといった。

「姉ちゃんも一緒なの」

「うん、お姉さん、苦労してるらしいわ」

「ねえ、あんたどうして、村田なんかと交際しているの」

「別に深い意味はあれへん」

狼狽したような高井吾一の言葉が澄江の疑惑をますます強める。

「なにか悪いことしようとしているのと違うの?」

「悪いことなんか」

「嘘や、悪いことを考えてるに違いない、うちの勘は外れたことがない、あんたは村田に利用されてんね」

澄江は追求を止めない。私にだけは話して欲しい、と高井吾一の身体をゆすった。

澄江の眼から涙が流れている。それを見ると高井吾一は蒲団の上に坐った。

「澄江結婚しよう、僕はあんたが好きや、せやけど結婚するには金が要る、金が欲しい、ところが夢の女には唸るほど金がある……」

とうとう高井吾一は澄江の情にほだされたように村田との計画を喋った。そんな高井吾一の顔は、いつものように気の弱いおどおどした男ではない。執念じみたような意志がその顔に現われている。

高井吾一の話によると、その日の売り上げは、マダムの部屋にある金庫におさめられ、翌日銀行に運ばれる。

日によって異うが、一日百五十万ないし二百万の売り上げがあるという。月末の給料日後には三百万ぐらいに増える。

村田と高井吾一の計画は、マダムの部屋にしのび込み、その金を奪おうというのである。マダムの部屋には非常ベルがあり、それを押すとサイレンが鳴るようになっている。村田が深夜、高井吾一の部屋に遊びに来るのは、非常ベルの線の切断場所を調べるためであった。

村田が高校を出ると、親の意見と合わずに家を飛び出したというのはどうやら嘘で、村田は電気工夫などをしたこともあるらしい。

マダムの部屋に忍び込むのも天井裏からで、すでに天井板を半分ほどはがしている、という。

高井吾一の話を聞いているうち、澄江は怖ろしくて身体が慄えて来た。外国のギャング映画にでもありそうな計画ではないか。

それに澄江がいっそう慄えたのは、高井吾一がそんな計画を熱心に、まるで楽しいことのように話したことである。

それは、澄江が知っている高井吾一ではない。全くの別人である。

澄江は高井吾一の膝に縋《すが》ると、そんな怖ろしい話は止めて、と叫んだ。

「復讐や、俺はな、マダムやマネージャに復讐したいねん、あいつらは、俺たちを人間扱いにしやがれへん、僕はな、マダムの下着まで洗わされることあるんや」

マダムの洗濯物をするのは通いの女中だが、時々マダムは、わざとのように高井吾一にも洗濯させるというのである。

高井吾一に三貫目の看板をかつがせたマネージャーはマダムと出来ており、一週に一度、マスターの眼を盗んでマダムの部屋に泊りに行くらしい。夢の女のマダムは業者仲間にも顔が売れており、温泉マークのホテルにもうっかり行けない。だから、マネージャーはマダムの部屋にしのび込むのが、一番安全なのである。

二人の計画では、マネージャーがしのび込んで眠りこけた夜に襲撃しよう、というのであった。村田もマネージャーに擲られたことがあって、ひどく恨んでいるのである。

二人を縛ってしまえば、縄を解いても警察には、よう訴えないだろう、というのが村田の見方である。

なぜなら、マダムとマネージャーの関係をマスターに知られれば、それこそ大変だからである。夢の女の経営者は三国人で、暴力団にも関係がある。二人共ただでは済まない。

「だから、顔を見られても平気なんや」

澄江は高井吾一の膝に縋って顔を横に振るばかりである。

「そんな無茶なことして、ぜんそく起ったらどうすんの」

「起るもんか、この頃、身体の調子はええんや、金は村田と山分けや、それで、澄江、逃げよ、一緒に逃げよ」

「うちは逃げへん、お母ちゃんおいて逃げられへん」

「そんなんやったらな、僕一人どこかへ行く、一年ぐらいたったら呼ぶから来るんや」

「嫌や、そんな怖ろしいこと……」

だが高井吾一はまるで別人のように強情である。この計画は絶対止めへん、という。

「澄江、あんたは僕を警察に売ったりせえへんやろ」

「阿呆《あほう》、うちはな、あんたが好きや」

「そうやろ、僕も好きや、そやよって話したんや」

いつか澄江の身体の慄えがとまった。

なんという怖ろしい計画か。そしてなんという危っかしい計画か。澄江には二人の計画がうまくゆくとはどうしても思えない。

マダムとマネージャーが二人が犯人だと警察に告げないなんて、甘い考えに思えてならない。それに、マネージャーを縛れるだろうか。それも危っかしい、まだある。

この狭い日本で逃げ切れるだろうか。

だが高井吾一は成功すると信じている。村田も信じているのだろう。そうなのだ。この頃、新聞や週刊誌に掲載されている若者の犯罪はみな、こんな安映画のような無茶な計画にもとづいて行われているのである。

またかりに成功しても、村田が金を山分けしたりするだろうか。

「寒ぶなった」

話し終ると高井吾一は蒲団にもぐり込んで来た。途端にぜんそくが起ったようである。

その苦しみは見ておれない。今にも息が絶えんばかりにあえいでいる。

澄江は一生懸命になって高井吾一の背をさすった。

翌日澄江は十三《じゅうそう》のアパートを訪れた。鍵が掛っていて咲江は留守のようである。

その付近には、トルコ風呂や温泉マークのホテルがある。澄江がアパートを出ると運良く帰って来た咲江と出会った。

「澄江やないの、ようここが分ったな」

咲江は懐かしそうにいった。

澄江がどうしてここを知ったのか、気にしている風はない。それよりも澄江は咲江の服装と化粧を見て驚いた。それは明らかに昨夜店に通った時の服装である。化粧は一度取ってし直したのだろう。しかも厚く塗っている。髪は乱れていた。おそらく咲江は昨夜、どこかに泊り、今戻って来たのである。

「おいで、散らかってるけど……」

一男との間がうまく行ってないのだろう、別れるようにいわねばならない。

それでも咲江は澄江を廊下に待たすと自分一人入って行った。部屋を片付けている様子である。

「入り……」

と咲江が呼んだ。

「あの男《こ》との間、うまくないんやな」

と澄江はいった。

「若いからな、勝手なことをしたい年や、放っとかなしようがない」

「どうして別れへんの……」

所帯道具を見ても、飛田のアパートの時よりずっと貧相である。

「時々、別れないかんと思うけど、まだ別れられへん、母ちゃん元気か」

「この頃心臓悪して、寝たっきりや、一度見舞に来なあかんで」

「そうか、身体悪いのか、吉松と別れてがくんと来たんやな、考えてみたら母ちゃんは、男がないと生きてる気がせえへんのやな、いじめられても吉松と一緒の方が良かったかもしれん」

「なにいうてんね」

澄江が顔を赤くして反撥すると、咲江は淋し気に笑った。あんたには分れへん、といった顔付きでもある。吉松と強引に別れさせたのは澄江である。澄江は自分が責められているような気がした。

そんな咲江の考え方が気に喰わない。咲江はこんな弱い女ではなかったはずだ。ひょっとすると咲江は自分の気持を、康江にたくしていっているのかもしれない。

咲江は十三のアルサロに勤めている、といった。夢の女よりも、ずっと格落ちの店である。郷田から逃げるために十三に来たのだが、それは単なるきっかけで、今は村田との生活に流されている。

「昨夜はここへ帰れへんかったんやな」

「うん、友達のところに泊った」

何気なくいったが、澄江にはぴんと来た。客と泊ったのだろう。浮気ではなく金を稼ぐために。村田も承知の上なのだ。

いや承知というよりも、村田がすすめたのかもしれない。坊ちゃんのような顔をしているが村田は大変な男である。

咲江に喰わして貰うために咲江と同棲し、遊びながら強盗の計画を立てている。

咲江は村田がそんな怖ろしい男だとは知らないのである。夢の女から金を奪えば、咲江を捨てて逃げる気でいる。

「この間、郷田に会ったわ」

「へえ……」

といったが咲江はそんなに驚いた様子もない。今の咲江には郷田など、どうでもいいのかもしれない。怖ろしくもなんともないのだろう。それほど生活に疲れ切っているのだ。

澄江はなにか考えるように窓の外を眺めた。窓の外は安旅館の物干である。女中のものらしい下着が干されていた。それが陽を遮っている。

「うちはこの頃ふと思うんやけど、澄江の方がうちよりずっとこんが強いな、きっと小さい時に親をなくしたからや」

と咲江はいった。

澄江は暇を見付けては釜ケ崎、飛田界隈を歩いた。澄江は郷田を探していたのである。一男よりも、まだ郷田の方がましだ。澄江は郷田を利用して、咲江と一男を別れさせよう、と考えたのだ。

それはまた、高井吾一に犯行を思いとどまらせる手段でもあった。

一週間ほどして、澄江は霞町のパチンコ屋で郷田を見付けた。郷田は汚れたジャンパー姿である。

「そうか、咲江の居所が分ったか、ボーイ上りのチンピラと一緒だって、そうか……」

澄江の話を聞くと、郷田は久し振りに頰の傷あとに凄みのある笑いを浮べた。

それを見た時、澄江は大変なことを喋ってしまったような気がした。

だが澄江は自分の不安に眼をそむけた。これも、咲江と高井吾一のためである。

高井吾一といえばあれから澄江の店にやって来ない。毎日重い看板を背負って街を歩いているのだろうか。

その日、午後一時に澄江は夢の女の通用門に立って、高井吾一が出て来るのを待っていた。ところが、高井吾一はいっこうに現われない。雨の日でも、高井吾一は出掛けるといっていた。

澄江は思い切って事務所に行った。事務所には三人の若い男と色白で眼のきつい女がいた。その女は、一番奥の席に坐っている。

これがマダムかもしれない、と澄江は思った。澄江が窓際の男に高井吾一のことを尋ねると、

「高井、ああ、サンドイッチマンの高井ですか、高井なら今休んでいるよ」

足の下まで覗き込むように澄江を見ていった。

「どこに居るんでしょう」

「三階の寮やけど、あんたは?」

「友達です」

「友達か……」

若い男は薄笑いを浮べてわざと大きな声でいった。

「行ってもいいでしょうか」

若い男は奥を見て、

「マダム、高井の友達が高井に会いたいそうです」

やはりマダムだったのだ。

マダムは煙草をふかしながら、

「寮といっても店の中だからね、店の者以外は出入禁止になってるさかい……」

冷たい眼で澄江を眺めていたが、その男に、

「立見、あんた高井を呼んでおいでよ……」

立見と呼ばれた男は、やれやれといった顔で席を立った。いまいまし気に澄江を睨みながら事務所の横の階段を上っていった。

高井吾一は病気である。それなのに、このマダムは病人を下まで来させるのだ。

冷酷な女だ、と澄江は思った。

通用門のところで待っていると、ズボンにシャツ姿の高井吾一がやって来た。事務所の連中が覗いているので、澄江は外に出た。

「来んでもええのに、どうしたんや」

「あんたが病気やと聞いたから……」

が、ふと声を柔らげ、

「部屋へ行ったらいかんいうのよ、ご免な、しんどかったやろ、どこ悪いのよ」

高井吾一の顔には血色が全然ない。

「息したら胸が痛とうてな、軽い肋膜《ろくまく》らしい」

「そりゃ大変や、入院せなあかんがな」

「大丈夫や、マネージャも重い看板はもうええ、いいよった、また店に行くからな、女が会いに来たりしたら、事務所の連中がうるさいさかい、マダムもうるさいんや」

澄江は鬱陶しい気分で足を引きずりながら戻った。

自分が高井吾一を養うことはできないだろうか。頭の中でそろばんをはじいてみたが、三万五千円程度の収入では、康江を養うのがせい一杯である。客に身体を売れば金は入るが、高井吾一を知って以来、そんな気持には全然なれない。

ただ、高井吾一は、今は病気だから、あの危い計画を実行にうつすことはないだろう。

それだけが一つの安心である。

憂鬱な気持で店に出ると、咲江が血相を変えてやって来た。

店に同僚や客が居るにもかかわらず、

「澄江、表に出……」

手を引張り連れ出した。咲江は澄江の手を引いたまま、倒れそうになる澄江を暗い露地に引き込むと、

「馬鹿野郎。郷田になんか喋りやがって」

途端に激しい平手打を喰い、澄江は棒のように倒れた。眼がくらくらとし、息もできない。土の上でもがいていると、頭の上で咲江が気狂いのように喚いている。

どうやら郷田が乗り込み、村田がアパートを飛び出したらしい。

露地といっても本通りから入ったところなので、通行人が集って来た。お幸の仲居も駈けつけて、澄江を抱き起した。

すると咲江が反対に大声をあげて泣きながら道にしゃがみ込んだのである。

澄江は店を休みアパートに戻った。身体の節々が痛い、咲江を恨む気持にはなれない。しかし、これで良いのだ、良いのだ、と澄江は自分の胸にいい続けていた。

咲江は郷田なら、きっと逃げることができる。そして一人の生活を始められる。

一男と一緒に居て奈落に落ち込むより咲江の身のためだろう。澄江は自分の勝手な理屈で納得しているのである。

夜が更けてゆく。康江は蒲団から手を伸ばし袋に入ったあられを、ぽりぽり喰べる。その音がやかましく、澄江は眠れない。風がきつくなったと見えて、建て付けの悪い雨戸も鳴る。

ドアが激しくノックされた。

「僕や、開けとくれ、澄江」

高井吾一の声である。

澄江は飛び起きるとドアを開けた。高井吾一はもつれるように歩くと畳に這いつくばった。血だらけである。

「どうしたん、あんた……」

ぜいぜい息をしながら苦しそうな声で、

「やったった、村田と二人で、マダムとマネージャをやったった、格闘して、マネージャにやられた、村田が二人を殺しよった……」

つんのめるように顎を出すと、高井吾一は動かなくなった。

「あんた、あんた……」

澄江は気狂いのように叫んだが、高井吾一は動かない。

澄江は部屋を飛び出した。

激しい夜の風が、人通りのなくなった狭い道路を吹きまくっているが、空には雲がなく冴えた中秋の月が明るく、道を屋根を照らしている。澄江は無我夢中で歩いたが、いつか阿倍野の電車通りに出ていた。

高井吾一と初めて待合せた近鉄百貨店が、眼の前に暗く立ち塞っている。

澄江は突然眼の前が明るくなったような気がした。車のライトが飛びこんで来たのだ。

「あんた！」

と叫んだ時、澄江の身体は宙に浮いていた。即死である。あんた、というその叫び声を、もし聞いた者が居るなら、妻が夫を呼んだのだ、と思っただろう。そんな声であった。

※アルバイトサロンの略。主婦や学生がアルバイトでホステスをするキャバレー。

落葉の炎

鈴掛啓文《すずかけひろぶみ》は芦屋《あしや》の高台に生れた。敷地五百坪もある豪華な家であった。しかし家庭生活の楽しい記憶は余りない。啓文の脳裏に残っているのは丘を取り巻く青い樹林と二階の窓から眺めた芦屋の灯であった。そして夜の星と……それは青年になってからも、遠い異国の幻の宝石のように啓文の眼にちらつくことがある。昭和九年、啓文はこの豪壮な家の長男に生れている。小さい時から疳《かん》の強い子であった。猫を空気銃で打ち殺し隣家の門前に釣った。金縁眼鏡を掛けた好かない夫人の居る家である。夫人が芦屋マダムの仮面を捨て怒鳴り込んで来ると、啓文は庭の塀を乗り越え裏山に一晩中ひそんで難を逃れた。

岩と岩との空間を掘ってつくった啓文の秘密の隠れ場所である。芦屋の夜の星は美しかった。啓文は洞《ほら》から顔だけ出しハーモニカを吹いた。ドナウ河の漣《さざなみ》が好きで、これだけは完全に吹くことができた。時には夜露に濡れながら眠りこけることもあった。幾度、この洞で夜を過したか、啓文自身もはっきり覚えていない。

父は大学の教授で、二階の突き出た南向きの書斎にこもっていた。鈴掛家では最高の場所である。窓からはホワイトミルキーの白砂と青い海を眺められた。父は啓文が自分の書斎に入ることを厳禁していた。大学に行く時はドアに鍵を掛けて出た。この父から啓文は余り話し掛けられた記憶がない。啓文を見る父の眼はどこか冷たかったようである。

母の令子は派手な顔立ちの大柄な女だった。感情の起伏が激しく笑ったり泣いたりした。

これは啓文が小学校に入ってから知ったのだが、母は鉄工会社の社長令嬢であった。父と母とは合わないようであった。二人の結婚のいきさつを知ったのは、啓文が大人になってからである。

啓文には弟が居た。四つ違いで啓二と言う。父は啓二を可愛がったようである。子供は愛情の差には敏感である。啓二は啓文と異り大人しく忍耐力のある弟だった。啓文は啓二を良く苛《いじ》めた。が、啓二は決して泣かない。その代り最後には引きつけを起す。

母は二人の子供には無関心だった。虚栄と遊ぶことが母の人生だったようである。とにかく、少年時代の記憶は、洞から見た天上の星と芦屋の灯を除き、啓文にとって懐しいものではない。

啓文が九歳の時、父は心臓麻痺で亡くなった。大学から遺体が運ばれて来た。門から敷きつめられた玉砂利の道を遺体に付き添って歩きながら母はハンカチで顔を押えていた。

啓文は母の涙に嘘を感じた。父の死顔には教授の威厳があった。啓二は泣かなかったが、啓文は涙を流した。

悲しさもあっただろう。だがこの父に、自分の出世した姿を見せられなくなったのが、残念だったのである。父が自分を軽蔑していたことを、啓文は父の死顔を見て、はっきり感じたようであった。

十一歳の年終戦がやって来た。戦時中何不自由なかった母の実家の軍需工場は、戦災と時代の波に潰れている。が、母が本当に活々《いきいき》し出したのは終戦後である。啓文が中学に入った年、母は芦屋の家を売り、曾根崎新地でバーを始めた。

母にどんな手腕が隠されていたのか、啓文には分らない。店は繁盛し啓文が大学に入る頃には三軒の店を経営するまでに成功した。

「バーなんか止めろよ」

啓文が言うと母は決って、

「お前と啓二のためにお母さんがこんなに苦労しているのが分らないのかい」

それが弁解であることも啓文には良く分っていた。しかし啓文は、それ以上は口出ししていない。鈴掛令子は生れながらに華やかな生活が好きだったのである。

京都の私立大学に入ると同時に啓文は下宿した。北区紫竹梅之木町である。閑静な場所であった。高雄《たかお》の山や嵯峨野《さがの》の山々が晴れた日には眼の前に浮ぶ。自分の勝手な生活への言い訳だろうか。それとも、そうすることが母性愛だと思ったのだろうか。母は大学生の学資にしては多過ぎる金を啓文に与えた。

母は意識していなかったが母の行為は、私は好き勝手なことをするから、お前も勝手なことをしろ、と言っているのと同じであったのだ。

少年時代癇高かった鈴掛啓文は、少し神経質な色白の背の高い青年に成長していた。啓文の大学は京都の有名な私立大学で、ブルジョアの子弟が割合多い。金も暇も余っている連中は自然グループをつくる。

鈴掛啓文はいつか、卒業しても就職の心配の要らない仲間たちと、ナイトクラブに出入りしたり、夏は仲間たちの別荘へ、冬はスキー、と遊び回った。ブルジョアの子弟と言っても、大会社の社長の息子たちではない。大問屋や大商店、飲食店などの息子たちである。将来は父の店に入り、呑気にやって行ける連中だ。言ってみれば現代の浮薄な青年の群れである。女友達も多かった。

女子大学生も居れば有閑マダムも居た。仲間たちと同じ金持の令嬢も居た。

だが鈴掛啓文は、それらの女性の誰とも関係していない。純情だとか、女嫌いなのではない。もっと別ななにかが啓文にはあった。

女たちがそのような啓文に好意を示すのは当然である。誰が啓文を真先に陥落させるか、賭けた女のグループがあった。

土地会社の社長夫人の安西杏子《あんざいきょうこ》が真先に名乗りをあげた。杏子の夫の安西郷介は数人の妾を囲っており、年も二十歳以上違う。

ある夏啓文が、仲間の男女と白浜に行った時のことである。海際に仲間の親父の別荘があった。泳ぎ、飲み、遊び疲れたあと、皆、しめし合せていて、それぞれの相手と奔放な若い情熱を発散させた。

啓文は一人、四畳半の部屋に取り残された。南国の夜はねっとりと若い身体をたかぶらせる。安西杏子は素肌の上に薄いナイロンネグリジェを着ていた。肩から腕がむき出し、ブラジャーも外していた。崩れない豊満な乳房が安西杏子の自慢である。杏子は啓文の前に寝転びながら足を組み合せたり、胸を突き出したりした。夏の夜と同じようなねっとりした肉感が杏子にはあった。厚い肉の層が弾力的に肌を支えているような、そんな身体である。啓文は時々眼のやり場に困ったように視線を外《そ》らせた。

「ねえ、啓文さんは童貞じゃないんでしょ、それとも童貞かしら、あなた女が怖いの、それとも嫌い？」

杏子はアダムを誘惑するイブのように、姿態と言葉で啓文を誘った。が、啓文は一向に声を出そうとしない。杏子はじれて来た。他の仲間への面目にかけても今夜に啓文を口説き落さねばならない。態度が露骨になった。啓文の身体に手を掛け、熱い身体を寄せた。

「女の身体って甘いものよ、ことに私は、きっと啓文さん満足なさるわ」

啓文の手を自分の胸に持って行った。

もし安西杏子が啓文の眼を見ていたなら、杏子は無益な誘惑を止しただろう。だが、杏子は気が付かなかった。杏子に誘導された啓文の手が水を含んだ果実のような胸の盛り上りに触れる時、ふと、啓文が囁《ささや》くように言った。

「安西さん、ネグリジェを脱いで、僕に見せて……」

「まあ、啓文さんたら……」

安西杏子はふと赤くなった。

「電気を消しても良い？」

薄暗い部屋の中で安西杏子はネグリジェを取った。三十女の爛熟した身体が火のように熱くなりながら啓文の次の行動を待っている。啓文は立ち上ると電灯をつけた。

「いや、見たりしちゃ」

柄にもなく恥かしそうな声を出した安西杏子は腕で顔を蔽《おお》った。啓文は横たわる安西杏子の裸像を無表情に見下していた。そうなのである。義理で行った展覧会場の無意味な彫刻を眺めるように、啓文は興味のない冷い視線を投げ掛けていたのである。

そして顔を蔽っている安西杏子を置いたまま啓文はそっと部屋を出た。白い波が月に砕ける海に飛び込んだ。安西杏子を抱くかわりに啓文はくたくたになるまで海で泳ぎ、白砂の上で朝まで眠った。

啓文が不能者であるという噂が飛んだのはそれからである。侮辱された安西杏子が根も葉もない嘘をまきちらしたのであろう。

それ以後、啓文たちのグループで啓文を誘惑しようとする女性は居なくなったようであった。

　啓文が大学三年になった四月のあの夜である。啓文は仲間の落合たちと神戸のナイトクラブに出掛けた。落合の伯父《おじ》が経営する店で、落合たちは良くガールハントのため、この店にやって来た。フィリッピンのバンドなどを置いており、毛唐や金持の無目的な若者たちが集った。有閑令嬢も来れば、コールガールも出入りするといった植民地的な雰囲気の店である。高台にありホールの外の庭は芝生で、庭先からは神戸の街やメリケン波止場が見渡せる。落合たちはすぐガールフレンドを見付け、踊り始めた。啓文は一人、テーブルに残っていた。煙草を吸いながらぼんやりフロアを眺めていた。バンドは強烈なマンボを演奏している。啓文の視線はそのうち、フロアで取りわけ派手に踊っている一人の女に吸いつけられた。手を振り腰をゆすり足を叩きつけ、踊ることに熱中している。二十二、三だろうか、髪を赤く染め、黄色いスラックスと赤とグリーンの派手な横縞のブラウス、首には金と黒の中国風のネックレスをしていた。そんなに美人ではないが、色は白く細い眼と眉が長く古典的な顔立ちである。赤い髪や派手なブラウスと不釣合いであった。相手は大きな身体の毛唐である。曲が終り二人は腕を組みながらテーブルに戻った。啓文のすぐ傍である。

　その時、ちょっとした事件が起きた。この店にはめったに来ないのだが、一人のニグロが酔ってやって来たのである。その女が席を立ちトイレの方に歩いて行くのをニグロが摑《つかま》えた。踊らないか、と言っているようである。女はブロークンな英語で言葉を交していたが顔を振ってトイレに行った。ニグロは入口で待ち受けている。大柄な毛唐が獣のような眼でニグロを睨んでいる。女が出て来た。ニグロがまた女を誘った。すると意外にも今度はＯＫし、ニグロと一緒に踊り始めたのだ。さっき以上に原始的な踊りである。女は相手が誰だろうと構わないのだろう。踊りそのものに陶酔している。女の相手の毛唐が立ち上った。

ホールに行った。踊っている女の手を摑み引き寄せた。ニグロに向い、

「ゲラウト！」

手を振りながら荒々しく入口を指した。出て行け、と怒鳴ったのである。ニグロの口がふいごのように大きな息を立てている。ホールがしーんとなった。バンドだけがけたたましい。すると突然女は、毛唐の手を振り離し、もの凄い形相で毛唐に喰って掛った。せっかく踊っているところを邪魔するな、と叫んでいる。フロアを足で叩き火の玉のようになって怒鳴っている。

啓文は息を吞んで見詰めていた。胸の底からゆすり上げられたような感動だった。なぜこんな感動を覚えたのか自分でも分らない。しいて言えば、生温い湯につかったような毎日の怠惰な生活に一撃を受けたような感動だったのかもしれない、怠惰な生活といっても具体的なものではない。精神に対してである。勉強にも熱中し切れず遊びにも熱中し切れない怠惰さのことであった。

騒ぎはおさまった。ニグロがホールを出、その女は結局初めの毛唐とまた踊り始めた

のである。

落合が戻って来た時、啓文はその女のことを尋ねた。落合の相手は二十歳ばかりの色白のグラマーであった。金飾りのついた皮の大きなハンドバッグを持っている。アメリカ製で高価なものだが品は良くない。

「パン助だわ、あの女《こ》……」

落合が答える前に女が口をはさんだ。

「毛唐相手のパン助じゃないかな、そういえば違った毛唐と良く来ている」

「毛唐だけじゃないわ、日本人ともよ、昔、三ノ宮のズベ公だったんだって……」

「そんな女に見えないがなあ」

啓文は呟《つぶや》くともなく言った。落合は啓文のそんな口調にひどく興味を覚えたようである。

「調べて置いてやろうか……」

啓文は答えなかったが、女はけたたましい声を挙げて笑った。笑いながら例の女を、軽蔑するように見た。視線が合った。縞ブラウスの女がゆっくり立ち上って啓文たちのテーブルにやって来た。

「ちょっとあんた、顔を貸しな……」

細い眼が刃物のように光っている。落合の相手の女が息を呑んだ。顔が蒼白《そうはく》になった。

「済みません」と啓文が言った。

女はちらっと啓文を見た。なにを思ったか啓文に微笑した。黒い眼が美しかった。

啓文が落合からその女のことを聞いたのは、御所の芝生の上である。大学のすぐ傍に御所があり、学生たちは立入禁止の芝生で寝転んで憩《いこい》を取る。華やかな女子学生たちが数人歩きながら合唱していた。

女の名前は間柄不二《まがらふじ》、確かに四、五年前は三ノ宮のズベ公だったという。今はなにをしているのか良く分らないが、次々と異った外人たちと交際しているところを見ると高級売春婦ではないか、と言う、金廻りはかなり良いらしい、時々一人で来て、遊んで帰ることもある。落合の伯父の店のマネージャーの話では、神戸の顔役の娘で、高校時代からぐれていたらしい。そのせいか、ちんぴらたちも間柄不二には手を出さない。

「付き合うような相手じゃないぜ」

と落合は啓文に忠告した。

数日たってから啓文は一人でその店に行ってみた。間柄不二の姿は見えなかった。

啓文が間柄不二と再会したのは一ヵ月後である。そのナイトクラブで一人で飲んでいると、不二がやって来たのだ。今夜も外人と一緒だった。今夜はブルーのスラックスに竪縞のブラウスである。派手な服装が好きなようであった。間柄不二は先夜と同じように原始的な情熱で踊った。啓文は執拗《しつよう》に不二を眼で追い続けた。視線が合ったのは、不二がテーブルに戻ってからである。

間柄不二は細い眼を開けるようにして、啓文を見た。啓文は視線を離さなかった。

連れの外人にちょっと断わったのだろう、不二はまっすぐ啓文の席にやって来た。

「この間の学生さんね、今日は一人なの……」

啓文は背広を着ていた。不二が啓文を学生と見たのは襟のバッジのためだろうか。

「良かったら一緒に飲みませんか、僕、あなたに会いに来たのです」

不二は吹き出したようである。顎を両掌に乗せてテーブルに肘をつき、啓文の顔を眺めた。

「どうしたんです？」

「綺麗な顔だわ、鼻も繊細ね、でもあなたって意志が弱そうね、あなた幾つ？」

「二十一ですよ」

「私より一つ下だわ、あなた軟派ね」

「僕は女性には余り興味がありませんよ」

「だって、私を追い駈けて来たんでしょ、あなた今、そう言ったじゃないの」

「それは別です」

「どう別なの、ね、言って、どう別なの」

間柄不二は肘をテーブルから離すと真顔で言った。啓文は言葉に詰った。彼は口は達者な方ではない。ぼそぼそした口調で、先夜、ニグロを庇《かば》って連れの毛唐に怒ったのは立派だ、勇気がある、と言った。啓文が言いたかったのはそんなことではない。もっと別なことだった。だが、それは啓文には良く分らない。不二はまた吹き出した。

「私ね、楽しみを邪魔されたから怒ったのよ、楽しみを邪魔する奴は、誰だって許さないの、それだけよ、ああおかしい、あなたって感傷家ね」

笑うと歯が美しい。荒れた生活をしているような女には見えない。今夜時間があるの、と間柄不二は尋ねた。啓文が頷《うなず》くと腕時計を見て、十一時に三ノ宮の喫茶店で待っていて頂戴と言った。手帳を持っているか、と尋ねるので頷くと、手早く地図を書いた。実に素早くしかも克明である。

間柄不二は連れの外人をうながすと、店を出て行った。まだ九時である。二時間の間なにをしているのだろう。啓文は十時頃そのナイトクラブを出た。不二が指定した喫茶店は三ノ宮のガード下の商店街の近くにあった。この商店街は終戦後闇市として発達し、ほとんどが三国人経営の店である。今でも麻薬や密輸の巣である。柄の悪い場所であった。広い通りに面した喫茶店で、通りの辻には夜の女やポン引が徘徊している。店には髪の毛の長い変な若者がたむろしていた。啓文が一人で居るとじろじろ眺める。薄気味悪かった。十一時をちょっと過ぎた頃、不二がやって来た。黒いスラックスにはき変えている。若者たちが不二に会釈《えしやく》する。不二はこの辺りでは顔のようである。

「どこに行きましょうか？」

と間柄不二が言った。すぐ傍で見ればなかなか品の良い顔である。化粧を落した顔色はやや青いが、唇があどけない。この唇で二倍もある毛唐をののしるとは想像もできない。

「僕は神戸は知らないんだ、京都に下宿している、母の家は大阪にある」

不二は大学のバッジをいじりながら、

「そういえば、これは京都の学校ね、でもどこに遊びに行くかは男が決めるものよ、そうね、あなたの生活が分る場所に行きたいわ」

生活が分る場所といえばどんな場所だろう。ふと啓文は不二を母の経営しているバーに連れて行こう、と思った。今から車を飛ばせば十二時前にはつく。客も店の女もほとんどが帰り、酔い痴《し》れた客と酔って陽気になった母がくだらない話に笑いこけているに違いないラスト後のバー。啓文は勢い良く言った。

「よし、大阪のバーに行こう、大阪でも一流のバーだよ」

「そこがあなたの生活に関係あるの？」

「大ありだよ、だっておふくろが経営しているんだから……」

不二は楽しそうに笑った。喫茶店を出るとき若者たちの眼が一斉に注がれた。

三ノ宮でタクシーを拾い阪神国道を大阪まで飛ばした。不二は運転手に音楽を鳴らすように言った。運転手が歌謡曲を掛けると、ジャズよ、しっかりして、と叫んだ。

あなた私の名を知っているの、と尋ねたのでナイトクラブのマネージャーに聞いた、と答えた。この間の友達の伯父があのクラブを経営している、と告げた。

「それじゃ私の噂聞いたのね」

啓文が黙っていると、

「変った人ね、あなたって、でも私は噂通りの女よ、どう失望した、もっと別な女だと思っていたんじゃない？」

「僕には分らない、でも世の中には不潔な女が多過ぎるよ、しかし間柄さんは不潔だという気がしない……」

　髪を赤く染め、毛唐と交際し、売春婦だという噂の女、いや、不二は自分の口からそうだ、と告白しているのだ。それなのに不潔な感じがしない。車の中で寄り添って坐るときつい香料の匂いがする。毛唐が好みそうな香料だった。爪は真赤である、この女の喋《しゃべ》ることや行動が飾らずに裸であるからだろうか。しかし裸の女で不潔な感じのする女は多い。それに不二は植物的な肢体に似ず動物的なエネルギーを持っている。昔から啓文は、女性の動物的な感じに好意は覚えなかったのに……

　間柄不二はまた吹き出した。不二は啓文が真剣なことを喋ると吹き出すようである。

　曾根崎新地はバー帰りの客や車で混雑していた。誰もが酔っ払っている。鈴掛令子の居る店は新地本通りの南にあった。堂島川の近くで、新地ではひっそりした場所である。三人の女が客を送るべく門口に立っていた。啓文はめったに来ないので、女たちは啓文の顔を知らない。ボーイ主任が入口で頑張っていて、もうラストです、と言い、不二をうさん臭そうな眼で見た。

　珍しく怒りが湧き上った。啓文は不二の手を取ると、ボーイ主任を突きのけるようにして店内に入った。

二、三人の女が疲れたようにカウンターに坐っていた。二人のバーテンが洋酒棚にもたれて話し合っていた。ラスト直後のバーには客たちが残した欲情が塵埃《じんあい》と一緒になってもの憂く漂っている。

テーブル席にはまだ二人の客が居た。四十を過ぎてから一段と太った鈴掛令子は、啓文が時々想像する通り少女のような声をあげて喋っていた。禿げた客の一人がズボンの鰐皮《わにがわ》のバンドで母の胸を計っている。ホステスの一人が腹を押えて笑いこけながら、

「マダムの勝だわ、五千円よ……」

母の胸囲で客と賭けをしたらしい。

「あれがおふくろだよ」

と啓文は不二に言った。ボーイ主任が二人の前に立ちはだかった。

「もう店は終いです」

母の笑いが止んだ。鈴掛令子は墨を入れた眼を見開き、たいぎそうにやって来た。

「お母さん、僕の友達の間柄不二さんだよ、今夜は飲みに来たんだ……」

「初めまして、間柄不二です」

不二はぴょこんと頭を下げて挨拶した。ボーイ主任が照れ臭そうに去る。母は二人を見較べた。酔いも醒めたといった顔付きである。

「しようがないわね、こんなに遅く来て、啓二は真面目だよ、一生懸命勉強しているよ、来年は東大を受けると言って……」

「私立で悪かったね、飲むことばかり覚えて」

啓文は酔いが廻ったようにボックス席に坐った。事情を察したホステスが、客の耳に口を当てている。ほう、と言ったように客が振り返った。母の顎は二重顎になり、くびれた首の下に脂肪太りの肌がのぞいている。母は赤いシホンベルベットのドレスを着ていた。

啓文はダブルでウイスキーのストレートをボーイに注文した。

「マダム、お客さんだろ僕たちに構わないでくれよ」

と啓文は眼の前に坐っている母に言った。母はじろじろ間柄不二を眺めている。こんな視線が不二にどんな感情を呼び起さすか、啓文は良く知っている。不意に不二が言った。

「踊ろうか……」

「音楽がない」

「私が歌うわ」

二人は客席の真中にある小さなフロアに出た。不二は手を叩き歌い始めた。だがそれは歌ではない。甲高《かん》い喚きであった。足でフロアを踏み鳴らした。啓文も手拍子を取って踊り始めた。リズムもなにもない。まだツイストが入って来ていなかったが、それはまさしくツイストである。

啓文と不二の顔から汗がしたたり落ちた。イヤホッ、と不二が叫ぶと啓文もそれに応《こた》えた。母も客もホステスも呆然《ぼうぜん》と二人を眺めている。

踊りながら不二はブラウスのボタンを外した。ブラジャーのない胸から乳房が飛び出る。丸く恰好の良いふくらみである。乳房はすぐ汗に濡れた。強い香料に交って微かなわきがの匂いがした。

「一人で踊っているのよ、一人で……」

と不二が叫んだ。啓文に叫んだのか店の者にか、それは分らない。だが、啓文は自分も一人で踊っているのを感じた。この時、啓文は神戸のあのナイトクラブで狂気のように踊っている間柄不二の気持の一端を感じたようであった。

母の店を出たのは午前一時頃である。今夜はうちで泊りなさいという母の手を振り切って、不二と一緒に外に出た。踊ったあと飲んだウイスキーが、急激に回って来ていた。

「車を呼んで」と不二が言った。

啓文は不二の手をしっかり握っている。

「家まで送って行く」

「冗談じゃないわ」

「どうして……」

「私には私の生活があるの、神戸では私の生活が待っているわ」

不二はふらふらしながら通り掛ったタクシーを呼び停めた。片足をタクシーに掛けながら、

「どんな男と居る時も、一人で遊んでいるような気がするけれど、今夜は時々、ふと二人だな、と思ったわ、楽しかった」

「また会いたい」

「一日に一度は、三ノ宮のあの喫茶店に居るわ、そう、これが喫茶店のマッチ、電話番号があるから……」

赤いテールライトを見送っていると、母が息を切らせてやって来た。

「啓文、お前は、情けない、あんな変な女と交際して……店の女にも恥かしい」

鈴掛啓文は冷たい眼で母を見詰めた。裸の安西杏子を眺めた時のような眼付であった。


こうして啓文と間柄不二の奇妙な交際が始った。啓文は落合たちに不二との交際を隠した。もの笑いになると思ったからではない。二人の交際が落合たちには理解されない、と思ったからである。熟した果実のような有閑マダムや華やかな女子大生たちと明るく貪欲《どんよく》に青春を謳歌する落合たちには、ゴージャスな雰囲気と刹那《せつな》の欲望の充実が大切なのだ。精神を重苦しく締めつけるものはない、いや、彼らにとってそんなものは不要である。それは現実的な人生の障害にこそなれ、何らの価値を生まない。現実的に価値のないものは、落合たちには不要であった。

確かに啓文と間柄不二との交際は、現実の人生には役に立たない。が、啓文には一見役に立たない不二との交際が貴重なのである。

一度、二度、三度と会ううち、次第に啓文は不二に会わねば、居れないようになって来た。これが愛というものだろうか。啓文には、自分で自分の感情が分らない。

それに啓文は、不二の私生活については、噂以外なにも知らない、不二は自分の私生活に触れられることは極度に嫌った。

束縛されているのだろうか、と想像してみたりするが、啓文が三ノ宮の喫茶店に電話して、その場に不二が居れば、不二は必ず、その日のうちに会う時間を指定した。

それは大てい遅かったが、頭から拒絶したことはない。自由な身体だからできるのだろう。

二人は会って肉体関係を結ぶというのではない。飲み、踊り、時には映画を見、夜の道を歩き廻る。まるで少年と少女の交際のようである。いや、今の時代の少年少女はもっと大人だった。一体二人の交際にはどんな意味があるのだろう。

一方、間柄不二がもし本当に売春婦だとすると子供のような啓文との交際になにを求めているのか。

その日、不二は珍しくスラックスを止し、ワンピースを着て来た。やはり縞柄だが薄い水色と淡黄色でいつものブラウスとは異り、かなり上品なものである。

それは、初めてと言って良いほど不二に似合った。昨日出来て来たのよ、と不二は言った。

「良く似合うよ」

一変だわ、こんな少女趣味、でも、あなたが上品だから余り柄の悪い恰好もできないものね」

そういえば、最近啓文と会うと不二は以前よりもずっと柔かい言葉で話すようになっていた。その日、不二は大阪で映画を見たい、と言った。イタリーの若者の無軌道な生活を扱ったものだが、テーマ音楽が良かった。無目的な暗い季節にふさわしい頽廃的《たいはいてき》な音楽である。不二は身動きもせず画面に見入っていた。外に出ると、

「甘いわ、あの音楽、やり切れないほど甘過ぎる、無軌道って、あんなもんじゃないわ」

間柄不二の顔にネオンが映っている。美しい、と啓文は思った。映画のせいだろうか、この時啓文は、初めて不二を抱きたいと、感じている。唾が出て来て息苦しくなった。粘っこい映画が眼に浮ぶ、それが寄り添って歩いている不二とダブるのである。不二は啓文がいつもの啓文でないことを敏感に感じたようである。

「どうしたの?」

「君が好きだ……」

「馬鹿ね……」

不二は笑いとばそうとした。ところが不二の方も、いつものように口が開かない。掠《かす》れた笑い声が洩れた。最近、啓文は不二と電話で会う約束をするので、不二が毛唐と遊んでいるところを見ていない。

一人の間柄不二と会うだけである。不二は翳《かげ》りはあるが、柔かい知性的な女性である。頭の回転は早い。感覚も鋭敏である。こうしていると不二の背後を暗く包む売春婦という言葉は、想像もできない。ことに、最近の不二の雰囲気は、ますますそんな背後を感じさせない。

「馬鹿じゃない、本当のことを言っている」

「あなた、私にだまされているのよ、私は男の子をだますのが得意なの」

梅田新道の繁華街を北上し、阪急百貨店の前まで来た時、不二が思い付いたように言った。これから啓文の生活に関係ある場所に案内して欲しい、と言う。

「ただし、バーは御免よ」

ふと啓文の脳裡に芦屋の洞が浮んだ。不二を連れて行ったら、どんなに楽しいだろう。腕時計を見ると十時四十分である。梅田の商店街はそろそろ店終いに掛っている。

「よし、良いところに連れて行こう、山の中だ、怖がっても知らないぜ」

啓文は楽器店を見付けた。ハーモニカを買った。

「変なものを買うのね」

「そうさ、僕が子供の日に遊んだ場所に連れて行ってあげる」

梅田から阪急電車に乗り芦屋で下りた。灯《ひ》は昔よりもずっと多い。新しい家が次々と建てられ山麓《さんろく》にはぎっしり家がつまっている。

窓の灯はだいだい色だが、ところどころ赤や青の灯がある。芦屋川の白い川床が月の光りに濡れている。山から下りて来る微風ににこもった樹の匂いがする。花模様の浴衣姿の少女が母親に手をひかれて川沿いの道を歩いて来る。六甲連山は火山地帯なので山ひだが多く深い。川沿いの道を上ると、次第に灯は少なくなるが、反対に眼下の灯群《ほむ》れが一歩上るごとに広くまたたき始める。

山に上るにしたがって不二の口数が少なくなって来た。鎖で引張られる犬のように時々立ち停る。薄い縞柄の服と白い顔は闇の中に立ち咲いた大きな花のようであった。

「気が進まないの？」

と啓文が尋ねた。

「なんだか怖いのよ、私って、夜の山なんか来たことがないわ」

「だって僕の生活の場に連れて行ってくれ、と君が言ったんじゃないか、今更怖いだなんて卑怯だよ、さあ……」

と言って啓文は手を差し出した。

「良いわよ」

間柄不二は心のなかのものを断ち切るように強く拒絶すると啓文と並んだ。本当に顔が青いようである。どこからか花の香りがした。

間もなく啓文が生れた家の前に来た。辰山という表札が掛っている。立ち停ると激しく犬が吠え出した。

「ここだよ、僕が生れた家は」

「大きいわ、無気味なくらい大きいわ」

隣りの家の門に猫の死骸を釣った話をした。不二は眉をひそめたが笑わなかった。十年前と同じく二つの岩は傾斜した樹林のはずれにあった。が、すぐ傍まで土が掘られている。宅地造成のためだろう。

暗い穴が闇の中にぽつんと口を開けている。

「これは僕がつくったんだ、今でも昔のままだよ、良く家を逃げ出して、ここで夜を明かした、親父に幾ら擲《なぐ》られても、この場所だけは白状しなかった」

啓文はしゃがむと中を覗いてみた。真暗だが昔に較べて広くなったようである。大人でも充分入れる。啓文は寝転ぶと足から中に入ってみた。ちょうど顔だけ出る。満天に拡がった星が今にも降りそうである。啓文を見て急に不二は笑い出した。

「おかしいわ、顔だけ出して、猿みたい、動物園に行くと猿が顔だけ穴から出してるわよ」

子供のようなことを言った。啓文はハーモニカを出してドナウ河の漣《さざなみ》を吹き始めた。覚えていると思ったが、十年という歳月は短かいものではない、吹けるのは有名な最初のメロディだけで後が続かない。

「音痴ねえ、貸してごらんなさい」

間柄不二は啓文からハーモニカをもぎ取ると岩の上に這い上った。ドナウ河の漣を吹いた。実に旨い。マンボやジルバしか踊るのを見ていないので、こんな曲を吹けるとは思っても居なかった。下から見上げると、岩に密着した白い素足がすんなりと美しい。啓文は洞から這い出ると間柄不二の傍に這い上った。黒い海に拡がりながら落ちる芦屋の灯の渦《うず》は息を呑むほど鮮やかである。この時啓文は、昔一人で遊び隠れた場所であることを忘れた。過去などどうでも良い。不二と二人で来たがゆえに、初めての場所のような気がした。芦屋の海は暗い。だが遠く船の灯が見える。灯は動かなかった。

不二が吹き終えたので、啓文はハーモニカを取った。間柄不二がハンカチで拭こうとしたので、

「君も僕が吹いたあと拭かなかったじゃないか……」

そのまま唇に当てた。不二の唾の匂いがした。戦慄的な情熱が啓文を貫いた。啓文は気付いて逃げようとした不二を抱き締めた。不二は両腕で啓文の胸を突き、身をよじって啓文の唇を避けようとする。啓文は接吻には慣れていない。それに血が頭に昇っている。不安定な場所も忘れて両腕で逃すまいと不二の顔を抱きかかえた。不二は必死で顔をそむける。啓文の唇は、不二の頬から唇の端に夢中で押しつけられた。

「だめ、落ちるわよ」

「落ちても構わない」

更に腕に力を入れた時腰がすべった。どちらがすべったのか分らない。二人はもつれ合いながら岩の下に転落した。二メートル近い岩である。息が詰ったほどの衝撃に眼の前が暗くなった。気が付くと、間柄不二は仰向に倒れている。眼が開いていた。死んだ

のではないか、と啓文はぎょっとして、

「しっかりしろ……」

と不二の身体に手を掛けた。

「馬鹿ね、星を見ているのよ」

不二は啓文の顔を両手で挟むと微笑した。眼が潤んでいる。啓文は不二の唇に唇を押しつけた。不二の唇に土がついていたようである。

技術もなにもない、歯と歯がぶつかって音を立て、押し込んだ啓文の舌がち切れるほど吸われた。何十秒かたったろう。啓文があえぎながら不二の下半身に手を触れようとすると、不二は両足を絡ませながら一回転し、凄い力で啓文を突き放して起き上った。

啓文が突進しようとすると、すっと身体を引いた。落着いてスカートの汚れを払い落しながら、啓文を見詰めて首を振った。

「帰りましょう、もう遅いわ」

「君は……」

「待っている人が居るのよ」

「なんだって」

「私は一人じゃないのよ」

間柄不二は冷たい顔で言った。いつどのようにして山を下りたか啓文は覚えていない。ただ不二が先にたって下りたことだけは確かなようである。きゃしゃな白い首筋が後

う。ろ髪が揺れるたびに見え隠れている。さっき岩から落ちた時に、不二の髪が乱れたのだろ
「君は嘘を言っている」

「嘘は言わないわ、私が今まで嘘を言ったことがある、約束を破ったことがある？」

「しかし、君は……その男は君のひもか……」

「あなたも私を侮辱するの……」

「侮辱はしない、僕は君が好きだ、このまま会えないなんて、僕には考えられない、君も僕を好いてくれてるはずだ、僕には良く分る」

「嫌いという言葉は知ってるけど、好きだなんて、おかしいわ」

「分らない、僕には君が分らない、そんな人が居るなら、君はどうして僕と交際したんだ、どうして……」


接吻をしたんだ、と言い掛けて啓文は口を閉じた。嘘なのだ、不二の言っていることは嘘なのである。不二は、待っている人も居ないし、好きという言葉も知っているはずである。母の店に行った時、不二はどんな男と居る時も一人だけど、今夜は二人だ、と思った、と言ったではないか。夫か愛人が居るなら、そんな言葉を口にするはずはない。

芦屋川沿いに阪神国道に出るまでの間、啓文は不二を掻き口説いた。口べたな啓文だが、我を忘れていたから言葉が出たのだろう。口べたというのは、意識の問題であることが多い。阪急電車を横切り更に下に行くと、時々空車に行きあったが、不二は停めな

かった。少しでも啓文と一緒に居たいからではないか。

が、不二は一言も喋らず、とうとう阪神国道に来てしまった。くるっと向きを変えて、

「あなたの最後の生活の場、京都の下宿まで案内して貰おうと思っていたけど、それが来ない間にお別れになったわね」

歩道で初めて不二は口をきいた。啓文は絶望的な表情で、

「これだけ言ってくれ、どうして僕と交際したんだ」

不二はふと顔を歪《ゆが》めた。

「しつこいわね、今言ったじゃないの、じゃ、さようなら……」

あっと思った瞬間国道に飛び出した。午前一時頃の阪神国道は車が凄いスピードで行き交いしている。危い、と思わず叫んだが、不二はまるで花を縫う蝶のように車の間をすり抜け向う側の歩道に立った。啓文には不二が現実の女には思われなかった。まして売春婦には。不二が手を挙げた。啓文もつられて手を挙げたが、不二はタクシーを呼び停めるために手を挙げたようである。白い顔が車の中に消え、そのあとには人型のような黒い空洞だけが残っていた。

啓文が、ハーモニカを岩の上に忘れたのに気付いたのは京都の下宿に戻ってからであった。

それでも啓文はその後数度三ノ宮の喫茶店に電話している。ウェイトレスは、居ないと答えている。不二が会わないと決心している以上、電話を掛けても無駄であった。啓

文自身、馬鹿げていると思うこともある。素姓《すじよう》が知れないどころか、最低の種類の女に違いない。が、所詮、愛というものは理性や理論では割り切れないものではないか。大会社の部長が女事務員と心中したり、警官が女囚と本気に恋愛し、取り調べにかこつけて外に連れ出したりする。

それが男女の間なのだ。理性や理論で割り切れるものは、どんな良い衣をきせようと、その本質は打算と情欲に過ぎない。刺戟《しげき》の多いめまぐるしい現代では、打算と情欲に衣をきせた愛情が幅をきかしているようであるが、そんなものでは割り切れない愛情も多いのだ。

啓文は思い余って三ノ宮の喫茶店に出掛けて行った。が、不二の姿はなかった。相変らずちんぴらがたむろしていた。彼らの視線を浴びながらウェイトレスに不二のことを聞いていると、啓文はちんぴらたちに店の外に連れ出された。擲られなかったが、胸をこづかれ、お前のような男の来る場所じゃない、と凄まれた。

啓文が落合たちと軽井沢に行き、グループの一人である女子学生と関係を持ったのは、その年の夏である。感激もなにもない、唾を吐くように欲情を吐き出した関係であった。

啓文が不能者でないことが、その女子学生の口から拡まると共に、啓文を誘惑しようという女たちがまたぞくぞくと現れたが、啓文は相手にしなかった。いや、その夏を境にして、啓文は落合たちのグループから離れて行ったのである。

鈴掛啓文は無口になった。大阪にも帰らないし、ぼんやり学校と下宿の間を往復した。

といって真面目に勉強し出したわけではない。ただ、下宿でごろごろしているのである。怠惰といえば、これほど怠惰な学生は居ないだろう。

夏休みの終り啓文は学校に行った。まだ授業は始っていないのでひっそりしていると思ったが、若い男女が校庭をうろうろしている。一般に開放した夏期講座の受講生たちである。短大の学生が多い。勉強の意欲から来ているのではなく、大学生活の雰囲気を味わいに来ているのだろう。ＢＧも居るようである。

落合たちは北海道に行っている。まだ帰って来ていない。啓文は誘われたのだが行かなかったのだ。誰とも口を利《き》くのがめんど臭い。早く学校が始まれば良い、機械的な時間が持て、なんとかその日を暮せそうである。

そう思いながらぶらぶら歩いて行くと、グラウンドに面した背の高いポプラの樹の下に、一人の女がぼんやり立って、ラグビーの練習を見ている。大学のラグビー部は有名で女性ファンも多い。そんな一人だと気にもとめないで行き過ぎようとすると、女がこちらを見た。啓文は息を飲み飛んで行った。

間柄不二である。赤い髪を黒く染め直しているので分らなかったのだ。

「どうして君はここに……」

「夏期講座に来ていたの、四年振りだわ、教室に入ったの……」

化粧していない顔は青い、明るい夏の陽がグラウンドに照り映え、辺りはまばゆいばかりである。むき出た二の腕は白いが、眼窩《がんか》のあたりが翳《かげ》り少し荒れている。不節制な生活のためだろう。が、髪を黒く染めた不二の姿は品があった。

学校を出、京都駅から国電に乗った。

「元気そうね」

「君は少し痩せたんじゃない」

「柄にもなく勉強しようと思ったら、身体の調子が狂ったのよ、でも偶然ね、今日は夏期講座の最終の日よ」

僕に会いたくて来たんだね、言葉を胸で呑むと、胸がふくれ上るようである。電車の振動のたびに腿と腿とがすれ合う。いとしさが胸のふくらみの中でうずく。アパートを大阪に変えた、と言った。梅田の喫茶店でお茶を飲んだ。ノートをもっていないので理由を聞くと、

「教室でぽつんと坐っているだけ、講座が済めば開かないノートを、わざわざとる必要はないわ」

と不二が笑った。また会ってくれないか、僕は君が好きなんだ、啓文は不二の手を取りながら掻き口説いた。

不二の手に力が入った。笑いながら見て啓文の頬を左手でちょっとなでた。あなたは可愛いといった感じである。腕時計を見た。

「さあ、そろそろ帰らなくっちゃ」

思いを断ち切るように唇を噛んだが、握っている手は離さない。黄昏《たそがれ》が近付いたのだ

ろう。客が次第に多くなった。顔を寄せたが、いつものきつい香料の匂いがしない。啓文はこのまま間柄不二に溺れて行きたい気持になった。未来なんかどうでも良いような気がする。考えてみればこの年になるまで、本当の生活はなにもなかったようである。不二だけが、啓文が始めて摑み取った真実である。

不二が、自分たちの仲間に入れ、と言えば入っても良い。大学教授になることが人生の真実だと言えようか。啓文がそれを言うと、不二は、

「馬鹿ね、この子ったら……」

親指と人差指で啓文の両唇をはさんだ。啓文がじっとしていると、はさんだ唇を引張り、

「なによこの顔、泣きべそかいて、私はじゃらじゃらした男嫌いなの、甘えているわ、世の中ってそんな甘いもんじゃないわよ」

喫茶店を出て梅田の地下鉄まで送って行った。離れ難い。阿倍野まで行くと言うので、

「淀屋橋から乗ったら良いじゃないか」

啓文と不二は手を絡み合せて梅田から淀屋橋まで歩いた。ネオンが打水した舗道につき始めた頃で、大変な混雑である。会社帰りの人が多い。だが啓文は不二以外のことは念頭にない。あっという間に淀屋橋についた。改札口まで送って行った。

「会いたい、もう一度だけ、君が悪いんだ、学校に来たりするから……」

不二は肩をすくめた。

「そうね、私も悪かったわ、未練たらしく行ったりして、妙な気持、仕方がないわ、それじゃ今夜十一時に、ここで会いましょう」

　行き掛けてふと振り返り、

「私も会いたかったの……」


　夜十一時の地下鉄の改札口は白いコンクリートの床が侘しく、腕時計を見ながら歩き廻る啓文の足音だけが空《うつ》ろに響く。時々地下鉄が轟音をあげてプラットフォームにすべり込み発車する。十一時十五分、間柄不二は黄色いスラックスに派手なブラウス、啓文があっと思ったほど顔を毒々しく塗ってプラットフォームの方から上って来た。啓文の姿を認めると立ち停った。

「やっぱり居たのね」

　不二は呟くように言った。

「なんだその顔は……」

「今まであなたの生活の場を案内して貰ったから、今夜は私の生活の場に連れて行ってあげるわ」

　眼の墨が濃くマスカラをつけ、唇は毒々しく塗っている。間柄不二の姿は一見して売春婦であった。売春婦以外の何者でもない。

　怒りが啓文の胸を貫いた。去ったあとの空洞にはきしむような悲しみが満ちて来た。

していう。なぜもっと素直になれないのか。

不二の意図が読み取れる。自分は所詮こんな女だ、ということを啓文に押しつけようとしている。なぜもっと素直になれないのか。

「行くの、行かないの？」

不二は短かく言った。きめつけるような言葉である。行くよ、と啓文は答えた。梅田から阿倍野の地下鉄は空いている。不二は足を組み、火のついていない煙草を咥《くわ》えた。乗客が時々不二を盗み見する。啓文は恥かしかった。人間の感情とは変なものである。啓文は間柄不二に、勝手な空想を抱いていたのだろうか。動物園前で不二は立ち上った。

睨むように啓文を振り返った。

「帰りたければ帰って良いのよ」

「なにも帰ると言っていない」

地下鉄を上ると途端に雰囲気が変る。眼の前には西成の飛田釜ケ崎界隈の夜の風景が拡がっていた。新世界に面した方がジャンジャン横丁の入口で、東南は飛田本通り商店街が口を開いている。年老いた新聞売りの傍にエプロンのポケットに手を入れた中年の女が眼を光らせて立っている。夏なのにエプロンをしているのは、私はぽん引だ、と言っているようである。髪をぼさぼさにした若い女がスカートの前をはだけて歩道の端にしゃがんでいる。日傭《ひやとい》らしい地下足袋《じかたび》の男が立ったまま女に話し掛けていた。夜の女、日傭、ちんぴら、酔いどれた若者、いかの足を手摑みで喰いながら歩く中年の浮浪者のような男、道を這う塵にもすえた匂いがあった。啓文はこんな場所に来たのは初めてである。間柄不二は両足を拡げて立つと深呼吸するように胸をそらせた。不思議な変化が不二に起っている。いや、啓文にも起っている。地下鉄の淀屋橋で感じた絶望的な不二への距離が、西成の夜の空気を吸った途端、あとかたもなく消えているのだった。それは啓文自身にも理解できない奇妙な安心感であった。絶ち切れなかった鈴掛啓文への意識が消滅したような気持である。不二が白い歯を見せながら啓文の手を取った。

「こんなところ初めてでしょ、怖い?」

「少しも怖くない、自由になったようだよ」

不二が驚いたように啓文を見た。予期しなかった言葉のようである。

霞町の停留所から宿街《ドヤがい》の方に行った。百円宿が軒を並べている。スリップ一枚の大柄な若い女が、愚連隊らしい男と肩を並べて歩いていた。宿の鉄格子のついた小さな窓から、若い男が口だけ突き出すようにして、卑猥な言葉を喚いていた。公衆便所の落書にあるような言葉の羅列である。だが、誰もそんな声に耳を傾けようとはしない。日傭も、愚連隊も夜の女も、重い波がゆっくり流れるように、見えない速度で動いていた。誰もが周囲に無関心である。不二は宿街を通り抜け、トタン屋根の小屋が軒を並べた南海電車の高架線の方に歩いていった。板とトタンでつくられたマッチ箱のような小屋が数え切れないくらいつまっている。小屋と小屋との間の迷路のような細い道を不二は歩いて行く。細長い腰掛椅子で、パンツやスリップ一枚の男女が涼んでいる。ガード下をくぐったが相変らずトタンの小屋ばかりだ。小さな露地の入口で、ランニングシャツに黒ズボンの若者が足を投げ出して涼んでいた。

　不二を認めると、

「こんちは」と頭を下げた。

「蒸し風呂ね、この辺りは」

　高架でさえぎられ、小屋が隙間もなく密着しているので、空気は澱《よど》み切っている。

　少し行くと縁台で二人の若者が将棋をさしていた。

「やあいらっしゃい」

　肩に入墨のある男が愛想良く言った。啓文を刺すような眼で見た。その小屋のがたがたする戸を開けた。中は真暗である。便所の匂いが鼻をついた。電車が通ったのだろう、小屋が揺れた。

「靴を持つのよ」

　と不二は言った。言われた通り啓文は靴を持って上った。陰気な六畳の間である。卓《ちゃ》袱台《ぶだい》の上にはビール瓶が二本あった。襖《ふすま》を開けると三坪ばかりの庭ともつかない空間がある。土だけの空間である。回りはトタン屋根の小屋だ。裏木戸を開けると更に小屋があった。

　不二はくぐり戸をノックした。

「誰だ」男の声がした。

「不二よ」

その小屋には数人の男女が居た。女たちはほとんどスリップ一枚で、男たちも上半身裸である。煙草の煙りが狭い部屋にこもっている。汗と安香水と汚れた足の匂いがする。男たちは花札に夢中である。女たちは虚脱したような表情だが、眼だけ獣のように光っている。皆一斉に啓文を見た。身のすくむような思いで、啓文は靴をぶらさげて立っていた。肩のあたりに傷あとのある若者が、

「困りますねえ、親父さんがうるさいから」

「ごたごた言わないでポン出して、今から遊びに行くんだから」

不二は怒鳴るように言った。若者が仕方なさそうにスーツケースのチャックを開けた。間柄不二は畳の上にあぐらをかくと、肩を張って二の腕をむき出し、自分で注射した。啓文は身体が慄えて来た。ポンと言ったから麻薬ではあるまい。ヒロポンだろう。不二はアンプルを三つも打った。当時はまだ、今のようにヒロポンが麻薬と同一視されていなかった時代である。もちろん一般薬局では発売が禁止され、警察も麻薬と同じように取締りを行なってはいたが、こんな場所で幾らでも売られていたのである。

ここにたむろしているのは夜の女だろう。

一仕事を終えたのか、これから出掛けるのか。間柄不二が啓文を連れて来た場所は、暴力売春団の巣であることに間違いはなかった。間柄不二は注射を打ち終ると無造作に千円札二枚を、その若者に渡した。

「いりませんよ、こんなもの……」

「酒のさかなでも買ったら良いじゃないの」

間柄不二は立ち上ると啓文に言った。

「あなたも注射する」

「僕はいらない」

「そう、じゃ出ましょうか」

不二は今来た出口と反対側の襖を開けた。小さい玄関の戸を開けると、また小屋である。つまり、この巣はスラム街の小屋の真中にあり、どこからでも出られるようになっているのだ。これでは、この一丁四方はあるスラム街を全部取りまかないと、警察の手入れは困難であろう。注射のせいか間柄不二は活々していた。眼が熱く潤んだようである。


やり切れないようないきどおりが啓文を襲った。あの暴力売春団の巣が、間柄不二の生活の場である、というのか。不二はなんのために啓文をあんなところに連れて行ったのだろう。間柄不二は啓文の手を取りながら、足を投げ出すようにして歩いた。まるで酔っぱらっているようである。薬のせいに違いない。時々、身体を啓文にぶつけては、けらけらと笑う。啓文は沈黙した。思いが言葉になって口から出ないのである。

二人は西成の夜の道を手をつなぎながら、とめどもなく歩いた。どこをどう歩いているかさっぱり分らない。午前一時はとっくに過ぎているが、露地には一杯飲屋があり、白く塗りたくった女たちが立っている。酔客がひっそりと歩いている。

「どこに行く……」

「それは私が聞きたいわ、私、昂奮しているのよ、なによ男のくせに」

間柄不二は怒ったように言った。啓文には間柄不二がひどく遠いものに思えた。別人のような気がした。さっき初めて西成の土地を踏んだ時の不二への親愛感はどこに行ったのだろう。暗い露地の隅に赤いネオンがついている。

淫猥《いんわい》な感じのする安っぽいホテルである。そのネオンもホテルの構えも、街の辻に立っている毒々しい夜の女のようであった。

そのホテルの前で間柄不二は立ち停った。

「さあ、もっと私の生活の場を知りたい？」

「もう良いよ、僕には君が分らなくなった」

突然間柄不二は啓文がびっくりするほど大きな声を挙げて笑った。眼が狂気じみて光っている。

「お帰りよ、ここはあなたのような坊っちゃんの来る場所じゃないわ、さあ、新地のバーにでも行って、太ったマダムのおっぱいでも吸うのね、お坊っちゃん」

「なんだと」

啓文が思わず手を挙げると、間柄不二の平手打が啓文の頬に飛んだ。凄《すさ》まじい音がして眼の先が真暗になったほどの一撃である。

あっ、と叫んで頬を押えた啓文に、

「アッハハハ！」

間柄不二は夜の闇が割れるような笑い声をあげ、走り去った。走りながら笑っている。それは奇怪な夜鳥が叫び声をあげて、闇の中を飛んで行くようであった。啓文は擲られた頰を押えたまま、呆然と見送っている。

ホテルの扉が開き睡そうな顔をした女中が顔を出した。遠くの方で笑い声が一段と高くなり消えた。

間柄不二と自分との間が、これで終ったのを啓文は感じたようである。なにかが啓文の身体から脱落した。憑《つ》きものが落ちた、と言って良いだろうか。それは啓文の胸に宿っていた弱々しいロマンチシズムの残滓《ざんし》であったかもしれない。鈴掛啓文は間もなく落合たちの仲間に戻った。啓文は昔の啓文ではなかった。落合が眉をひそめたくらい女遊びに熱中した。グループの女と次々関係し、仲間と交換しあったりした。母から金をせびり湯水のように使った。

安西杏子と旅行した。爛熟した三十女の安西杏子は、二十以上も年の違う土地会社社長の夫の眼を掠め、啓文と泊り歩いた。

だが、どんな情痴の中に溺れていても、啓文の眼が燃え切っていないのを、この女豚のような有閑マダムは気付かなかったようである。

再び夏が来た。啓文は落合たち三人と琵琶湖畔の近江舞子《おうみまいこ》に遊びに行った。女を連れずに学生たちだけで行ったのである。落合の運転する車にキャンプ道具をつめ込み、松林にテントを張り、夜遅くまで乱痴気騒ぎを行なった。

一泊し翌日の午後十一時頃、車で帰った。大津の近くまで来た時である。道端を歩いている二人の女がいた。落合が車を停めた。

「乗せるんか……」と井村が言った。

井村は酒問屋の息子で、卒業すれば親父のあとをつぐはずである。

車を女たちの前で急停車させると、落合は車から顔を出し、

「どこへ帰るんですか、乗りませんか、京都までなら送って行きますよ」

女はいずれも二十二、三、派手なワンピースを着、手に海水着の入った麻のバッグを持っている。オフィス勤めか女店員だろう。可愛い顔をしている。井村は口笛を吹いた。

二人の女は顔を寄せて話し合っている風だったが、落合が手招くと思い切ったように車に近寄って来た。啓文と井村は後ろの席にいたので、一人の女を運転席に、一人を啓文と井村の間に入れた。女たちは京都の百貨店の女店員だという。

友達と四人近江舞子に泳ぎに来たのだが、そこで若い男と知り合い、他の二人は男たちと行動を共にし、自分たち二人だけが帰る途中だ、と話した。

途中で空車を停めるつもりで歩いていたのだが、なかなか空車が見付からないので困っていたところだ、と言った。

大津に着くと、道路の灯が闇の中に浮いた宝石の鎖のように輝いている。夜風は気持良い。薄い生地一枚を通し、隣りの若い女の肌の弾力が啓文たちに伝わる。

「どうだい、飛ばそうか」

と落合が言った。

大津から京都まで飛ばせば、あっという間である。

落合は思い切りアクセルを踏んだ。和製の車だが新しい。窓ガラスを開けているので、車内に入り込む風は暴風のようである。車を追い越すたびに啓文たちは喚声をあげた。熱いたぎるような昂奮が啓文を襲っている。それは原始的な若い血のうずきであった。

不幸はこんな時にやって来る。

啓文が叫んだ。

「落合、大阪までぶっ飛ばせよ」

「嫌よ」

と女の一人が叫んだ。前の女か、啓文の傍の女かそんな区別はつかない。いや、そんなことはどうでも良い、飛ばす車の中で若い女が悲鳴をあげたのだ。

まず井村が隣りの女にちょっかいを出し始めた。

「止して、嫌、怖い……」

だが女の悲鳴は激しい風の音に吹き消される。カーブになっても落合はアクセルをゆるめない。女たちの喚きは若者たちの本能を掻きたてる合唱に変る。啓文も落合も井村も理性をなくした。井村はすでに女を膝の上に抱きかかえ、女の身体に手を入れようと暴力をふるっている。いつか読んだ週刊誌の記事がふと啓文の脳裡に閃《ひら》めいた。鎌倉で四人の大学生が、送って行ってやろうと言って女を車に乗せ、暴行した記事であった。

「おい鈴掛、こいつの手を押えるんだ」

啓文は女の腕を取った。啓文の掌の中で女の腕の肉がはぜ、身体がねじられて啓文に倒れ掛った。

「警察に言うわよ」

前の女が振り向いて叫んだ。

近江舞子から二人で夜の道を帰ろうとしただけに、意志の強い女なのだろう。

落合がハンドルから片手を離し、女の首を押えた。車が揺れた。のろのろ走っていた前車のテールライトが眼の前に拡がった。

あっと思った時落合はハンドルを切り、前車を追い抜いていた。

女たちは黙り込んだ。

落合は速力をゆるめなかった。

啓文は井村が手を動かし易いように、女の身体を座席の上に押えつけた。

啓文たちは結局その女たちと関係したのではない。道路を飛ばしながら手で乱暴しただけである。無軌道な若者の典型的な行為と言っていい。

普通なら女が泣き寝入りするところだが、落合の傍の女が、翌日警察に訴えて出たのである。

このような記事に飢えていた新聞社は、ワッと飛びつき、啓文たちの行為は週刊誌種になった。啓文の脳裡を掠めた不安は現実のものとなったわけである。

警察や週刊誌の記者が不思議がったのは、彼らがいずれも女性関係に不自由していなかったことである。不自由している若者が、セックスに飢えて暴行を働いたのなら、まだ分る。彼らは無軌道を楽しんだのだろうか。

ある週刊誌はそのように結んでいた。

啓文たちの親が、被害者の女性に相当な慰謝料を払ったので、啓文たちは起訴されることはまぬがれた。

啓文は大学を退学した。

母は毎日啓文に涙を流し、夜は酔って、昼の涙を取り返そうと客席で嬌声をあげた。

母の苦労も知らないで、というのが客席での母のぐちであった。

だが啓文は、この事件に対して母になんの弁解もしなかった。

あの時の行動は自分でも良く分らない。あの行動が良いか悪いか、というよりも、あのまま井村の暴行を傍で眺め、理性的な顔をしていることはできなかった、ということである。若い血のたぎりと悪に啓文は溺れたのだ。この事件を起してから啓文は、しばらく忘れていた間柄不二を思い出すようになった。

弟の啓二は東大に入り、東京で下宿生活を送っている。啓文をいさめる手紙が来た。

その文面から啓文は父の匂いを嗅いだ。

母の鈴掛令子は新しく武庫川《むこがわ》の近くに出来たマンションに住んでいる。運転手付の自動車で毎日店に通勤している。

啓文は新地のバーの三階に移った。学校を止したのだから京都に下宿している必要もない。それよりも京都という街は昔ながらの習慣をその家庭に持っている。啓文は破廉恥な犯罪人であり、一日たりとも下宿に置けないと言われたのだ。

三階には留守番のばあさんが居た。炊事場や風呂もあるので、息苦しいことさえ我慢すれば結構住める。息苦しいというのは、バーという店の構造上窓が小さく、窓を開けても隣りの建物と接しているので光りが部屋に入らないからだ。

啓文は一日中三階の部屋でごろごろしていた。夜になると階下からバンドや女たちの嬌声が聞えて来る。そんな時刻になると啓文はテレビをつけボリュームをあげた。といって、別にテレビを見るのでもない。

鈴掛令子は息子が三階に閉じこもっているので少し安心したらしい。このままぐれられたら大変だ、と心配していたようである。

なじみ客の来ない時、令子はメロンなどを持って三階に上って来た。

「ねえ、一体どうするつもりなの、学校の先生だって驚いていたわ、大人しく善良な学生だと思っていた、と言っていたわ、お客さんにね、O大学の経済学の部長先生が居るの、事情を話したら転入できないことはないと親切に心配して下さったわ、O大学に移りなさいよ、四年には無理だけど、三年になら入れるって……」

「うるさいな、学校に行く気はないよ」

「そんなこと言って、大学ぐらい出ていなくっちゃ、啓二をごらんなさい」

「啓二は啓二だよ、お父さんのような大学教授になって、お母さんのような金持の娘を貰うか……」

「まあ、この子は……」

　結局母は絶句し、自分ほど不幸な女はないといった表情で酒を求めて階下に下りて行く。啓文もなにもせずにいつまでもここにごろごろしている気持はない。もう二十二なのだ。といってなにをして良いか分らない。

　一人で狭い部屋に寝転び天井を眺めていると間柄不二のことが思い出されてならない。不思議な女である。西成にたむろしている一見怖ろしいやくざたちが、不二に敬語を使っているところを見ると、落合が告げたように神戸の親分の娘なのだろう。そういえば、最近新聞では、西成の暴力団が麻薬やポンを神戸の暴力団に求めて、密接な関係が出来た、と報じているようである。神戸の組の者が西成に入り込んでいるらしい。きっとあの連中もそうであろう。

　だがそんなことは、啓文にはどうだって良い。啓文はもう一度間柄不二に会いたい、と思うようになった。不二との交際が夢のように思い出される。芦屋の岩の上でハーモニカを吹いた不二、阪神国道の車の渦の中を蝶のようにかいくぐった不二、ニグロをかばい大きな毛唐を怒鳴りつけた少女、そうだ、あの時不二は怒り狂った少女であった。

啓文は灼熱の炎を左の頬に感じる。不二はなぜ啓文を、あんな場所に連れて行き、ヒロポンを打ち、啓文を擲ったのか。

不二は激情家だが、意味のないことをするような女ではない。自分の生活の場を知らせると言って連れて行ったのだが、それで啓文の思いを断ち切らそうとしたのか。もし最後の夜、不二に擲られていなかったなら……啓文はあの暴行事件に加わっていなかったように思うのだ。

啓文はまた不二と会った時のことを考える。不二が啓文の生活の場に案内して欲しい、と言ったとする。その場合、今の啓文には、このバーの三階にしか不二を連れて来る場所はない。不二はきっと軽蔑するだろう。

そう思った時啓文は、ここを出る決心をしたのである。出てどこに行くというのか。行く場所は西成の安宿しかなかった。啓文は不二を探そうと思ったのである。たとえもう一度不二に擲られても良い、とにかくもう一度会わなければ、人生の方向が摑めない気がした。この世の中には、それをもう一度確めなければ、気になってなにも手につかない場合がある。啓文の状態がそれであった。

ある日、啓文は母に言った。

「寝転んでいても身体に毒だから、シェーカーを振る練習でもしたいな」

啓文がこのまま日を過したら神経衰弱になるのではないか、と心配していた母は、啓文の申し出を喜んで承諾した。勉強が嫌いなら、水商売を覚えさせ、将来は店をつがせても良い、そんな気持もあったのだろう。

啓文は翌日から店のカウンターの中に入り、バーテンの見習いになった。

半年たち、どうにかシェーカーを振れるようになった啓文は、新地のバーを出た。

二十二歳の初春である。

こうして啓文は、飛田の近くの安宿に泊り、山王町のスタンドバーのバーテンになったわけである。そのスタンドバーは、飛田遊廓の石の塀の外にあった。その付近には、遊廓よりもたちの悪い、あやしげな店が多かった。住込みや通いの仲居たちが遊廓と同じ売春行為をやっている。

黄昏が迫り打水した道にネオンが滲み始めると、化粧した女たちは店の間の上り框《がまち》や椅子に坐り、通る客を呼ぶ。啓文の勤めているスタンドバーは、そんなアルバイト料亭にはさまれていた。来る客といえば、アルバイト料亭の冷やかし客、付近のちんぴら、ここで客と待ち合せるぽん引、街娼、雑多な人種だが、それは啓文が今まで知らなかった人間たちである。

籠抜けの街娼が啓文の眼の前で、客から泊り料金を受け取る。しかしその街娼は一時間後には必ず戻って来た。なかには三十分で戻って来る。ぽん引やひもを喰べさせなければならない、彼女たちも大変であった。

夜が更けると一杯飲屋の仲居が酔ってやって来る。彼女たちの中には、坊っちゃん坊っちゃんした啓文を誘う者も居たが、啓文はもちろん相手にしない。そういえば、あの事件を起してから、啓文は女性関係を持っていない。

女性が欲しくないのだ。間柄不二と別れてから啓文が落合たちの仲間の女たちと乱れた生活を送ったのも、女性に対する復讐とも蔑視ともつかない気持があったようである。そして、あの暴行事件にもし意味を求めるなら、啓文だけに限れば、単なる獣欲だけではなかったようである。深夜、誘われるままに若い男の車に乗った女たちへの軽蔑と怒りがなかったとは言えない。

啓文の安宿ともアパートともつかないねぐらは、スタンドバーから歩いて一丁ほどのところにあった。陽の当らない三畳の間で、家賃は三千五百円だった。それでも権利金として二万円払っている。権利金が払えたから、この程度の家賃で借りることができたのだ。

それでなければ、一泊二百円出さなければ、一人部屋はない。二百円以下なら、どんな旅館でも相部屋である。啓文は暇を見付けては、かつて不二が連れて行ったスラム街の辺りをさ迷った。だが、それがどこだったかは、さっぱり見当がつかない。余りにも同じような小屋が多過ぎ、迷路が入りくんでいるからである。スタンドバーには、もう一人バーテンが居たが、彼はすぐ近くのアルバイト料亭に女を持っていた。結局女のひもである。

昼は花札やマージャン、パチンコで怠惰な時間を過していた。スタンドバーのマダムは、三十七、八の色白の眼のきつい女だったが、彼女はこの近くの周旋屋の女であった。

周旋屋というのは、昔、暴力売春団の幹部をしていた男で、数度警察に摑まり、摑まっている間に組がばらばらになり、他の組が侵入して縄張を取られたので、今では足を洗い周旋屋稼業を表看板にしている。だが、土地やアパートの売買にからみ、あくどい儲けをしているようであった。

辰馬《たつま》という名だが、彼は自分たちとどこか品の違う啓文を可愛がった。午前一時頃、店を閉めたあと、啓文を引張って飲みに行くことがある。啓文にはむしろ迷惑だが、マスターでもあるし断り切れない。辰馬は啓文が、どうしてこんな場所にやって来たのか、興味を感じているようである。おそらく啓文が東京あたりで罪をおかし、こんなところに逃げ込んで来ている、と思っているらしかった。

その夜も辰馬は、啓文を引張って近くの一杯飲屋に連れて行った。一杯飲屋といっても二階に四畳半の部屋がある。この飲屋のマダムも、辰馬の女であった。

午前二時近くになると飛田界隈も静かになる。車の警笛と、時々思い出したような女の甲高い叫び声が聞えるくらいのものだ。

ここに来てから、もう三か月になる。間もなく夏がやって来る。西成の夜の空気はねっとりと重苦しい。下のカウンターでは、酔った客がマダムを口説こうとねばっている。

辰馬は例のごとく、啓文がどうしてここに来たのか、と尋ね始めた。

「同じ屋根の下で暮すのもなにかの因縁だ、力になるぜ」

啓文はふと間柄不二のことを尋ねてみる気になった。啓文は女を探しに来ている、と言った。辰馬は口を開けて笑った。

「振った女なんかを追い駈けるのは男じゃない、それとも、その女を見付けて、焼きでも入れようと言うんかい、お前にそれだけの度胸があるとも思えんしなあ」

「振ったとか振られたとかいう関係じゃないんです、ただ僕に取っては忘れられない女なんです、正体も分らないし……」

啓文は南海のガード下のスラム街での出来事を話した。あの辺りの男に顔が売れていた女だった、と告げた。その前の二人のいきさつは話さなかった。話しても辰馬には分らない、と思ったからである。

「いつ頃だい、そりゃ……」

辰馬は眼を光らせて膝を乗り出した。

「一昨年の夏です、それまでは神戸の三ノ宮に居たようですが……」

「二年前か、俺が臭い飯を喰っていた頃だ、あそこはな、昔は俺たちのしまだったんだぜ、ところが俺たちが挙げられている間に、神戸のお宮組の連中に取られたわけだよ、神戸の連中がこの辺りに麻薬をばら撒いた、というわけだよ、あの辺はだから、今は麻薬の巣だぜ、その女はきっとお宮組に関係あるんだな」

辰馬は唸るように言った。この頃から暴力団の吸収合併が行われ始めている。終戦後、昔のしまや、興行師などを主体とする暴力団は、愚連隊、ちんぴらたちの新興暴力団によって押えつけられ、一時はその存在さえ危くなるほど影が薄くなった。これは、終戦後の混乱期では、無法と暴力だけが幅を利かしたからである。ところが次第に社会秩序が整い、混乱と虚脱から立ち上った警察が、世論をバックに暴力追放に乗り出すと共に、暴力だけの新興愚連隊は次々と検挙された。つまり、暴力だけを表看板の新興愚連隊は、その資金源を暴力以外のところから集める才能に欠けていたのである。このため、新興愚連隊は細分化され、彼らは暴力以外のところから資金源を得てその存在を保つために、より智能的な暴力団に縋《すが》らざるを得なくなったのである。賭博、競輪、競馬も含めた賭博社会を摑んでいるてきや、興行界を牛耳る興行師、このような戦前の暴力団が、社会秩序の回復と共に、再び大きな勢力を得て来たのは、風俗史的に見ても当然だろう。ここに、全国的な暴力団の組織化が行われ始めたのである。だが、戦前の暴力団は、歴史が古いだけにやり方も賢い。彼らは細分化された新興愚連隊を吸収合併して組織をふくれ上らせると共に、最も捜査の手が伸び易い麻薬、売春を、吸収した下部組織の愚連隊に扱わせる方針を取った。

この吸収合併は現在も行われている。地方都市における最近の拳銃沙汰は、阪神、東京など大組織の暴力団と地元暴力団との抗争に原因することが多い。

辰馬はそのような情勢を話して、

「だから俺のように、戦後やくざの仲間入りした男は、早く足を洗うのが賢い、というわけだよ」

辰馬は啓文に、一度その女のことを調べてみてやろう、と言った。

思い掛けないところから不二の行方を突きとめる手掛りが出来た。啓文は毎日辰馬の知らせを待った。辰馬が幾らたっても知らせないので、それとなく催促すると、昔の仲間でお宮組に入っている男が近々出て来るから、聞いてやろうという返事である。

その男が、啓文の居るスタンドバーにやって来たのは、もう夏も終りの頃であった。大きな図体《ずうたい》の男で、長らく監獄に居たせいか色が白い。

「お前さんか、不二さんを探しているというのは……」

男は赤い唇に薄ら笑いを浮べていた。啓文を小馬鹿にしたような態度である。傍から辰馬が啓文に言った。

「ちょっと話を聞いたんだが、ありゃ諦めた方が良いぜ、大変な女だよ、お宮組の親分筋に当る矢田会長の娘さんだそうだぜ」

辰馬の言葉に男は合槌《あいづち》を打ちながら、

「どんな因縁筋か知らないが、変な気は起さない方が良いぜ、多分からかわれたんだろうがね、しかし矢田さんも、あの娘さんには手を焼いているそうだ、あの事件以来大人しくなって、今は幼稚園の保母さんかなんかしているそうだが……」

「あの事件って、なんですか……」

「ああ、ちょうど二年前だよ、今時分だったかなあ、俺が刑務所に入る少し前だったかから」

間柄不二は矢田会長の実の娘らしい。女姉妹ばかりで、不二は長女であった。ぐれ出したのは高校時代かららしい。しかし、どうにか無事に高校を出ると親の家を飛び出した。

しかも交際するのは外人ばかりである。関係するたびに外人から金も取っている、という噂だった。矢田会はてきや系統の暴力団で歴史は古い。そんな暴力団の会長である矢田にとって、娘の行動は恥辱以外の何ものでもない。矢田は時には部下に言いつけて不二を自宅に連れて来させ、厳しい折檻を加えたりした。それは暴力団の組員に加えられるリンチのような凄絶なもので、見ることを要求された幹部も、思わず眼をそむけたほどである。

結局幹部の取りなしによって矢田は折檻を取り止めたのだが、もし取りなしがなかったら、不二は殺されていたかもしれない、という。だが、不二は気絶するまで責められても、泣き声一つたてなかった。という。

不二はその後も放埓な生活を一向止めようとはしなかったが、その折檻の際の不二の態度は噂になり、それから彼らの間で、不二は一種の畏敬をもって眺められるようになった。もし不二がその気なら、立派な二代目会長になれるとさえ言われた。

不二がどうして、毛唐から金を取って関係を持つようにぐれたかは、誰も知らない。

二年前のある事件というのは、矢田会の下部団体であるお宮組が西成に進出してから、間もなく起った。その頃から不二は、神戸から大阪に居を移し、ヒロポンなどを打ち始めていたが、ある夜、若い男を連れてお宮組の溜り場所にやって来た。そしてその男を連れていったん出たのだが、午前三時頃戻って来ると、若い連中がとめるのも聞かず十数本のヒロポンを打ち、気が狂ったようになり、その小屋に火を付けたのである。

トタン板の掘立小屋が密集している場所である。水の便は悪い、火はみるみるうちに燃え拡がり、二十数軒も焼いてやっとおさまった。しかも、その火事のために、二人の焼死者が出た。

不二は組の者が被ったために警察には挙げられなかったが、矢田に捕えられずっと監禁されたらしい。一年ほどたち監禁が解けた時、不二は人間が変ったように大人しくなっていたという。

啓文は話を聞いている最中から青ざめた。あの夜啓文は不二と別れ、一人で梅田の旅館に泊り、翌日京都の下宿に戻り新聞を読んでいなかったので、そんな出来事を少しも知らなかったのである。スラム街の火事は一日だけ新聞紙上を賑わしただけで終ったようである。

話し終ると男は変な眼付で啓文を見た。

「あれからしばらく、その不二さんの相手という小僧を組のもんが探していたぜ、結局とうしろうだったので見付けることができなかったが……」

だが、そんな言葉を啓文は聞いていなかった。不二は今幼稚園の保母をしている、という。

「幼稚園って、どこですか？」

「釜ケ崎の託児所だよ、日傭さんの子供たちを預っているんだ、人間もあれほど変れるか、と思われるくらい変るもんだなあ」

「お前も、そろそろ足を洗ったらどうだい、いつまでも刑務所としゃばの往復じゃ、生れて来た勘定が合わないぜ」

辰馬には辰馬らしい人生観があるようであった。男はまた薄ら笑いを浮べると、

「勘定が合わないと分っていながら足を洗えない、これもつまらない意地というやつかな、おい、お前さん……」

凄い眼で啓文を見た。

「お前のことは誰にも言わないからな、つまらない考えを起すんじゃないぜ」

不二のあとを追い駈けたりするな、と言ったのだろう。啓文はその夜眠れなかった。

不二がすぐ身近に居るのである。今夜にでも会いたい。だが夜では探しようがない。

不二との短かった交際の思い出が、次々と啓文の脳裡によみがえる。しかし考えてみればみるほど不思議な交際であった。啓文の人生を変えたほど不二の存在は大きかったが、二人は肉体的な関係を結んでいないのである。このような関係がドライと言われる現代に存在しているのも不思議だが、不二は男の身体を知り抜いた売春婦同然の女である。

しかし更に良く考えてみれば、不二がそんな女であったればこそ、二人の間は清潔な

ものであったのであろう。不二は啓文との交際に肉体以外のものを求めたに違いないのだ。

汚れた肉体をどんなに燃やしても得られない愛を……一方、不二がそんな女であればこそ啓文は不二を愛したのだ。

だが今度会えば……啓文はすでに大人である。不二と同じように女の身体を知り尽している。啓文は自分の腕の中に不二を抱きたい、と思うのだ。

不二をこの腕の中に抱いた時こそ、有閑マダムや女子大生との関係では得られなかった、肉体と精神の炎を燃やすことができるような気がする。

あの男は不二が変ったと言った、託児所の保母をしているというから、啓文が想像しただけでもその変化が窺《うかが》われる。

きっと品の良い清楚な女性に変っているに違いなかった。一昨年の夏期大学で大学の校庭のポプラの樹下に立っていた間柄不二には、確かに清楚といった感じが漂っていたようである。

眠れないままにとうとう夜が明けてしまった。アルバイト料亭の表戸がしのびやかに開き、泊り客がひっそりと帰り始めた午前五時頃、啓文は浅い眠りについた。

昼の間は仕事がない、啓文は昼前アパートを出た。昼の釜ケ崎には気だるい風が流れていた。塵《ごみ》っぽい微風で、かえって顔がねとつくような気がする。ステテコにランニングシャツの日傭たちが昼日中から赤い顔をして歩いている。道路に寝転んで涼んでいる者もある。啓文は交番に行き託児所を尋ねた。

驚いたことに交番の巡査は知らなかった。仕方なく啓文は本署に行ってやっとその場所を知った。

それは宿《ドヤ》と宿との間の小さな空き地であった。木造の大きな小屋のような建物が託児所である。狭い空き地にはブランコとすべり台があり、数人の子供が遊んでいた。物干には子供たちの洗濯物が干されていた。

入った途端、啓文は気後れを覚えた。今自分が顔を見せれば、不二が困惑するに違いない、なぜか啓文はそんな風に感じたからである。飛田のスタンドバーのバーテンをしている自分を知ったら、不二はどう思うだろう。

啓文はこの時、学校を止したことを後悔した。

建物には窓があった。啓文は窓から覗いた。白いブラウスに黒いスカートの若い女が、啓文に背を向けて絵本らしい本を読んでいる。その回りには数人の子供が居た。いずれも幼稚園程度の子供である。

啓文の胸が熱くなった。その若い女は間柄不二であった。後ろ姿だけだが、啓文は不二のきゃしゃな首筋を忘れていない。

啓文は戸を開けた。

「間柄さん……」

と啓文が勢よく呼んだ。

啓文があっ、と呟いたのと、振り返った不二が顔を両手で押え、畳に俯伏したのと同時であった。

啓文は人形のように呆然と立っていた。不二の顔半分は焼けただれ、無残なほどの容貌に変っている。顔半分は昔の不二である。

あの男が、人間って変れば変るものだ、と言ったのは不二の生活の変化だけではなかったのだ。啓文の舌がかわいた。舌がもつれて言葉が出ない。どうしたというのだ。こんなことが現実にあって良いのだろうか。

気がついてみると啓文も自分の顔を両手で押えている。

間柄不二は畳に俯伏していたが、やがて顔を上げると啓文に背中を向けたままで言った。

「どうして来たの……」

「君を探してここまでやって来たんだ、学校も止した、飛田でバーテンをしながら君を探していた……」

「帰って頂戴」

「いや帰れない、その顔は火事で焼けたんだね、君のことは昨夜なにもかも聞いた、君が火を付けたのは、僕と別れたあとだったんだね、僕は今まで君の気持が分らなかった、なぜあんな場所に連れて行ったのか、どうして僕を擲ったのか、でも今分った」

「昔のことは忘れたわ、帰って、お願い、私は今の生活が幸せなの……」

「僕は君を探した、そして見付けたんだ」

「あなたの考えている間柄不二は死んだわ、もう亡くなったのよ」

「いや、ここに居る……」

この時啓文を襲ったのはいとおしさであった。顔なんてどうだって良い、俺はこの女を愛している。

それは確かに一瞬の激情だったに違いない。そんな激情が長く続くはずはない。だが啓文は自分の激情に溺れ涙を流した。溺れるだけの愛情を背負いながら、ここまでやって来たのである。不二の顔が昔のものでなかったからといって、この場でその荷物を捨て去ることがどうしてできよう。

啓文は靴を脱いだ。

「止して、来ないで、夜会います、今は帰って……」

大きな悲痛な叫びである。上り框に足を掛けたまま啓文はそれ以上動けなかった。

不二にこのような悲痛な叫びがあったことを、啓文は初めて知ったようである。

不二は夜の七時に、通天閣の下で待っている、と言った。その言葉に嘘はないようである。追いつめられたような不二の背中が真実の声を伝えていた。小刻みに慄えている白いブラウスが焼き付くように啓文の眼を射た。

その夜啓文は約束の時刻に通天閣の下に居た。

いらいら腕時計を眺めていると後で声がした。啓文は電気に打たれたように振り向いた。

ネッカチーフで顔を巻き、不二は焼けた半面を白い繃帯で蔽っていた。焼けていない顔半分は美しく化粧されている。きりっとした長い眉、きらきらした黒い瞳、白いブラウスに縞模様のスカートの間柄不二は、半分だけの口もとに微笑を浮べながら啓文を見詰めていたのである。

「良く来てくれた、有難う、ひょっとしたら来ないのじゃないかと……」

啓文は有頂天になって叫んだ。そうなのだ、このようにして顔半分を蔽ったなら、不二は昔の不二と少しも変らない。いや、昔よりもかえって美しい、それは啓文が不二の中に感じていた知的な清楚な面が、半分の顔にすべて現われていたからである。

啓文は不二の手を取った。昔よりも太ったのか柔かい。

「君は素敵だ、昔以上だ、探したかいがあった、僕と結婚しよう……」

「結婚」

不二は顔をそむけると、ぎゅっと啓文の手を握り、

「あなたは昔と少しも変っていないわね、相変らずお坊っちゃん、馬鹿みたい」

活々とした不二の言葉に啓文は急に元気になり、

「もう坊っちゃんも無軌道大学生も卒業したよ、今はしがないバーテンだ、だが一人で生きている、シェーカー振るの旨くなったぜ、ほら……」

啓文は歩きながら両手を合せて振ってみせた。道を歩く人々が変な顔で、啓文を見、不二の顔に視線を移して眼をみはった。

霧のある夜で通天閣のネオンが闇に深く滲んでいる。涼みがてらの人々で、新世界は賑わっていた。ピンクの明りのついたストリップ小屋の前では、客引が声を嗄《か》らして叫んでいる。風は生暖かく、微かにおでんの匂いを運んで来る。不二は啓文の手真似を見て、おかしそうに笑った。ふと身体を寄せると、

「今夜は私、あなたを私の部屋に案内するわ、いつだったかあなたに生活の場を見せる、と言ったわねえ、私のすべてを見せるわ」

「そうだ、君には聞きたいことが色々ある、僕は君についてなにも知っていない、でも、君は僕のお嫁さんになるんだ、知っておかなくっちゃ」

「そうね、お話するわ」

昼間あれほど啓文を避けたのに、不二は楽しそうに歩いた。半分だけの顔に微笑を浮べて……それは女が愛する男に、いたずらっぽい隠しごとを持っているような表情であった。

間柄不二の部屋は、託児所からほど近い古びたアパートにあった。

六畳の間できちんと整頓されている。本棚には子供の心理学とか児童教育の本などが並んでいる。テーブルの上の花瓶には、しおんの花が無造作に差し込まれている。品の良い薄紫の花は、六畳の間に清潔な色どりを与えている。間柄不二は電灯を消すと、ス

タンドの豆電球をつけた。やはり明るい灯の下で啓文に見られるのが嫌なのだろう。座蒲団を敷くと啓文に坐るように言った。

啓文が不二の手を取り引き寄せようとすると、不二は優しく啓文の手を払い、

「だめ、お話が済んでから、私ね、長いことお酒を止していたんだけど、啓文さんと会ったので、お祝いにビールを買ったの……」

「そりゃ有難い」

間柄不二はビールをコップにつぐと、啓文と向き合って坐った。コップを合せた時の小さな音は、啓文の胸にしみる。

「生きていて良かったよ」

それには答えず、不二は視線を伏せてビールを飲むと、

「私がなぜ、あんな無茶な生活をしていたかお話ししましょうか……」

「ああ、大体は聞いたけど……」

「父に対する復讐のためだったの……」

間柄不二は自分の母が誰であるか知らなかった。父には妻がない。父は絶えず女を変えていた。暴力で征服した女も居るし、金で妾にした女も居た。父はそんな幾人もの女にバーをやらせたり、小料理屋をやらせたりしていた。飽きるとわずかな金で追い出し新しい女を入れる。仁俠の世界だと口では体裁の良いことを言っているが、父の行為は最も非人間的なものであったようだ。多感だった不二は、もの心がつくと共に、そんな

父に反感を覚えた。不二が母のことを知ったのは、高校二年の年である。秘かに不二に会いに来たのを父に見つかり、父は若い者に命じて母を叩き出したのだ。学校から帰った不二が偶然それを見た。母は若者に背中を突き飛ばされながら、

「不二……」と叫んだ。

やつれ年老いた女が母であることを、その時不二は知ったのだ。不二は父に隠れて母を探した。間もなく母の居所が分った。

母は父の子分が経営する小料理屋の下働きをしていたのである。母が会いに来たのは、自分の死期を知ったからではないか。

不二が母を探し当てて間もなく母は亡くなった。心臓麻痺である。

不二は高校を出ると家を飛び出した。父に復讐するためには、面子《メンツ》を重んずる父を恥かしめようと思った。不二が毛唐と関係し、金を取ったのはそのためである。自分の身体などどうでも良かった。

「日本の男にだけは、どうしても身体をまかせる気にはなれなかったの、どんな男だって、みな父のような感じがするから、私が外人から金を取ったのは、父を恥かしめるためと、そうも一つあるわ、私の行為が、愛情や女の欲望からではないことを、私自身に納得させるためなの、私ね、だから金を貰って関係することに、むしろ誇りを持っていたのよ、普通じゃ想像できないでしょうね、人が卑しむ行為に誇りを持つなんて、でも、お金を取るということは、男に屈服していない、ということの証拠にもなるわねえ

……」

間柄不二は淋し気に微笑すると窓の方を向いてビールを飲んだ。

「分るような気がするよ……」

啓文は不二と別れたあとの女性関係や、あのいまわしい暴行事件を思い出しながら呟いた。

しかし、なんという勝気な女だろう。誇りのために売春婦のように金を取る、不二の凄まじい踊りを啓文は脳裡に浮べた。あれは、どうにもやり切れない生活の逃避であったのかもしれない。

「啓文さん、あなたと会って、私はあなたを愛したの」

不二の言葉に啓文は我に返った。不二は相変らず光る眼でじっと啓文を見詰めている。

「僕も愛していた」

不二は首を振った。

「違うわ、あなたの愛と、あなたは理想を愛したのよ、でも私は、あなたそのものを愛したの、愛してしまってから、大変な取り返しのつかない生活をしていたことに気付いたの、父に復讐しようとして自分に復讐されたのね、外人と遊んで金を取っている女、そんな女があなたのような青年を愛する資格はないわ……」

「そんなことはない、僕は君の生活を知っていて好きになったんだ」

間柄不二は首を振った、黙って聞きなさい、と言うように啓文の膝に手を掛けると、

「愛したと知った時、不二はあなたが欲しくなったの、あなたのすべてをよ、不二の身体は大人だったもの、いったんは別れたけど、あなたに会いたくて会いたくて、そしてあなたにふさわしい女になろうと悲しい決心をして、あなたに会いたくて会いたくて、そしてあなたと会った、私はまたあなたが欲しくなった、でもその時、思ったわ、不二はね、あなたに抱かれたら、あなたから離れられなくなると、だって外人と遊んで身体だけは大人になっているのに、愛情だけは飢え切っていたのね、だからね、あなたに抱かれたら、あなたに焦《こが》れ死にするか、あなたを殺してしまうか、どっちかになる、と思ったの、あなたを不幸にしたくなかった、啓文さん、不二がね、あなたをあんな麻薬の巣に連れて行った意味が分る？」

「分らない」

「あなたに抱かれたい気持を押えるために、私はポンを打ったのよ、嘘じゃないわ、あんな売春婦のような化粧をしたのも、私は所詮こんな女なんだ、と自分に言い聞かせるため」

啓文の前で白いなにかが破裂した。それはまぶしいような光りであった。啓文は呻くと不二の身体を引き寄せた。不二は抵抗しようとしたが、その身体には力がなかったようである。不二の身体は柔かった。淡い香料の匂いがする。

「スタンドを消して、なにも見えなくして」

啓文に抱き締められながら不二は言った。啓文は右手で不二を抱き、左手を伸してスタンドを消したが、不二は啓文の身体から逃げようとはしなかった。不二の胸が大きく波を打ち呼吸が荒くなった。啓文は不二のネッカチーフを取ろうとした。

「取らないで……」不二は弱々しく頼んだ。

「もう少し話を聞いて、いいえ、不二は逃げないわ、だって二年間も辛棒したんだもの、誰とも遊んでいないわ、子供だけ、不二の身体は綺麗だわねえ」

「綺麗だとも」

「ヒロポンを打って、あなたに抱かれたいという気持を押えて、でもホテルの前に来てしまったわ、私はあなたを擲った、いいえ、自分自身の意志の弱さを擲ったのよ、走りながらなにもかも終った、と思ったわ、私は私の生活がどんなに間違っていたか知ったわ、私はそんな私を笑ったわ、もう遅かったけど、すべてを清算しようと思って火をつけたの、死ぬつもりだったのよ、だから火の中に居たの、私は助けられ、貧しい母親と子供が焼け死んだわ、不二は一生、罪のつぐないをしようと思ったの、でも、ああ、もうだめ、啓文さん許して……」

闇の中で不二の唇が啓文の唇を求めて来た。不二は繃帯を拡げた。啓文には不二の顔は分らない。今、啓文の前に居るのは、この世の中で、こんなに愛することができるのか、と思えるほどいとしい一人の女であった。

朝が来た。白い明りが窓ガラスを濡らし始めた時、不二は蒲団《ふとん》から出ると鍵の掛った机の抽出《ひきだ》しを開け、何年間じっと隠し続けて来たモルヒネのアンプルを取り出した。ついさっき、睡眠薬の入ったビールを飲んだ啓文は安らかに眠っている。

不二は机に向って遺書を書いた。

生れて初めて幸せを知り、幸せの中で死ぬという遺書であった。

啓文のために書いたのである。

それから顔中に繃帯を巻くと眼だけ出して、モルヒネを自分の腕に注射し、眠っている啓文の傍に横たわった。

明りのない夜だけの愛情が、どんなに短かいかを不二は知っていたのである。

西成の朝は早い。

アパートの下を、一日の仕事を求める日傭労働者が歩いて行く。

啓文が現われなかったら、不二はあの託児所で今日も元気に働いただろう。だが不二は、暗い夜の中に漂って行くような従容《しょうよう》とした意識の中で、啓文が来てくれたことを感謝した。

不二は啓文の手を握った。が、指がわずかに掛っただけで、不二は深い眠りに落ちていった。

崖の花

十三歳の立松あかねは、阿倍野区旭町のごみごみした一角に住んでいた。戦災でその辺りは焼け野原になったが、昭和二十四年当時はバラックが立ちならび、あかねの住んでいるすぐ南側から大阪市立病院の崖下に掛けて、私娼窟《ししようくつ》の巣である。バラックに近いような二階家がずらりと並び、二階に住み込んでいる女たちは自分の部屋で客を取った。あかねの遊び場所は、草の生えた市立病院の崖下であった。崖下には焼け残った古びた家があり、その裏塀に、秋になるとのうぜんかずらの花が咲く。あかねはその鮮かなだいだい色の花が好きだった。

母が生きていた時分、堀江の家の裏塀にも秋になると、のうぜんかずらの花が咲いた。母の好きな花である。母はよくその花を指さし、この花の色が好きだから、あかねという名をつけたのだ、と幼いあかねに説明した。下から落日の光りを浴びた茜《あかね》の雲の美しさを、母と共に眺めた記憶は、今でもその雲の色と同じように鮮かに、あかねの胸に残っている。

しかし落日のもとにのみ映え輝くその名は、一人の女の運命を象徴しているのではないだろうか。あかねはその名の通り、美しい少女であった。

眉が長く黒眼の勝った眼は大きい。面長で色は白く血の気のない淡紅色の唇はきいっと締っていた。鼻梁《びりょう》の中ほどから日本人には珍しく一段と高くなっている。古典的な日本婦人の顔だが、どこか鋭さがあるのは、その鼻と唇のせいだろう。色は白いというよりも青かった。唇の色もそうだが、これは低血圧のせいかもしれない。概してこのような容貌の女性は低血圧である。

母の藤代は芸者上りの妾である。あかねがはっきりそれを知ったのは、戦災で母が死に、兄の実と、ここに住むようになってからであった。

実があかねに教えたのだ。確か十一歳ぐらいの時であった。

母と共に眺めたのうぜんかずらや茜の雲の色が記憶に残っているのは、幼時の生活が、あかねにとって余り楽しいものではなかったからであろう。

父の犬丸は立売堀の鉄問屋で、自宅は浜寺にあった。父は週に二回ほど、母を訪れたようであった。

いさかいは父が訪れた時に起った。兄の実が原因である。

小学校の六年頃から実は、母や父に対して反抗的な態度に出るようになった。父に対しては最初は口をきかない。父もそんな実が不愉快なのだろう。いつもは無視しているが、酒に酔ったりするとわが子だし心がほぐれるらしく、盃を膳に置きながら実に声を掛ける。

「どうだ実、お父さんが歌でも歌ってやろうか……」

するど実は白い眼をむき、

「女の間で覚えた歌なんかいりませんよ、お母さんなら喜んで聞くでしょうがね」

小学校六年生の言葉ではない。

「なにを！」

激怒した父の手から実に向って盃が飛ぶ。だが実は素早く庭に飛び出し、気狂いのようになって、父に向って毒づくのだった。父は素足のまま庭に飛び出る。そして通りに出た実を追い掛ける時もある。

すると実は大声で、

「人殺し、人殺し！」

と喚きながら見境もなく他人の家に飛び込むのだった。実は疳《かん》の強い子供であり、父も気性が強かった。

実と喧嘩をすると父は決って母を責めた。そんな晩は妾宅に泊らず浜寺の本宅に帰る。母は長火鉢にもたれて泣く。あかねも母の傍で泣いた。

だが実はそんな母にも怖ろしいほど冷酷だった。一片の同情も示さない。いやそれどころか同じ部屋に教科書を持って来て大声で朗読したりする。

あかねが泣きながら実に、

「兄ちゃんの馬鹿、兄ちゃんの馬鹿！」

手を振り上げて叫ぶと、実はそんな時だけ、

「あかねの馬鹿やろ、あかねは泣かなくても良いんだ」

と手で顔を蔽《おお》い、誰よりも大きな声でわあわあ泣くのであった。つまり実は冷酷なのではなく、感受性が余りにも強過ぎるから、そんな態度に出るに違いなかった。

あかねにも、実の性格がこの頃分るようになっていた。

だがその母も居ない。戦災で堀江の家は焼けてしまった。

昭和二十年、十七の実は九つのあかねを連れて阿倍野にやって来た。実のような運命と性格の人間が、どんな道を歩むかはまず決っている。

それから四年、二十一歳の実は、若いながら愚連隊の中で、かなり顔の利く存在になっていた。十三歳のあかねには薄々実の生活が理解できる。あかねは次第に、実と口をきかなくなった。

あかねはバラックのような家に、実と、実の妻とも情婦ともつかない加奈江との三人暮しである。加奈江は西成山王町のサロンに勤めていた。二年ほど前、実が連れ込み、そのまま同居していた。加奈江は大人しい女であった。実に擲《なぐ》られたりしても、余り反抗はしない。夕方になると化粧し、勤めに出掛け、夜の十二時頃、実と一緒に帰って来た。

実が迎えにいっていない時は、一人で帰って来る。

加奈江はほとんど外泊するということはなかったが、それでも月に一度か二度は家に

帰って来なかった。が外泊した時は、あかねにおいしいケーキや靴など買って来てくれた。あかねは小学校を出ると、近くの制度が変ったばかりの新制中学に入った。その頃から、あかねは、実に反抗的な態度を取るようになっている。

あかねは無口だった。学校から帰ると、近所の貸本屋から本を借りて読む。

もちろん、全部小説だった。

実はあかねに対して、優しい時もあるし、乱暴な時もあった。

夜遅く帰って来ると、待ちくたびれてうたたねしているあかねに、そっと蒲団を掛けたりする。また酔っている時など、あかねの蒲団を剝いでは、

「お前が居るから俺は、俺は」

酒臭い息を吐き、どろんとした眼であかねを見詰め、時にはあかねの蒲団の傍に倒れ、朝まで眠りこけることもあった。

そんな時あかねは、蒲団の中で身をすくめ、実に背を向けて息をころして眠った。

実の気持が、あかねには敏感に反映する。実はあかねを愛しているが、邪魔にも思っているのだ。それは兄妹のどうにもならない血の相剋《そうこく》だろう。

ある夜、珍しく、実と加奈江が言い争った。原因はあかねの着物のことだった。

実があかねに、と言って買って来た大輪の花模様の着物が、余りにも子供っぽい、と加奈江が反対したのだ。

「あんたはね、あかねちゃんがいつまでも子供だと思ってるんでしょ、でもね、あかね

ちゃんはもうすぐ大人よ、大人にはしたくないでしょうけど、もう大人になるのよ」

「なに、俺の行為にけちをつけるのか」

「別にけちはつけないけどね、私だって女よ、着物のことくらい、相談したら良いでしょ」

「なにを、すべため！」

「どうせすべたよ、なによ偉そうな顔をして、私が喰べさしてるんじゃないの、そうでなかったら、あなたなんか今頃豚箱よ」

実は飛び上るようにして加奈江を擲った。悲鳴をあげて倒れる加奈江の髪の毛を摑み、部屋中引きずり廻した。加奈江は裂けるような悲鳴をあげた。

だがあかねは動かない。きっと唇を嚙みしめ、下を向いていた。

加奈江の悲鳴が一段と高くなった。するとあかねは人絹のワンピースを脱ぎ、実が買って来た着物を着て、メリンスの帯を無造作に巻いた。

「お兄ちゃん、良く似合うわ」

実はぎょっとしたように加奈江の髪の毛を放した。実はあかねの着物姿を見て驚いたのではない。

あかねの顔色が余りにも蒼白で眼に燃えるような憎しみの色があったからだ。

「あかね、お前は」

「お兄ちゃん、良く似合うでしょ、お姉ちゃんも見て……」

そう言ってあかねは眼を光らせながら一回りした。加奈江が姿をくらましたのは、その翌日である。

加奈江は畳に俯伏してわっと泣き声をあげた。

実はすぐ新しい女をつくったが、今度は家に入れようとはしなかった。

実は次から次へと女を変えているらしい。だがそんなことは、あかねには無関係である。

こうして、愚連隊の兄と清純な妹との、不思議な同棲生活が続いていった。

実は仲間を絶対家に連れて来ない。

実にとってあかねは、もの心ついて以来抱き得なかった夢であったかもしれない。

あかねの家の周囲には、ちんぴらたちが多い。だが誰もあかねに手をつける者は居なかった。一度、近くのちんぴらが、学校から家に帰るあかねにつきまとったことがあった。

するとそれを知った実がその男を半殺しにしたのだ。それからあかねにちょっかいをかける者は、一人も居なくなった。

こうしてあかねは中学を卒業した。

あかねはそんなに高校に行きたいとは思わなかったが、実がどうしても行け、と半ば強制的にすすめるので、私立女子高校の試験を受けた。一倍半の競争率だったが、あかねは合格した。

実はあかねを高校に入れたのがよほど嬉しかったらしく、その夜は珍しくあかねと一緒に夕飯を食べた。実は日中はほとんど家をあけており、帰るにしても夜が遅い。だから食事など一緒にすることはめったにない。あかねは、自分で食事をつくり、自分一人で食べるのである。

「なああかね、高校を出たらな、大学に行くんや、俺だって、まともな家に生れていたら、今頃は大学生だよ、だからお前には、どうしてもまともな道を歩んで貰いたい」

あかねはじっと実を見詰めた。大きなあかねの眼で見詰められると、実の方が視線を外《そ》らす。

「まともな道てなんやのん？」

「まともな道はまともな道や……」

「兄ちゃんは、お母ちゃんがまともな道やないと思てんのね」

「お母ちゃんのことは言うな」

「妾がなんで悪いの」

「なんやて……」

実は驚愕したようにあかねを見た。整った顔だ。優雅で気品さえある。

そのような少女の口から洩れた言葉だとはとうてい思えない。

「俺はな、お母ちゃんが妾やから、こんなにぐれたんやぜ、戦災で家がなくなったせいじゃないんだ、分るか……」

あかねは微笑した。

「兄ちゃんは、子供みたいなとこあるわ」

「お前は、俺にはさっぱり分らんよ……しかしな、これだけははっきり言うとく、女学校だけは真面目に出るんや、もしあかねが男なんかつくったら、相手の男、ぶち殺してやるからな」

「うちは男になんか興味あれへん……」

とあかねは答えた。

この兄なら本当に実行しかねないだろう。父に追われながら、人殺し人殺しと叫んで道路を駈けて行く兄の姿があかねの脳裡によみがえる。あれから十年、実の性格は全く変っていない。実は感情のままに生きる男なのだ。


あかねは、高校で陰気な孤独な生徒だった。あかねのような美しさを持った生徒で、こんな孤独な生徒は居ない。友達も余りつくらない。あかねはおそらく愚連隊の実と生活していることを恥じていたのだろう。

それがあかねの顔に翳《かげ》りを漂わせているのである。

あかねは、浜寺の父に会いたい、と思わなかった。父もあかねたちを探そうとしない。実がぐれていることを知って敬遠しているのかもしれない。生きているのか、死んでいるのかも知らなかった。

実はあかねに、夜、勝手に外出することを禁じている。あかねだけは汚したくないという思いが昂じて、実はあかねの生活を束縛している。それでもあかねは、兄の居ない時を見計らって、一人で病院の崖下や、天王寺公園を歩いたりした。

時には新世界に出て、映画を見たりした。あかねのような環境の少女に、実が勝手な夢をたくしても、それは無理だろう。

あかねは映画を見るのが好きである。暗い観客席に一人坐り、スクリーンを見ていると、その時だけ自分の不幸な運命が忘れられそうな気がする。スクリーンには、あかねの知らない社会があり、人生があった。

豪華な家があり、華やかな生活がある。あかねの知らない淋しさもあった。

だがあかねは、どんな悲しい映画を見ても泣かない。母と死別してから、あかねは泣くことを忘れたようである。

そんなある日、あかねが映画館を出ると、館内であかねに眼をつけていたちんぴらが話し掛けて来た。

すけこまし専門のような崩れた美貌の若者である。お茶を飲みに行かないか、と誘った。あかねは頷《うなず》いた。若者は自分のことを木田、と名乗った。二人は新世界の喫茶店に行った。木田はあかねに、今から踊りに行かないか、と言った。ダンスがブームをつくっていた時代である。踊り場はどこにでもあった。

「私、踊れないのよ」

「僕が教えてあげよう、君は高校生だね」

二人が喫茶店を出ようとすると女を連れた実が入って来た。実の顔色が変った。

「やあ兄貴……」

と木田は実に声を掛けた。が、それよりも実の一撃の方が早かったようである。

「なにをする」

擲られたはずみに椅子によろけた木田が、体勢を整えようとすると、実は木田の腰を蹴った。床に倒れた木田を睨みながら、

「俺の妹だ、変な真似をしていないだろうな」

「待ってくれ、知らなかったんだ……」

木田は倒れたまま、実の殺意に呑まれたように弁解した。あかねは黙って立っていた。実を止めようともしなければ、反抗しようともしない。実は連れの女を置き去りにし、あかねの手を引張るようにして家に帰った。その夜、あかねは初めて実に擲られている。両頬がふくれあがるほど擲られた。

あかねは擲られるたびに悲鳴をあげたが、涙は流さなかった。

「あんな女たらしに引掛けられやがって、お前には俺の気持が分らないんか……」

あかねは頬を押えながら実を睨んだ。

「あの男より、兄ちゃんの方が、もっとかすやないの」

「なに！」

実はまた飛び掛って来た。あかねの髪の毛を摑み、部屋の中を引きずり回した。実があかねの髪の毛を離したのは、あかねが、加奈江姉ちゃんは、こんなことをされた翌日家を出た、うちも出るわ、と叫んだからである。

実とあかねは獣のような荒い息を吐きながら、上と下で睨み合っていたが、

「馬鹿野郎、俺の気持も分らんと……」

実はそのまま家を飛び出した。あかねが水で頰を冷やし蒲団に入っていると、実が酔って帰って来た。

「これみやげや」

実があかねの枕元に投げたのは、当時には珍しい、ビーズのハンドバッグであった。実はあかねが家を飛び出すことを心配したらしいが、あかねにその意志はない。この辺りの一人暮しの女の生活を、あかねは良く知っていた。一人で家を出れば、あのような女にならなければならない。

あかねは、自分がそんな生活に耐えられないことを知っている。この点あかねは、自分に誇りを持っていたのかもしれない。

あかねが木田の誘いに乗ったのは、ちょっとした心の空白に付けこまれたためだろうか。

あかねが高校三年になったある日、大学を出たばかりの貝塚が社会科の教師として、あかねの学校にやって来た。青春の血に燃える貝塚は、淋しい翳りを漂わせた美しい少

女に気が付いた。貝塚はあかねの組を教えることが楽しみであった。気を付けてみると、友達もあまりないようである。休み時間など、女生徒たちが運動に興じている時、その少女は一人、ポプラの樹の下で本を読んでいる。

外国ものの文庫本であった。それとなく担任の教師に聞いてみると、中年の教師は眉をしかめ、

「兄がやくざなんですよ、だから、みな怖がって近寄らないんです、本人も自分の方から垣をつくって他人を寄せつけない……」

「でも、不良グループには入っていないようですね」

「その点は感心だが、そっとしておく方が無難ですよ、なんでも気狂いのような兄らしいですから」

若い貝塚は担任の教師の態度が卑怯に思えた。不良グループに入っていないのだから、確かに特別善導する必要はない。だが貝塚は、その少女をもっと明るくしてやりたい気がした。少女は立松あかねである。

貝塚は休み時間など時々あかねに話し掛けた。が、あかねは別に嬉しそうな顔もしない、といって不愉快でもなさそうである。

貝塚が話し掛けると、本を伏せ受け答えする。短かいがあかねの言葉には、はっきり意志があった。

「高校を出て、どうするつもりなの？」

「会社に勤めますわ、兄は大学に行け、と言いますけど、私にはその意志はありません」

「どうして立派なお兄さんじゃないか、今時、自分の力だけで大学にやってくれる兄さんなんて少ないよ、それにこれからは女だって大学は出ていた方が良い」

あかねの兄は、噂のような男じゃない、と貝塚は思った。やっぱり噂は当てにならない、と貝塚は嬉しく思った。するとあかねは、まぶしそうに眼を細め、

「私、悪いことをした金で勉強したくありませんの、兄はやくざですの」

あかねが顔色も変えずに言ったので、貝塚はどきっとした。

「それは聞いてるけど……」

「私は、早く独立したいんです、それだけですわ」

実のことを知らないで自分に接近して来る、とあかねは思ったから、兄のことを言ったのだ。が、貝塚はそれからも、あかねになにかと話し掛けて来る。あかねの、青白い肌はしっとりと露を含んだようで、手首から先は蠟《ろう》を引いたように艶があった。貝塚は、あかねと話し込んでいると、つい視線が制服からはみ出ているあかねの肌に行き、はっとすることが再三であった。貝塚はいつか、あかねの兄に会ってみたい、と思うようになった。ある日あかねにそれを言うと、

「兄は先生を擲りますわきっと……」

「どうして?」

「兄は私に近付く男をみな擲りますの」

この時あかねの眼にねっとりした鈍色《にびいろ》の光りが浮んだのを貝塚は気付かなかった。

貝塚は狼狽し、青くなり赤くなった。

「馬鹿な、なにも君、僕は教師として、君の兄さんに会おうというんだ」

「無駄ですわ、兄には先生の見境もつきません……だって先生は、若い男性ですもの」

あかねは貝塚の狼狽をむしろ楽しんでいるようである。あかねの言葉には貝塚をえぐるものがあった。そうである。貝塚はあかねが美しい少女であるから接近したのである。貝塚に、あかねに対する野心がないとしても、あかねが陰気な醜女《しこめ》であったなら、貝塚は近付きはしなかっただろう。

貝塚はこの時、あかねの兄よりも、眼の前の眉の長い少女の方が、得体の知れない女に思えた。もし貝塚が、あかねの言葉で、今までのように接近するのを止したなら、貝塚は平凡な教師だったといえよう。

貝塚はあかねの兄や、あかねを内心怖れながら、自分が次第にこの不思議な少女に引き込まれて行くのを感じるのである。

危険だ、と思いながらどうすることもできないのであった。

女生徒たちは敏感である。二人の間がなにもないのに、なにかあるような噂が立ち始めた。貝塚より先に、あかねがそれを知ったようである。いつものように横に坐った貝塚に、あかねはそれを伝えた。

「先生、私たちの間に噂がたってますわ、もう校庭でお喋《しゃべ》りするのは止しましょう」

「やましいこともないのに、噂なんか気にする必要はない」

そう言いながら貝塚は慌てて周囲を見廻した。運動しながら、生徒たちの幾人かは二人の方を盗み見している。

「嫌な連中だ、だから女生徒ばかりの高校は男女共学の学校に較べて陰険だ」

「ねえ先生、先生下宿されてるんでしょ」

「ああ、住吉の知人の家に居る」

「遊びに行っても良いですか?」

「しかし、かえって変な噂が……」

「私、誰にも知られないように行きますわ、下宿までの地図を書いておいて下さい」

とあかねは言って立ち上ると校舎の方に、一人歩いて行った。多勢の生徒たちが運動したり、見守っている間を、あかねはまるで一人で野原を歩いて行くように、ぶらぶら歩いて行く。

貝塚はなんとなく吐息をついた。

地図を受け取った時あかねは、次の月曜日の夜、遊びに行く、と言った。

ことは、あっという間にあかねの方から一方的に運ばれている。それでいて、あかねには押しつけがましいところが少しもない。

貝塚は、自分の方から、あかねを誘ったような気になっていた。この哀愁を帯びた少女が、どうして、自分の方から男に近寄ったりするのだろう。あかねは不良グループと交際していないのだ。淋しいから、なぐさめを求めてやって来るのだろう。貝塚はそう思いながら、自分の中に、あかねを誘惑したい欲望があるのを感じるのである。

その夜、あかねは和服姿でやって来た。実は、あかねに幾らでも着物などを買ってくれる。そのようなプレゼントで、あかねの機嫌を取っているつもりだろう。兄の気持は、あかねには良く分るのだ。

白地に赤い花を浮べた少女らしい着物は、あかねには良く似合った。それにあかねは薄化粧している。貝塚はあかねを、自分の部屋に迎えて、動悸《どうき》が早くなるのを覚えた。

あかねが部屋に入ると、なんともいえない甘い匂いがした。

「君は香水をつけているんだね」

あかねは微笑して首を振ると手を髪に当てた。袖口から真白い二の腕がこぼれている。それは袖の奥の暗がりで仄白《ほのじろ》く息づいている。

「いいえ、香水じゃありませんわ、髪油ですわ」

「へえ、甘い匂いだな」

「だって女がつけるものですもの」

あかねは貝塚と喋る時はもの静かな標準語で話す。

女生徒が若い男性教師の部屋を訪問したら、もっと部屋の中をきょろきょろ見回すだろう。男の部屋がもの珍しい年頃である。

が、あかねは部屋を見回したりはしなかった。貝塚がすすめた座蒲団に坐ると、微笑を浮べ、貝塚の膝のあたりに視線を漂わしている。ごく自然な態度である。

貝塚は圧迫された。窓縁に坐り直した。

「先生、私もそこに行きたいわ……」

「ああいらっしゃい」

貝塚は唾を呑んだ。外を眺めているあかねの髪の毛が貝塚の頰にふれるようである。甘い髪油の匂いと湯上りらしく石鹸の香りもする。成熟した女の身体が自分のすぐ傍で息づいている。

「立松君……」

「はい」

あかねの眼は潤んでいる。朱唇《しゅしん》が誘うように開いている。あかねの体温が伝って来るようだった。貝塚の鼓動が激しくなった。

大変なことになる、と貝塚は思ったようだ。だがその自制心が勝つぐらいなら、あかねの兄のことを聞いた時、貝塚はあかねから離れているはずである。

「先生、私、淋しいのです」

あかねは突然貝塚の胸に顔を埋めた。重く柔かい身体が貝塚に崩れかかった。

二人はどちらからともなく、窓縁の下の畳に崩れた。

貝塚の手があかねの身体に掛った時、

「先生、電気消して……」

とあかねは呟いた。

苦痛があかねの身体を貫いたが、あかねは大きな眼を開け、薄暗い闇を見詰めている。痛む時だけあかねは眉を寄せたが、それ以外、あかねは無表情であった。あかねの頬に自分の頬をつけ、無我夢中であかねをおかしている貝塚は、抱いている女の表情に気が付かない。あかねの肌は練絹のようである。が思い掛けない弾力のある肉がその肌の下にあり、なめらかで、柔かくしかも締った身体である。女性経験の少ない貝塚だが、あかねの肌が尋常なものでないことだけは分る。

良心の呵責《かしやく》は、恍惚感《こうこつかん》をいっそう盛り上げ、

「許してくれ、許してくれ」

貝塚は譫言《うわごと》のように呟きながら、あかねの身体をむさぼった。

再び明りが付けられ、あかねは乱れた着物をただした。

「先生、帰ります」

「もう帰るのか、じゃ駅まで送って行こう」

「私一人で帰ります、先生これから校庭で話し掛けないで下さい」

「ああ、その方が良い、なんなら僕、アパートに変ろう、その方が君も来やすいだろう」

あかねは首を振った。

「私、もう先生のところに遊びには来ません」

「どうしたんだい、怒ったの、僕は君が好きだったんだ、好きだったら、ああするんだよ」

「それじゃ、私の家に来て下さいますか?」

「えっ、君の家に、だって君の兄さんが……」

貝塚は現実に戻ったようである。もしあかねの兄が二人のことを知ったなら、黙ってはいないだろう。

あかねは唇を咬《か》んだ。

「先生、好きだなんて言わないで下さい、あかね悲しくなりますの、でも今のことに先生はなにも気を使われなくても良いの、だってあかねの方が先生を誘ったんですもの、私、今夜、初めから先生に捧げようと思って来たの……」

「なんだって」

「さようなら、もうお会いしません」

貝塚はあかねのあとを追って来たが、あかねは一言も喋らなかった。放心したような表情でただ足だけはむきになったように早く動かしている。貝塚はならんで歩くのに苦労した。

あかねは自宅に戻ったが、実はまだ帰って来ていない。あんなことが男にとって良いことなのだろうか。あかねの身体は、男女の喜びを味わえるほど成熟していない。

あかねが貝塚に身体を与えたのは、兄に対する反抗からであった。実が自分に過重な夢を抱いていることを、あかねは重荷に思っていた。あかねは自分の身体を穢《けが》すことによって、心の重荷を撥《は》ね返そうとしたのである。

得手勝手な兄の夢を内心笑ってやりたいのだ。もし新世界で実に会わなかったら、あかねは木田というすけこましの若者に身体を与えていただろう。あの時は、まだはっきり意識していなかったが、今になってみると、あの時の心境が良く分る。

あかねは、自分で自分の感情が怖ろしい。自分の中に、どうにも押えられない激情の火種が埋っているのを、あかねは知っていた。だから、貝塚とのことは、チャンスだ、とあかねは思ったのかもしれない。

自分の初めての身体を与える相手として、あかねは貝塚を選んだのだ。そうでなければ、どんな男に与えてしまうかもしれない、兄が殺人を犯さないとも限らない。貝塚はあかねが始めて好意を覚えた異性である。

その夜あかねは実に、男と関係したと告白している。実は激怒しあかねを擲り、髪の毛を摑んで部屋中引きずり、相手の名を白状させようとしたが、あかねは口を割らなかった。実は怒りと傷心で疲れ果て、死んだように横たわっているあかねに、

「これだけは言ってくれ、相手はやくざか」

あかねは血走った眼で睨んだ。

「真面目なサラリーマンよ、さあ、もっと擲って、擲り殺して！」

実は畳にどっかとあぐらをかくと、

「そうか、じゃその人は結婚してくれるんだな」

あかねは青いあざをつくった顔に冷笑を浮べて答えない。実はあかねの身体をゆすぶった。旨いこと言われて、もてあそばれたんだろう、と歯ぎしりした。

「私がその人を誘惑したの」

「な、なに、お前が……」

「あかねは、兄ちゃんが考えてるような女じゃないのよ、これだけは言うとくけどね、これからはあかね、自分勝手なように生きるからね」

再び擲ろうと手を振り上げた実の手が、そのまま力なく畳に落ちた。突然、実はあかねの傍に顔を埋めると大声で泣き始めた。

堀江の家に居た時、父と大喧嘩し、母をののしったあと、実はいつもこのような恰好で泣いた。畳に顔をすりつけ両手で頭を押え、わあわあ泣くのである。

それは、今も少しも変っていない。

実が傷害事件を起し、警察に摑まったのは、それから三日後であった。

あかねの家に初めて刑事たちがやって来た。実が入っていた組の者もやって来た。小さい記事だが、実の傷害事件は、新聞記事にもなった。あかねは学校を止した。

貝塚があかねの家を訪ねて来たが、あかねは貝塚を家にあげなかった。

「先生、これから私は、私の生きたい通りに生きます、どうか構わないで下さい」

あかねは貝塚を突き放すように言っている。貝塚を眺めるあかねの眼は、他人を眺めるようであった。貝塚は、未練と恥辱と安堵の入り交った複雑な気持を抱いて下宿に戻った。

だがこの若い社会科の教師は、この十七歳の世を知らない少女によって、初めて人生への眼を開いたようであった。

あかねの父犬丸恭助が、阿倍野の旭町を訪れたのは、それから間もなくであった。父はふけていた。往年の威勢の良さは、たるんだおとがいの肉からちょっと想像もできない。

「綺麗になったなあ、何度も探したんやけど、行方が分らないし、諦めとった、今度新聞を読んでびっくりして、警察で住所を聞いて来たんや、実はわしの想像通りぐれよって」

「お兄ちゃんの悪口は言わないで下さい、新聞には別に、犬丸の名前が出たわけでもないし、犬丸家には迷惑は掛けていません」

父は激しいあかねの言葉に、言い返そうと口を開きかけたが、思い直したように、

「お前がわしを恨んでるのも無理はない、せやけどわしも、もう六十五や、気が弱なったんか、お前のことだけが気になってなあ、どや、一度家へ遊びに来えへんか、浩も裕二もお前に会いたがっとる」

犬丸恭助には三人の子があった。男が二人と、女はあかねより二つ上の圭子であった。

あかねは本宅の兄姉たちとまだ一度も会ったことがない。遊びに行って、どうなるというのだ。今更一緒に住めるわけでもない。

本妻の里枝は、あかねの母を憎んでいた。それらの事情は、実からいやというほど聞かされている。

「ええチャンスやないか、わしはな、実が刑務所に入っている間に、実と別れてしもた方がええと思うんや……」

「じゃ、私を浜寺の家に引き取ろう、とおっしゃるんですか」

「浩も裕二もその気や、里枝の方はなんとかなる」

「今更、肩身の狭い思いをして、浜寺に行こうとは思いません、私はここで兄ちゃんが帰るのを待ちます、兄ちゃんがあんなことになったのも、みな私のためや、私にはよう分ってんの」

今まで実と別れることばかり考えていたが、父の顔を見た途端、あかねは兄が帰るのを待たねばならない、と思い直していた。

憎い嫌いな兄だが、実があかねを愛していることだけは、あかねにも良く分っていた。父と会って、あかねは、実の悲しさが理解できたようであった。子供の頃、あかねは父に対して愛情は抱いていなかった。実のように憎んではいなかったが、他人を眺めるような寒々しいものがあった。それは、眼前のおとろえた父に対しても同じである。

父は吐息をついた。

「どこか身体が悪いの？」

「うん、胃の具合がなんとなく変や、この頃は店に余り出てへん、浩にまかせてなあ」

弁護士の話では、実の刑期は一年前後だろう、と言う。

父は色々あかねの生活を尋ねた。学校を止した、と言うと、これからどうして暮して行くつもりや、と心配した。実は貯金していないが、かねがねあかねに、俺に万が一の時があったら天井裏の新聞包みを開けてみろ、と言っていた。実が警察に検挙された夜、取り出してみると十万円入っていた。

一年ぐらい、なにもしないで兄の帰りをその金で待てるが、あかねは働くつもりだった。

「また時々来るからな……」

帰る時、父はあかねに五万円渡そうとしたが、あかねは受け取らなかった。

あかねはその代り、良い就職口があったら紹介して欲しい、と言ったのである。

「自分の娘やなんて、絶対に言わんといてや、それを言われたら、行けへんからな」

「やっぱり働くか、あかねさえ良かったら、大学まで行かしたるけど」

「兄ちゃんもそう言うとったわ」

「実がな」

犬丸恭助は苦い顔になった。

間もなくあかねは、父の紹介で立売堀にある木山商店の女事務員として働くことになった。店主の木山嘉一は、もと犬丸商店に勤めていた。今は独立して機械器具の販売を行っている。旋盤からポンプ、継手まで色々な鉄製品を扱っている。店員だけでも十数人は居た。あかねの仕事は伝票を帳簿につけることである。初めはとまどったが、要領を覚えると単調な仕事であった。それでもあかねは、毎日元気よく店に通った。

実が属していた組の者は、実の異常ともいえる妹思いを知っているので、出所した実に、変な誤解を受けてはいけないと思うのだろう、一人住いのあかねのところに余り顔を出さなかった。実の刑は懲役一年二ヵ月である。

弁護士が言っていたより少し重かった。

あかねの美しさは、大阪の繁華街でも人眼を振り向かせるものがある。店であかねは、皆に好意を持たれた。店主の木山は、父からあかねのことを聞いているのか、あかねにはいやに優しい。あかねは父に、絶対知らせてくれるな、と言ったが、父としては黙っているわけにはゆかなかったのだろう。

店員たちは気は荒いが、気持の良い連中が多い。満員の地下鉄と満員のバスにゆられて店に行き、また人に押されながら家に帰る。

阿倍野で地下鉄を出ると、すでに商店街には灯《ひ》がついていた。戦後の混乱はややおさまりかけていたが、旭町から西成の山王町にかけては、私娼窟が乱立し、男娼が徘徊して、通りにはポン引、夜の女、愚連隊がわがもの顔に歩いていた。当時の警察は、まだ、この辺りを浄化する力を持っていなかった。今のように暴力追放の声が大きくなく、売防法もまだ出来ていない。

あかねは商店街で夕食のおかずを買って帰った。若いあかねも一日の仕事で疲れていたが、足取りには元気があった。

こうして半年たった。店員の中には、あかねを本気で愛する者も居たが、あかねは誰にも応じなかった。

あかねは、若い同僚には、なんの魅力も感じなかったのである。

そんなある日、いつものように、新聞紙に包んだ野菜や魚を手に持ち、家に通じる露地を曲ると、見慣れない上品な若者が、あかねの家の前に立っていた。

五尺六寸ぐらいだろうか。のびのびとした身体がスポーツをしている学生のような若者である。陽に焼けた顔と濃いなだらかな眉毛を見た時、あかねは凝然として立ち停った。青年は光る眼を大きく見開いてあかねを眺めたが、ふと照れたような顔になって近寄って来た。

「あかねさんですね、僕、犬丸裕二です」

「すぐ分りましたわ」

「待っていたんです、親父に住所を聞いても言わないし、探しましたよ」

本宅の二番めの兄である。あかねはもちろん会うのは初めてであった。

「あかね、と呼んでも良いかな」

それには答えず、

「どうぞお入り下さい、狭いところですけど」

「良くこんなところに住んでいますね、ここを探していると、変な男や女に睨まれた、ぶっそうなところだなあ」

裕二はもの珍しそうに辺りを眺めている。ちょっとした不安と好奇心の入り混った表情である、あかねの家の二軒先のバラック建ての二階家は、私娼窟である。スリップ一枚の女が、窓から乗り出すようにして裕二を眺めている。裕二と視線が合うと、ペッと路上に唾を吐いた。裕二は眉をしかめてあかねの後から家に上った。

「君のような女《ひと》が、どうしてこんなところに」

裕二は不思議でたまらない面持である。

裕福な家でなに不自由なく育った裕二には、あかねの苦しさや悲しみなど分らないに違いない。あかねの内面のどす黒さも……

「私には、ここが一番似合ってますのよ」

裕二は不意に力強く言った。

「そんなことはない、君はこんなところに住むべき女ではない、君はもっともっと幸せになるべきだよ、親父の罪は僕も強く感じている、悪いと思う、親父は戦前の男の悪さを、すべて備えている、君は過去の日本の男がつくった悲劇の子だよ、しかし自分を大切にしなくっちゃ、悲劇を恨み、悲劇に甘んじていてはいけない、自分のために立ち上らなくっちゃ」

裕二は能弁だった。

あかねは微笑した。

「裕二さんは学生さんですの」

「大学は去年出たよ、しかし生活能力はない、僕はインターンなんだ」

「まあ、お医者さんですの」

あかねはお茶を入れた。

「ねえ、君がどう思おうと、君は僕の妹です、兄さんと呼んでくれないかなあ」

「でも、初めてお会いしたんですもの」

「血は同じです、少なくとも半分は」

「そうですわ、半分だけはね」

しかしその半分が、あかねをすえた匂いの漂う裏町で生活させているのである。

それは、理論や言葉だけではどうにもならない現実の違いであった。

「今日いらっしゃったこと、お父さんや、他の方々は？」

「言っていない、犬丸家では僕は異分子なんです、親父や兄貴のように商売には興味が持てない、僕が医者を志したのも、人間的になりたいからです、実君とも是非会いたい、そして手を握りあいたい、僕の気持はきっと分って貰えると思う」

「兄のことは言わないで下さい」

「悪かった、君の心を傷つけて」

裕二は素直にあやまった。あかねをここから引張り出すべくよほど決心をつけたのか、それとも生れながらの素直な性格なのか、まだあかねには分らなかった。

狭い家で、窓から外の景色は見られない。不法建築の三階建が、崖のように窓を蔽っている。窓から首を出して上を見て、わずかに空が眺められる程度だった。

あかねだって、夕映えの茜の雲が眺められる丘の上の家に住みたい、と思う。もし、今のあかねに望みがあるとすれば、それだけかしれなかった。そしてそれは、外面の淋し気な美しさに似ず、あかねの胸からほとんど消え去っている少女の最後の夢だったかもしれない。

あかねは空腹を覚えた。

「私、今から食事の仕度をしますけど、良かったらたべて行かれません？」

「どこか外にたべに行こうと思っていたんだけど、ここで一緒にたべるのも良いな……」

「裕二さんのお口に合うかしら……」

「僕はそんなに贅沢《ぜいたく》はしていない、僕がさっき言ったのは食事のことじゃない、環境のことなんです」

「分っていますわ」

とあかねは答えた。裕二は、自分のことを兄さん、と呼んで貰いたい様子だが、あかねにはそう呼べない。実に悪いと思うし、第一兄という感じがしないのである。

裕二は十八歳のあかねが初めて会ったばかりの男性である。兄と思えないのも無理はなかった。

あかねは、なぜ裕二と夕食を一緒にする気になったのか。兄だからだ、とあかねは自分に答えた。

だがそれだけだろうか。裕二が感じの悪い男だったなら、あかねは言葉も交していないだろう。

「僕は君のような妹が現われて嬉しいよ、あかねちゃんは僕が想像していた通りの妹だった、いや、想像以上だった」

「どのように想像していらっしゃったの？」

あかねは裕二に背を向け、ガスコンロに火を付けながら尋ねた。

「そうだな、淋しそうで、美しくって、少し強情で、優しくって、いや、こんなに優しいとは思わなかったな」

「私、優しいかしら？」

「優しいとも、僕に食事をご馳走してくれるなんて」

「怖い罠があるかもしれませんわ」

「良いとも、どんなことだって言い給え」

裕二は立ち上るとあかねの傍に来た。あかねの肩に両手を置くと、

「僕の力で、できるだけのことはする」

裕二が手を置いた両肩に、あかねは焼けるような熱さを感じた。あかねはふと黙り込んだ。裕二もなにかを感じたのか、手を放した。たとえ腹違いの兄妹でも未知の二十五歳の若者と十八歳の女性が初めて会って、お互い身体に触れた時、兄妹だけの感情しか起きないだろうか。

創造主は、人間の血に対して、それほど厳格な規律を課しただろうか。

あかねと裕二の間に沈黙が来た。

「僕たちの親父は……」

裕二は嗄《かす》れた声を出したが、言葉は続かなかったようである。

僕たちという言葉だけがいやにはっきりとあかねの耳に残った。

その夜食事を終え、あかねは裕二と一緒に阿倍野の駅まで行った。旭町の細い商店街は人通りが多い。小料理屋の門口には厚化粧の女たちが電線にとまった雀のようにならび、黄色い声で客を呼んでいる。

「僕は君をこの街から外に出す、必ず出す」

地下鉄の入口で裕二は元気を取り戻したように言った。灯の消えた近鉄デパートの窓に街の灯が映っている。難波の繁華街と違ってその灯は小さかった。

あかねの父犬丸恭助が亡くなったのはその年の秋であった。胃癌で死んだのである。父はおそらく自分の死期を無意識に悟って、あかねに会いに来たのではないか。

木山商店に、裕二から電話があったのだ。

「すまない、親父は遺言をしていないんだ、僕は当然遺言をしているものと思っていた、しかし、できるだけのことはする、そのためにもちょっと顔だけ出して欲しい」

「いいえ、今更お金なぞいりません、顔を出すなら、父が生きている間に出しますわ、死んでからのこのこ顔を出すなんて、そんなもの貰いのような真似はできません」

「しかし……、じゃあかねさんは、親父に対して、全然愛情を持っていないわけですか?」

「はい」

「考えられない、あんなに優しそうな君が」

「失礼します」

あかねは電話を切った。

その夜、木山があかねを夕食に誘った。木山はあかねの電話を聞いていたのである。

「今夜は気分がすぐれませんので」

「それもそうやな、わしもちょっと事情は、犬丸さんから聞いていたんやが、あんたをなぐさめてあげようと思って誘ったんやから、気の向いた時の方がええやろ」

その夜あかねは、会社を終えると、和歌山にある大善寺に行った。母の墓があるのだ。

南海電車の和歌山駅から、タクシーで三百円ほどのところにあった。

あかねが着いたのは、夜の九時頃である。あかねは、タクシーに待ってくれるように言った。

運転手は妙な顔をしてあかねを眺めた。

「こんなに遅く墓参り？」

「ええ……」

寺の門からは黒い風が道に吹きつけていた。風の強い夜である。月は明るかった。白く月光に濡れた墓石は、強い風を受けて、泣いているような音をたてていた。

母は先祖からある苔に変色した墓で眠っていた。

「お母ちゃん、お父ちゃんが傍に行っても、知らん顔しといてや、今度生れ変って来たら、普通の奥さんになるんや」

あかねはそう呟《つぶや》きながら母の墓に手を合せた。

今度生れ変ったら普通の奥さんになるんや、あかねは母の墓に向ってそう呟いたが、あかね自身の気持はどうであったろうか。

あかねはまだ、結婚など本気に考えられない年である。

父が死んでから、木山のあかねに対する態度が変った。前からなにかと親切だったが、いっそう親切になった。押しつけがましい親切さである。時々あかねを食事に誘っては、ちょっとしたものをプレゼントしてくれる。

あかねも木山商店に勤めている以上、三度に一度は木山のお供をせねばならない。プレゼントだって、時には受け取らねばならない。木山があかねに対して、旧主人の娘に対する感情以上のものを持っているのは明らかであった。木山などあかねにはなんの魅力もない。街にうようよしている中年の商人に過ぎない。あかねには木山の親切は迷惑だった。

　木山は背は低いが肩幅は広く首はごつく、がっちりした身体であった。赭《あか》ら顔で頭が禿げ上り、まだ五十前だが、五十半ばに見える。ある夜も食事に誘われた。木山が連れて行ったのは、法善寺の小料理屋であった。ここには水掛不動があり、線香の煙りが絶えない。大きな提灯《ちょうちん》がぶら下り、水商売らしい女が二、三人、熱心に拝んでいる。法善寺横丁には、灯りがつき始めたところであった。

　あかねは、木山を待たせてそれらの女たちに交り、自分も手を合せた。

「なにを拝んどったんや」

　と木山が尋ねた。あかねが木山の眼を見詰めながら、

「はい、兄ちゃんが真面目な人になってくれるように拝んでいました」

　と言うと木山は厚い唇を歪めて視線を外《そ》らせた。兄の存在が、木山と自分との防波堤になっている。あかねは良くそれを知っていた。やくざな実が居る限り、木山もあかねに手を出すことはできない。思い掛けないところで兄が役に立ったが、それはまた、あかねが普通の結婚ができないことをも意味しているのかもしれない。

　だがあかねは次第に、木山商店に勤めるのが嫌になって来た。

　木山の妻君は、木山が昔店員だった頃結婚した女で、教養もなくがみがみ言うことだけが取柄のような女である。木山は今まで、そんな妻への不満を水商売の女で紛らわし

ていたようだが、あかねを傍に置いて以来、娘のようなあかねに、本気に執心し始めたようだった。実のことを思い出しては、自分の気持を押えるらしいが、なんといっても実は刑務所に居て、傍に現われない。

店で帳簿をつけているあかねを眺める眼には、ただならないものがあった。

それを感じるたびにあかねは、木山の店に勤めているのが嫌になるのである。

仕事を終え、旭町の商店街で買物をして、一人暗い家で夕食をたべていると、身も心も置きどころのないような淋しさに襲われる。そんな時、あかねはふと裕二を思い出す。肩に置かれた裕二の熱い手の感触が忘れられない。あかねはそのたびにそんな自分にぞっとした。なぜだか自分にも分らない。

秋が過ぎて冬がやって来た。

あかねが住んでいる旭町の家から、必ずあかねを出す、と裕二は言ったが、一向にやって来ない。やはり一時の感傷なのだろうか。

実が出所するのは、来年の五月である。あかねは次第に、実のような兄でも傍に居て欲しい、と思うようになった。

十二月にはいったある日、裕二から電話が掛って来た。今夜、一緒に食事でもしないか、と言う。

「はい」とあかねは答えた。

あかねの声ははずんでいた。店に居た木山が、あかねの表情を見詰めながら、眼を光らせた。

「誰からや」

「裕二さんからです」

「裕二さん？　ああ犬丸のなかぼんか……」

木山は呟いたが、なにを思ったか、

「なかぼんは、親父さんに似て、女ぐせが悪いらしいな、学校に行ってる時から、問題を起したらしい、まさか妹を誘惑したりは、せえへんやろけどな」

あかねは青くなった。思い掛けないことを聞いたためでもあるが、木山への怒りが主な原因である。

裕二は、木山商店まで迎えに行く、と言ったが、あかねは断わった。二人は難波駅前の映画館前で待ち合せることにした。

木山は、あかねが裕二と会うのを好んでいないようである。それは人一倍敏感な木山の嗅覚のせいだろうか。それとも他に理由があるのだろうか。二人が待ち合せた辺りは、難波のターミナルで華やかなネオンに取り囲まれている。あかねが立っているすぐ前は、バスの停留所で、大勢の人がバスを待っていた。一段高くなった映画館の切符売り場の辺りに立っている人々は、バスと違って約束の相手を待っているのである。六時半という約束だった。冬のネオンは寒さのせいか、いっそうきらきら輝いているような気がする。

行ったり来たりしている人が多いが、あかねはじっと立っていた。不意に後ろから肩を叩かれた。裕二が白い歯を見せて笑っていた。

「お待ちどおさま」

裕二は地下街から上って来たらしい。裕二はどこに行くとも告げずに歩き始めた。難波駅前にタクシー乗場がある。

「どこに行きますの？」

「まあ、まかせてくれ給え」

裕二が運転手に命じたのは浜寺だった。あかねははっとした。唇を固く結ぶと、

「私、浜寺には行きません」

「どうして、構わないじゃないか、我々は兄妹なんだ、僕が皆を説得した、母も兄も妹も、君を迎えることに同意したんだ、君に約束してからかなり時間が掛ったが、ここまで漕ぎつけた僕の気持を汲み取って欲しい」

裕二があかねを連れ出す、と言ったのはそんな意味だったのか。あかねは裕二に失望した。

「私、行きたくないのです、運転手さん、車を停めて下さい」

あかねの声はきっとしていた。裕二は驚いたようである。色々あかねを口説いたが、あかねは応じない、車を停めてくれ、と言うだけである。裕二はあかねの決意を知った。

この二十にならない一見弱々しい妹は、浜寺の豪華な生活よりも、あの旭町のごみご

みした暗い家に住むことを望んでいる。

「分ったよ、無理じいはしない」

裕二は車を難波に戻すように運転手に命じた。そして、道頓堀で一緒に食事をしよう、と言った。あかねは応じた。

「なんだか、顔色が良くないね、身体の具合でも悪いんじゃない？」

裕二はあかねを、道頓堀の角にあるすき焼の店に連れて行った。大衆的な店で、広い座敷に幾組もの客が、すき焼鍋を囲んでいる。あかねは首を振った。木山のことを裕二に喋るわけにはゆかない。裕二があかねに対してできることといえば、浜寺の家に連れて行くことぐらいである。

「僕はね、インターンを終えたら、釜ケ崎の診療所にでも勤めようと思うんだ、君の家に行ってから、決心がついたような気がする、困った人のために働くんだ」

裕二は熱を込めて言った。裕二の胸には青年らしい理想が溢れているのだろう。

「先輩が診療所を開いている、そうしたら君のところとも近くなる、実君が出て来ても、なにかと力になれるだろう」

「裕二さんが住むような場所じゃありませんわ」

あかねは釜ケ崎のごみごみした風景を思い浮べながら言った。当時の釜ケ崎は今のように整頓されていない。それにあかねは、実を裕二に会わせたくなかったのである。

「どうして、僕が坊っちゃん育ちだから住めない、と言うの」

「だって似合わないです、裕二さんは綺麗な美しい病院で働く人です」

裕二は苦笑した。

「あかねさんは、子供のようなことを言うね」

あかねは黙っていた。

食事を終えて心斎橋の喫茶店でお茶を飲んだ。裕二はあかねの家まで送って行く、と言う。あかねは断らなかった。なぜか裕二と離れ難い思いがする。難波から地下鉄に乗り阿倍野で下りた。阿倍野の駅前広場には冷たい冬の風が吹いていた。満天の星は刺すようである。陸橋の上には肩をすぼめた夜の女が徘徊している。旭町の灯には安酒の匂いが漂っていた。

「寒いでしょう」とあかねが言った。

「寒くはない、君はちょっと貧血気味じゃないかなあ」

裕二があかねの手を取った。二人は手を握りあったまま、細い商店街を下っていった。裕二の手のぬくもりが伝わってくる。暖かい、とあかねは思った。それは裕二の性格の暖かさのようである。裕二は私の兄なのだ、あかねは胸の中で言い聞かせた。手の暖かさのように、ほのぼのとした感情である。兄ではなく恋人であったら良かったのに、ふとそんな思いもする。あかねは手を離した。

「今日、裕二さんから電話が掛って来た時、社長さん、変なことを言ってましたわ」

「ほう、どんなこと……」

「裕二さんが、女たらしだ、なんて……」

「三年前、僕はある女性と恋愛した、貧しい家の女だった、親父も兄も母も反対した、僕は結婚するつもりだった、ところが親父に頼まれて木山が、その女の両親に金を持って行ったんだよ、五十万ばかりらしい、それ以来その女は僕と会わなくなった、そんなことが女たらしだろうか」

「いいえ、私、社長さんの言うことなんか、始めから信じてません」

「木山は親父の下で働いていた、だが今は独立している、男なら今更そんな用事で親父の使い走りなどしなくてもいいんだ、兄は木山を信頼しているらしいが、僕はそんな男は信頼できない、木山は、僕に恨まれていると思っている、だからそんな悪口を言うんだ」

「社長さんには言わないで下さいね、私が居辛くなりますから」

暗い家は湿気ていた。畳が底冷えする。冷気が床の下から身体にしみ込んで来るようである。あかねはオーバーの襟を立てたまま、ガスコンロに火をつけ、炭をおこした。

裕二が帰ったあと、あかねは机の上に僅《わず》かばかりの金が置かれているのに気付いた。

裕二はインターンだから生活能力がない、多分小遣いの中からあかねのために置いたのだろう。裕二の恋人だという女性はどんな女性だったろうか。あかねは色々な女性の顔を想像しながら、眠りについた。

一人ぼっちのクリスマスと正月が過ぎた。ジングルベルの華やかな音も、羽子板の音もあかねには無縁であった。

年を越して間もなく突然実が刑務所から戻って来た。刑務所内での成績が良かったので仮出所して来たのである。

実は刑務所に居たとは思えぬほど、日に焼けて元気だった。久し振りに会ってみると、あかねの胸は喜びにはずんだ。この兄のために苦労し続けたのだが、実に言わすと、お前のために苦労したと言うだろう。

「おい、すぐ酒を買って来てくれ、ああしゃばは良いなあ、組の連中は来えへんかったやろな」

「ええ、来えへんわ」

「しばらく会えへん間に、えらい美しなったやないか……」

実は眼を細めてあかねを眺めた。あかねは酒とあられを買って戻って来た。着物に着換えた実は懐手をして、門口に立ち、懐し気に通りを眺めていた。

実は、あかねから、高校を卒業せずに止して、木山商店に勤めていることを聞くと、

「馬鹿野郎、高校ぐらい出んで、どうすんねん」

と怒鳴ったが、その声にはどこか虚勢じみたものがあった。

「もう二度と、組には戻らんといてや」

あかねが頼んでも、うんうん、と頷くだけで、はっきり約束はしない、おそらく実は、

今後の方針を決めずに刑務所から出て来たに違いなかった。相変らず意志の弱い兄である。おそらく実はまた組に戻るに違いない。

前と同じ生活がやって来るのだ。実と会えた喜びは、一瞬の間だけだったようである。

あかねが、父の死んだことを告げると、実の眼が光った。

「遺産の方はどうなったんや」

あかねはなぜか愕然とした。実がこんなにぐれたのも、父を憎んでいたからではないか。憎む裏には、血のつながりがある。

あかねはそう思っていた。しかし、父の死を聞いた実には、いささかの感慨も現われていない。ただ物欲への執念が実の眼を光らせている。

実は父の死を待っていたようである。刑務所に居る間に実の性格が変ったのか。

それとも、今まで実が一度も本宅に顔を出さなかったのは、この日が来るのを待っていたためか。

「遺産なんてあれへんわ、堀江の土地はお母ちゃんの名義やあれへんもの」

「冗談じゃない」

実は口を歪めて立ち上った。着物を脱ぐと黒背広を着た。あかねは実の前に立ち塞った。

「どこに行くんや」

「どこって、犬丸家よ、出所した挨拶に行ってくる」

「よして、やめて……」

あかねは必死になって停めたが、実はあかねの言葉など聞かない。あかねは、実の腰に縋《すが》りついた。

「弱虫、それならなんで、お父さんが生きてる時行けへんのや、死んでからのこのこ出掛けて行くなんて、弱虫、大弱虫」

「うるさい、だまれ」

実はあかねを突き飛ばそうとしたが、さすがに思いとどまったらしく、

「分ったよ」

と言った。

こうして再び、実とあかねの生活が始まった。あかねが会社に行っている間、実がなにをしているのか、あかねには分らない。

会社を終え、家に帰って来ても、実は居たことがない。大てい夜遅く戻って来る。

そんなある日、あかねは木山から食事に誘われた。兄が帰って来たことは、木山に話してあるので、あかねは、

「余り遅くなると、兄がうるさいんです」

だが木山は変に生真面目な顔で、

「それがや、その兄さんの問題でな、犬丸の浩ぼんさんから話があって……」

あかねは青ざめた。実が二、三人のちんぴらを連れて、犬丸家に乗り込んだらしいの

だ。

木山はあかねを道頓堀にある食堂百貨に連れて行った。一階から五階まですべて食堂で、和食の個室もある。

裕二の兄である犬丸浩から、あかねを正式に引取っても良い、という申し込みがあったというのだ。

「あんたから兄さんに、つまらないことをしないように言うて欲しい、ということっちゃ」

「私は犬丸家へなど行くつもりはありません、でも兄には、そんなことをしないように言います」

「ほんまに狂犬みたいな男やな、あんたの兄さんは……」

「兄を侮辱しないで下さい」

あかねは、きっとなって言った。木山は興をそがれたような顔で、

「あんたの兄さんがあんな状態じゃ、わしかてあんたをいつまでも使いにくうなるよってな」

「そんなご心配はいりません、いつでも止めます」

あかねはハンドバッグを取ると立ち上った。木山は慌てて、そんなつもりで言うたんやない、わしはあんたの味方や、今の話は浩ぼんの話を伝えただけや、まあ待ちいな、とあかねの手を取って無理に坐らせ、

「いや、あんたも勝気な女子や、わしは実はあんたたちに同情してんのや、犬丸家のやり方は酷い、あんたが犬丸家に行きたない、というのも無理はない、せやけど、このまま兄さんと一緒に居ったら、あんたの人生はめちゃくちゃになる、今の間に思い切って別れた方がええと思うがな、もちろん一人で生活はできへんやろ、わしがアパートを借りたる、それに、月々援助したるさかい……」

あかねが穢《きたな》いものでも見たように眉をひそめると、木山は大きく手を振って、

「援助するというても、あんたに対しては純粋な気持や、少しもいやらしい気は持ってへん、わしは死んだ犬丸さんにはお世話になった、その娘さんが不幸になるのは、わしとしても黙って見ておれん、ここんところはよう考えてや」

木山はいつの間にかあかねの手を握りながら訴えるように言った。木山が純粋な気持で自分を世話するなんて、あかねには信じられない。あかねはそれほど馬鹿ではない。

その夜、幾ら待っても実は帰って来なかった。実が家に戻って来たのは三日後であった。

実の後ろには二人のちんぴらが居た。

「おいあかね、引越しや、こんな穢い家に住む必要はなくなった」

そういう言葉のうちにも、実の指図で若者たちが荷物を表に停めている三輪車に積み始めた。

実の態度は初めから高圧的であかねに口を開かせない。それに酒に酔っているようで

ある。世帯道具といっても僅かである。大型三輪に全部積み込まれた。あかねは兄に従うより仕方がない。

　新しいアパートは、西成山王町にあった。実が属している組の事務所のすぐ傍で、最近新しく建築されたものらしい。その部屋は六畳と四畳半の二た部屋で、炊事場もついている。そのアパートの中では、最も広い部屋である。実は珍しく陽気であった。

「どうや、畳も新しいいし、気持ええやろ、四畳半の方は、あかねの部屋にしたらええ、世帯道具で欲しいもんはなんでも買うたるで、電気冷蔵庫や、電気洗濯機も要るやろ、明日にでも買うたるわ」

「兄ちゃん、そんなお金どうしたん？」

「一人前の男や、そのくらいの金、なんとでもなるわ」

「まさか、浜寺の本宅で貰うて来たんやないやろな、兄ちゃんが、本宅に行ったん、知ってる」

「うるさいな、金の心配なんか、お前はせんでええ、それからな、女事務員なんか止めて、明日から洋裁でも習いに行くんや、分ったな、お前だけはええ結婚するんや」

　あかねは冷たい眼で実を見詰めていた。昔はそんな言葉は、実の愛だと思っていたが、それは錯覚だったようだ。実のあかねに対する気持は、現在では、自分の荒れた生活への言い訳に過ぎなくなっている。

「うちな、兄ちゃんの世話になんかなりとうない、兄ちゃんの世話になるくらいやったら、母ちゃんのように妾になるわ」

「なに、もう一度言うてみい」

「なんどでも言うたる……」

あかねは頰に実の一撃を喰ってその場に倒れた。実は荒々しい眼であかねを見下ろしている。あかねは頰を押えたまま動かなかった。昔と同じような生活が今も続いている。あかねが、実と別れようと思ったのは、この時であった。だが、どうして一人暮しができるだろうか。

あかねは、裕二に相談してみよう、と思った。だが、実はすでに犬丸家から金をゆすり取っているのである。あかねの性格として、裕二に今更電話を掛けたりはできない。

その夜あかねは、一人でアパートを出た。どこに行くあてもない。

飛田商店街はアパートのすぐ傍にあった。酔った男や、夜の女や、飛田遊廓に遊びに行く客たちがぞろぞろ歩いている。

あかねは、今まで張りつめていたものが、音を立てて崩れて行くような気がした。歩きながら、あかねはなにかに必死になって縋っている。商店街を突き抜けると平野線の飛田駅がある。屋根も腰かけもない白い石の停留所が、闇の底に横たわっている。停留所の前に数軒の屋台があった。

灯のともった戸障子に、墨でおでんと書かれている。年老いたポン引や夜の女が屋台の傍に立って客をねらっている。

あかねはふらふらとその屋台に入っていった。汚れた板のスタンドで、二人の男が酒を飲んでいた。豚のように太った三十半ばの仲居と、鬼瓦のような顔をしたおかみがいた。

店の中の連中は、息を飲んであかねを見た。

「お酒頂戴」

とあかねは言った。

あかねはコップで二杯飲んだ。心臓が激しく鼓動を打ち、眼の前が回り始めた。

酔いは、実になぐられた左の頰に廻って来たようだ。飲めば飲むほど青くなるのに、実になぐられたあとだけが、真赤な紅葉《もみじ》のように赤くなった。二人の客が、あかねに声を掛けたくてうずうずしている。

だが、あかねには男たちを寄せつけないなにかがあった。品が違うのである。

「あんた、どこの女《こ》？」

おかみがたまらなくなって尋ねた。

「今度出来た新山王アパート」

あかねは歌うように言った。

「そんなに酔うたら危いやないの……」

「危くないわ」

「姉ちゃん、別嬪《べっぴん》やな、どやわしと遊んでんか」

中年の客の一人が思い切ったようにあかねの傍にやって来た。

「勝ちゃん止めとき、素人《しろうと》さんやないの」

仲居が男を停めたが、男は言うことを聞かない。酒臭い息を吐きながらずうずうしくあかねの顔を覗き込み、手を握った。

「なにが素人なもんか、素人がこんなところに来るかいな、な、姉ちゃん」

ねっとりした男の手に力が入る。頭がふらふらするほど酔っていたが、あかねは鳥肌たつような嫌悪感を覚えた。

威勢良く戸が開きちんぴらが入って来た。

「おう寒い、おや……」

ちんぴらは実と一緒に引越しを手伝った若者である。若者はあかねに絡みついている男を見た。若者の顔がけわしくなる。中年男の胸ぐらを摑えると、

「おいおっさん、このお嬢さんを一体誰やと思てんね、ええ……」

男が驚いてあかねから手を離した。突然あかねは笑い出した。悲鳴のような笑い声である。あかねは三百円置くと、けたけた笑いながらその店を出た。若者が追って来た。

「アパートまで送りましょ、こんなところを一人で歩いていたら危い」

あかねは凄艶《せいえん》な顔を若者に向けた。

「あなた、私が欲しくない？」

「えっ」

「欲しいでしょ、さあ、あげるわ、どこかに連れて行って」

「ね、ねえさん、兄貴に……」

「そう、兄が怖いの、それなら構わないで」

「だって、そんなに酔っていちゃ」

「さわらんといて！」

あかねは千鳥足で歩き出した。飛田商店街の灯が、水に映った灯のようにかさかさになってゆれている。アパートの傍まで来て、あかねは入らずに行き過ぎた。今夜はどうしても家に帰る気がしない。ぼんやり歩いて行くと古びた旅館があった。一泊二百円、と書かれている。あかねは入って行った。

帳場には太った女が居たが、あかねが泊めてくれ、と言うと、何も聞かずに、あかねを二階の六畳の間に案内した。

その女が敷いた蒲団の上に、あかねは這うようにして倒れ、眠りこけた。

何時間眠ったろう、あかねは激しい喉の渇きで眼が醒めた。良く一人で泊めてくれたものだ。泊り客には無関心な宿かもしれない。西成山王町には、そんな旅館が無数にある。客が金さえ払ってくれれば、犯罪人と分っていても黙って泊める。そして、こんな旅館に泊る人間は、誰だって背後に暗い影をひそませている。

あかねが眼を醒したのは、喉の渇きだけではなかったようだ。隣室から絶え入るような女の声が聞えていた。怒鳴る男の声もする。

あかねは耳をそばだてた。襖《ふすま》を開けると廊下に這い出た。その部屋の前まで行き、そっと襖を細目に開けた。

口を手拭いで蔽われた女が下半身裸で横たわっている。部屋の隅にはもう一人の女が身体を縮めて坐っている。部屋には女のほかに二人の男がいた。

あかねは身体が凍るような恐怖を覚えて身動きができない。若い男が焼け火箸《ひばし》を半裸の女の尻にあてがっている。女はこの世のものとは思えない声を出して悶絶《もんぜつ》した。あかねは床の間に坐っている男の顔を見て、低い悲鳴をあげた。男は実だったのだ。

「朱実《あけみ》分ったか、変な真似しやがったらこの通りだ……」

若者が部屋の隅で慄えている女に言った。

「もうそのぐらいで良い」

実が言った。あかねは這いながら部屋に戻った。酔いも醒め果てた。一晩中、あかねは蒲団を被って慄えていた。

実が組に戻ったことは知っていたが、まさか暴力売春団の一員になっているとは想像していなかった。おそらく、実が刑務所に入っている間に、組の性格が変ったのだろう。

翌日、あかねはアパートに戻った。

「どこに行ってたんだ？」

実が血走った眼で蒲団から起き上った。だが幽霊のようなあかねの顔を見ると、

「擲ったのは悪かったよ、今日は会社を休んで寝るんだ、俺が擲ったのも、お前の幸せ

を思っているからだよ」

あかねには、兄が白い仮面を被った鬼のように思えてならない。ただ怖ろしかった。

実がアパートを出るのを待って、あかねは素早く身の回りのものを風呂敷に包んだ。簡単な洋服類と下着だけである。実が買ってくれた着物には眼もくれなかった。

家を出るといっても、一体どこに行くあてがあるだろう。裕二と木山の顔が交互に浮ぶ。とにかく、早く電話せねばならない。

あかねは、アパートの電話帳を繰り、浜寺の犬丸家に電話した。

「裕二は病院ですが、あなたは誰方《どなた》ですか？」

里枝の声らしい。あかねは黙って受話器を置いた。木山に電話することはためらわれたが、そんなことは言っておれない。

「ああんたか、心配しとった」

「私、兄のところを逃げたいんです……」

「えっ、そりゃまた急に、一体どうしたんや」

木山もびっくりしたらしい。

「兄は気狂いです、どこか一人で居られるようなところはないでしょうか？」

「ないこともないが、まあ話を聞こう……」

あかねは風呂敷包みを持つと、アパートを出た。一年近く、旭町の薄暗い部屋で実を待っていたのは、一体なんのためか。

やくざから足を洗った兄と、ささやかに生きる、それだけの夢で、あかねは働き続けて来たのである。

地下鉄は混雑していたが、あかねには周囲の人間が眼に入らない。悪夢のような昨夜の光景だけが眼に浮ぶ。

実は本当に自分の兄だろうか。そんな疑問があかねの脳裡に浮いたのも、無理はないだろう。そして、あかねはなぜかその思いを胸の中で咬み締めるのであった。

あかねは、木山に本当のことは話さなかった。ただ、兄は相変らず愚連隊の仲間に入っているし、このままでは、社長さんが言ったように一生が破滅するので、思い切って出て来た、と告げた。

木山は腕を組んだ。あかねを自分の手許に置きたいが、実の存在が不安で、決心がつきかねる様子である。

「しかし、会社で働いとったら、兄さんが探しに来るだろう」

「はい、だから会社は止します、どこか部屋を借りられたら、バーに勤めるつもりです、そしたら、お世話になった分、お返しできると思います」

「いや、金なんかなんでもないが、いや、あんたのような女《こ》を、バーに勤めさすのはもったいない、よっしゃ、あんたにそれだけの決心があるんなら、わしが考えたろ、せやけど、また西成に帰るんやないやろな、わしがあんたを誘拐したみたいで、実さんに恨まれたら、たまらんからな」

「絶対帰りません、死んでも……」

とあかねは答えた。

木山はやっと決心がついたようである。その日の夕方、木山は住吉のアパートをあかねのために借りてくれた。権利金五万円で、家賃は五千五百円だった。六畳一間である。木山は、バーなどに勤めず、しばらく隠れていたら良い、と言ったが、あかねは勤めるつもりだった。早く金を返さなければ、木山のことだから、自分の身体を求めてくるに違いない。その夜、木山は会社を終えると、住吉のアパートにやって来て、午後の十時頃まで居て、心惜しそうに帰って行った。

あかねの気持が分らないものだから、さすがに暴力的な行為には出ない。もしあかねに、変なことを実に告げられたら、とそれが心配なのだろう。

その夜、あかねは一人風に鳴る窓ガラスの音を聞きながら眠った。一人で眠るのは慣れている。旭町の家に居た時も、どんなに淋しい思いをして一人眠ったろう。だが、あの当時の淋しさにはまだ救いがあった。今夜の淋しさには救いがない。あかねにとって、それは初めて味わった絶望的な孤独感である。

実に擲られながらも、実と一緒に居たのは、やはり実があかねの兄だからであった。今のあかねにとって、実は兄ではない。あかねは蒲団の中で、裕二の顔を思い浮べようとした。

翌日の昼、木山から電話が掛って来た。実が、今さっき来た、と言う。

「あんたを隠してへんか、と大変な見幕やった、こりゃ、わしもよほど覚悟せんならん」

「すみません、勤め口さえ見つかったら、ご迷惑のかからないようにします」

「そんなこと言うてんのやない、これほどの危険をおかしても、あんたをかくまっているわしの気持を察して欲しい、と言うてるんや、今夜、帰りに寄るからな、アパートから出たらあかんで」

裕二は確かインターンだ、と言った。一体どこの病院だろう。あかねは電話帳をくって、大阪の病院に片っ端しから電話してみた。が、分らない。

大学病院では、交換手が、インターンの人は、数が多いので名前が分りません、と事務的な声で電話を切ってしまった。

だが、あかねはどうしても裕二に会わなければならない、と思う。

犬丸家に電話した。今度は女中が出たようだ。裕二の病院を尋ねた。

「はい、確か神戸のT病院だったと思います」

あかねは急いでT病院に電話した。裕二は居た。会いたい、と言うと、大阪に戻るのは六時半だ、と言う。二人は例の難波駅前の映画館前で待ち合せることにした。

あかねは木山には黙ってアパートを出た。

「実君のもとを逃げ出したって、一体どうして？　隠さずに話してごらん」

裕二は白い歯を見せながら言った。裕二の顔を見た途端、あかねは本当のことを喋らなければならない、と思った。

二人は肩を並べて夜の御堂筋を歩いた。

「そりゃいかん、君が逃げ出したのも当然だ、よし、これから僕が一緒に行って実君と会おう、君のことを良く説明すれば、実君だって分ってくれるだろう」

あかねは首を振った。

「いいえ、兄と会うことはできませんし、顔を見るのも嫌なのです、それに話して分るような兄じゃありません」

「しかし、木山なんかの世話になってはいけない……」

「じゃ、どうしたら良いんです？」

あかねはなじるように言った。裕二は考え込むように下を向いていたが、

「アパートの権利金ぐらいは僕が出そう、別なアパートを君に探してあげよう」

あかねはほっとした。あかねが待っていたのは、裕二のそんな言葉であったかもしれない。裕二は、これから早速アパートを探しに行こうと言った。あかねは頷いた。

急に孤独感が薄れた。

「裕二さんの知っているアパート、ありますの？」

「ないでもない、阪急の豊中に僕の友人が居る、アパート住いだが、確か部屋が空いていると言っていた」

「ご迷惑をかけて……」

「馬鹿、妹じゃないか」

だがあかねはそれには答えず裕二の腕を取った。難波から地下鉄で梅田に出て、阪急電車で豊中まで行った。駅前の商店街を少し歩いたところにそのアパートがあった。

友達は居たが、残念なことには、一昨日部屋が塞った、と言う。

裕二とあかねはがっかりして大阪に戻った。あかねは、そのアパートが塞っていたことで、開きかけた自分の運が閉されたような気がした。どうしてそんな気がしたのかわからない。

裕二は急に元気のなくなったあかねを励ました。

「明日中にはきっと見付けるよ、心配しないで待っているんだ、明日の六時半、今日の場所で会おう、さあ、元気を出して」

「はい、待っていますわ」

あかねは小さく呟いた。裕二は住吉まで送って行こう、と言ったがあかねは断わった。木山がアパートで待っているに違いない、と思ったからである。あかねは、裕二を木山に見せたくなかったのだ。

木山は案の定、いらいらしてあかねを待っていた。どこに行ってたのか、と詰問した。

「勤め口を探しに行ってましたの」

「バーなどに勤めんで良い、わしが世話すると言うてるやないか、わしはあんたのために、大変な冒険をおかしているんだ、わしの気持は分ってくれてるやろ、な……」

突然木山はあかねに襲い掛って来た。あかねは抵抗したが木山の力は強い、あっという間に畳の上に抱き伏せられた。木山の手があかねの身体に掛ろうとした時、あかねは自分でも無意識のうちに叫んでいた。

「嫌、兄ちゃんに言うたる」

木山の手は電流に掛ったように痙攣《けいれん》してあかねから離れた。木山は荒い息を吐きながら、欲望でにごった眼であかねを睨むと、

「良くもそんなこと言えるな、さあそれやったら、さっさと西成に帰るんや……」

あかねは服の裾を直すと坐り直した。黙ってうなだれるより仕方がない。今夜さえ無事に過せれば、明日は裕二がアパートを見付けてくれるだろう。

あかねがいつまでも黙っているものだから、木山も興奮がおさまったらしく、

「まあええ、お前が好きやからつい年がいもなく怒鳴ってしもた、ええか、わしはあんたが好きや、あんたのことをわしが一番心配してるんやで」

翌日の夕方あかねはアパートを出た。なぜか裕二が居ないような気がしたが、あかねが映画館の前に行くと、裕二は先に来ていた。

裕二はあかねの肩を叩くと、

「さあ、もう心配はいらない、美章園のアパートが見付かった、権利金を入れて借りておいたから、これからのことは、ゆっくり考えよう」

眼の前が明るくなった思いで、あかねは裕二の腕に縋りついた。

「あかね、ね、できたら看護婦さんになりたいわ、裕二さんと一緒に働くの」

「そりゃ素晴らしい、しかし、まだ兄さんと呼ばないんだね、さあ、呼んでご覧……」

「だって、恥かしいわ、いいえ、裕二さんの方が良いの、恋人みたいだから」

「馬鹿だね、君は」

だが、裕二とあかねのすぐ後から、木山が尾行していることを二人は知らなかった。木山は夕方からアパートの前で監視しており、あかねの後を尾行していたのである。実が美章園のアパートにやって来たのは、あかねが部屋を掃除している時であった。

「裕二さんなの?」

振り返ったあかねは、実を見て氷のような顔になった。実は憎悪の眼であかねを睨んでいたが、ふと片頬に薄笑いを浮べると、

「裕二さんでなくて悪かったな、お前のために一生を破滅させながら育てた兄を捨てて、仇のような犬丸の息子の世話になるとは、お前もたいした女だよ……」

実の声には、恋人を取られた男のような憎しみと怒りがあった。いや、この兄妹の血の相剋は、恋人の間どころではないだろう。

「良いかい、いつかお前に言ったことがあるだろう、お前にちょっかいを出すやつは、殺してやるとな、本宅の息子だって容赦はしないぜ、いいや、裕二だったら、なおさら許しておけない……」

あかねは崩れ落ちそうになるのを必死にこらえた。一昨夜豊中のアパートが塞がれて

いるのを知った時、開き掛けた運が閉されたような不安におびえたが、あかねの予感は当っていたようである。

もしあかねが、帰ることを拒否すれば、実は本当に裕二を殺すだろう、とあかねはそう思った。

なぜなら、実は父を憎み、自分の人生を憎んだ、すべての憎しみを、あかねを奪い去ろうとする裕二に向けているからである。

「分ったわ、帰るわ」

とあかねは無表情に呟いた。再び、実とあかねの生活が始まった。実は組の幹部であり、実の下には数人のちんぴらが居た。実はアパートを留守にしている時、必ず彼らの一人に、あかねを監視させた。

あかねは、実によって軟禁状態に置かれたわけである。

あかねの居ないアパートを訪れて、裕二はどんなに驚いただろう。おそらくあかねを探しているに違いない。だが、旭町の家は知っているが、西成のアパートを裕二は知らない。いや、たとえ知ったとしても、裕二と会うことはできない。会えないと思うと、いっそう会いたくなる、あかねにとって裕二は、父でもあり、兄でもあり、そして恋人でもあった。

あかねは今になって、裕二を兄さんと呼べなかった気持が分るのである。そうなのだ、あかねは裕二を一人の異性として、頼りにし愛していたのである。

あかねと裕二の場合、血のつながりというものに、どんな意味があろうか。二人が顔を合わせたのは最近であり、それも片親の血しか交っていないのである。あかねの思慕は神に背く思いだろうか。

人間社会の道徳律は、あかねの場合通用しない。なぜなら、あかねは、そんな道徳律外の子供であり、またなんの利益をも、道徳律から受けていないからである。

あかねが、若者の眼を盗み、西成を出たのは五月のある日であった。

あかねは電話を掛けずに神戸のT病院を訪れた。その病院は港街を見下ろす山麓《さんろく》にあった。白い瀟洒《しょうしゃ》な建物である。

白衣姿の裕二は、待合室に飛んで来た。

「一体どうしたんだ、心配して探していたんだよ、阿倍野や飛田の辺りにも、幾度も足を運んだ」

あかねは微笑を浮べて裕二を見上げた。

「今夜、お暇があります？」

「ああ、今度こそ離さない、今はどこに居るんだい、まさか木山のところじゃないだろうね」

「あかねは、そんな卑しい女じゃありません」

「悪かったよ、そんな意味で言ったんじゃない」

「あかね、ね、裕二さんと、どうしても行ってみたいところがあるの」

「どこだい？」

「今夜、連れて行ってあげるわ」

　その夜、あかねは裕二を連れて、幼い頃過した堀江の家を訪れたのだ。焼けあとはかなり復興していたが、あかねたちが住んでいた土地は、草が背高く生い茂っていた。月が大阪城の上に出ている。青い草は月に濡れて光っていた。裕二も感慨深そうである。現在この土地は犬丸家のものだが、里枝は値上りをねらって、そのままにしていた。

「そうだった、君はここで生れたんだね」

「ね、入ってみましょう」

　あかねは裕二の手を取ると、草を分けて入った。あかねが母と一緒に眺めた裏庭も草が生い茂っている。もうすでに虫が鳴いていた。

　振り返るとミナミの盛り場がネオンで染っている。都心にこんな場所があるとは思えないほど、あかねの家の焼け跡は静かであった。草と闇は、二人の姿を包んでしまった。

　あかねは、月に濡れた顔で裕二を見上げた。

「裕二さん、重大なお話があるの」

「なに……」

「あかね、ね、裕二さんとは兄妹じゃないのよ、母が死ぬ間際、あかねに言ったの、私の本当のお父さんは、裕二さんのお父さんじゃないんだって……」

「なんだって、じゃ、まさか、そんなことが」

「お母さんが死ぬ間際に嘘を云ったとは思えないわ、だから、裕二さんとあかねの間に、血のつながりはないのよ」

裕二の身体が慄えた。あかねはつぶらな瞳を開けて無心に裕二を見上げている。あかねの黒い瞳に月の光りが映っていた。

握り合った二人の手は離れない。

「裕二さん、あかねは裕二さんを愛しています、抱いて下さい」

あかねは眼を閉じると、裕二に静かに身体をもたせかけた。

「あかね」

裕二は呻くように言うとあかねを抱き締めた。そして二人は、崩れるように草叢《くさむら》の中に抱き合ったまま倒れて行った。

翌日の夕刊に大阪の西成のあるアパートの一室で、立松あかねという十九歳の女性が、愚連隊の兄を刃物で刺し殺した記事が掲載されていた。

あかねもその場で喉を突き自殺している。若い女性にしては珍しいほど落ち着いた自殺で、あかねの両足は乱れないように、紐でしっかりくくられていた、ということであった。

朝のない夜

スリッパの音をたてて廊下を歩く時、きん子は、小学校時代小児肋膜《ろくまく》で一年間入院した紀南の病院を思い出す。女たちのほとんど居なくなった桃花楼の部屋部屋から流れる空《うつ》ろな匂いは、ごみごみした施療病院の薬の匂いとどこか似ていた。きん子はそれが不思議だった。そんな時きん子は、口を開けてけらけら笑った。

またきん子が笑っている……中年の会社員の客を送り出し、数日後には国に帰る予定の時江は、寝転んでいた身体を起し、大きな声できん子を呼んだ。

「きん子よ、なにがおかしんや?」

きん子は、けらけら笑いながら時江の部屋に入って来た。

「夕方上ったお客ね、スリッパはかんと廊下を歩くんよ、それにな、靴下二枚はいてんの、足が悪いんやわ、きっと……」

「のん気だね、この女《こ》は」

時江は腹立たしそうに言って、もしゃもしゃした髪を腹立たしそうに搔く。スカートからはみ出た太腿《ふともも》は色が白くなっているが、それは肉付きが良いというより、ぶよぶよしていた。時江は心臓が悪い。

「そうかなあ」

「そんな子供みたいなことばかり言うとって、あんたこれからどうするつもり？」

きん子は坐ってあぐらをかいた。三日おきに通って来る馬喰町《ばくろちよう》の紙屋の主人である吉岡の赫《あか》ら顔が浮ぶ。売春防止法が施行され、店が閉ったら、アパートを借りてやる、と吉岡は言っている。吉岡はきん子の身体と若さに参っている。吉岡は五十六であった。

きん子は煙草を咥《くわ》えながら、

「うちは三月の末まで働くわ、まだ二た月もあるもん」

「ふん、おきん一人で働くんかい？」

寝転んで映画雑誌を眺めていた里子が、雑誌を投げ出してあくびをした。きん子は眼を丸くした。時江が間もなく止めるのはきん子も知っていたが、里子のことは知らなかった。里子は灰皿の火の消えた煙草を取ると、きん子の煙草で火をつけ、

「行先が決ったらな、それにしても暇やな、毎日あれほど来とったやつ、一体どうしてんのやろ」

「アルサロや素人娘《しろうとむすめ》と適当にやっとるよ」

時江が吐き出すように言った。

今年に入ってから女たちは、ぞくぞく桃花楼を止めた。大阪の飛田遊廓は、全国で最も強硬に売春防止法に反対していた。それが不可能と分っても、転廃業の計画は全然立

てなかった。何百年も続いた歴史の古い遊廓が集団転業を行い、新聞紙上を賑わしている時でも、楼主たちは女たちに言った。

「飛田をなくすなんて、そんなことできるもんか、四月一日からは階下をアルサロにして、二階をホテルにする、お前らは心配せんと、今まで通り働いとったらええんや」

それは楼主たちの願いでもあったし、またそのような偽装で生き残り得ると信じている者も多かった。だが年が変って、女たちが止して行くようになってから、楼主たちはもう駄目だ、と観念したようである。先のことはともかく、四月一日から当分の間は、店を閉めねばならない、と思ったようである。連日、楼主たちの集りが行われた。その席には楼主たちが雇った弁護士も来て、将来の対策を検討した。

その一方、これが最後だと、楼主たちは女にはっぱを掛けた。

「ええか、四月まで思い切り稼ぐんや、稼いで稼いで稼ぎまくるんや、お前らの一生で、今ほど儲かる時はあれへんで」

だがそれは、居ない聴衆の前で喚いている落選代議士の立候補演説に似ている。女たちが幾ら稼ごうにも、客が来なくなったのだ。

収入減という現実にたまりかねて、女たちはぞくぞく飛田を出た。桃花楼もその例に洩れない。昨年の八月には十人居たのに、この二月には、きん子、時江、里子、そして下の店の間で客を張っている久子の四人になってしまった。それに、時江は明日帰る。

時江はたいぎそうに窓下の壁にもたれると、膝をとんとんと叩いた。長い間使った膝

ら、

だ。時江の膝にはたこが出来ている。時江は客をとった場合、決して下にならない。時時江の客を喜ばすテクニックは、桃花楼中抜群であった。里子が煙を天井に吹きつけながら、

「でも時江さんはええわ、家があるもん」

「家があっても入れてくれるかどうか、まあこの貯金通帳があるから、当分は喰いつなげるけど」

時江は青いスェーターの下の通帳をぽんと叩いた。里子が羨《うらや》まし気にそれを眺める。

「なんぼ溜めたん」

「五十万とちょっとや」

時江が通帳の金額を喋《しゃべ》ったのは、これが初めてである。きん子と里子は眼を丸くした。

里子には男が居た。この世界に言うところのひもである。里子は神戸のT病院の看護婦をしていた時、その男と知り合ったのだ。男は埠頭《ふとう》会社の現場係だった。男には妻子があったが、里子と関係が出来ると、男は里子から金をせびった。男は大酒飲みで賭事が好きだった。男は間もなく会社の金を使い込み首になるとやくざの群に入った。里子は病院を飛び出し同棲した。あっちこっちを転々とし西成の百円宿に落ちた。相変らず酒が止まない。里子が稼いだものは、男の酒代に消えるだけである。だから四月一日以降の里子の生活は、今と少しも変らない。いや、街頭で男を引かなければならないだけ、かえってみじめとも言えよう。里子はのろのろ立ち上がると窓を開けて、煙草を道

に放った。ちょうど、通り掛った男の眼の前に落ち、びっくりして顔を上げたので、

「兄ちゃん遊ばへん」

男が黙って行き過ぎると、

「ちぇっ、貧乏たれ！」と怒鳴った。

時江が、きん子に、幾らか溜めたか、と尋ねた。きん子は口を開け笑うような表情になったが、眼には警戒の色を漂わせ、

「うちは、ラジオも、鏡台も、テレビも買うたから、お金なんかないわ」

「おきんは若いからな」

と時江が言うと里子も、

「そうやおきんは若いよってなあ」

と溜息をついた。

きん子は畳の下に隠してある貯金通帳を思い浮べた。時江のように五十万はないが、二十万はこえている。きん子は複雑な微笑を浮べた。だが他の女たちは、きん子の人の好い笑いだと見ている。皆はきん子を、のん気だとか、苦労知らずだとか言ったが、きん子はきん子なりに毎日を考えているのである。

売春防止法の発効期日、四月一日が迫るにつれて、女たちの客あしらいはひどく粗雑になった。たとえば、いちげんの客が来て、幾らと尋ねると、女たちは、ショオト七百円、時間千円と答えた。ショオトの客なら十五分と部屋に居させない。時間の客でも三

十分以内に追い出す。客が未練がましいそぶりを示そうものなら、女たちは、もっと出して、と手を出した。

ところがきん子一人、客あしらいが違っていた。ショオトであろうと時間であろうと、遣《や》り手ばあさんが、「時間でっせ」と呼びに来るまで客を帰さない。それは、客と居るのが楽しいとか、稼ごうとかという気持からではない。自分の部屋に居る方が、なんとなくのんびりするからである。それに、きん子は客から、世間の噂を聞くのが好きであった。

きん子は短軀であるが、顔が大きく太っている。鼻はそんなに高くないが眼は大きい。髪は黒く素直だが、セットにはめったに行かない。伸びれば散髪屋で切って貰う。美容院で熱い思いをするのは性に合わなかった。遣り手ばあさんの兼子はいつもきん子に、

「もうちょっと、頭の手入れして化粧もちゃんとしたら、ミス大阪でも令嬢プールでも大きな顔で勤められるのになあ」

二つとも大きなアルサロである。だがきん子は顔を振る。

「うちは、アルサロなんか行きとうない、もし出世できるんやったら、小料理屋でもやりたいなあ」

きん子は、ぼんやり吉岡の赫ら顔を思った。吉岡なら、きん子がねだれば、飛田界隈で屋台に毛の生えたような小料理屋を持たせてくれるかもしれない。だが、きん子は、吉岡に頼む気にはなれなかった。なぜだか自分でも分らない。吉岡一人の女になってし

まうのが、気に染まないのである。だからきん子は、飛田を出たいとは、そんなに思わなかった。しかし、あと二た月後の、四月一日には嫌応なしに出なければならない。吉岡の身体は老人臭かった。それにきん子と寝た時でもしつこい。乳房のふくらみを、黙っておれば、三十分も舌でなめながら吸っている。そうかといって、里子や、一週間前やめた玉枝のような男を持ちたくはない。

里子がなんで、あんな男と一緒になっているのか、きん子には良く分らない。人が好いのは、自分ではなく里子のような気がする。

いつだったか、客の一人が、

「お前は、カビリヤの夜に出てくる女に良く似ている」

と言ったことがあった。翌日きん子はその映画を見に行った。きん子は生れて初めて映画を二度見た。感動したからではない。

自分だって、男があんなように遠回しにだましに掛ったら引掛るに違いない、と思ったからである。男のだまし方を、納得できるまで覚えておきたかったのだ。

その夜は小雨だった。暖冬だといっても、二月の夜の雨は冷たい。人通りはほとんどなく、たまに通る客に、あっちこちの遣り手ばあさんの声がどぶ鼠の啼《な》き声のように響く。警察からは、女が店先に出て客を引張ってはいけない、という命令が出ている。だから、桃花楼でも、一人ずつ交替で、お兼ばあさんの後ろから首を出す程度だった。きん子もお兼ばあさんの後ろから首を出していた。

ちょうどその時、一人の男が俯《うつむ》きながら道の真中をゆっくり歩いて来た。こんな客はめったに引掛らないものだが、きん子とお兼ばあさんは声高く呼んだ。お兼ばあさんは、レインコートの兄ちゃん、と呼び、きん子はいかす兄ちゃん、と言った。

男は行き過ぎてから振り返って、透かすようにきん子を見た。きん子は唇を突き出して笑い掛けた。男が近寄ってきて、ぶっきら棒に言った。

「泊りで幾らだ？」

青白い顔で鼻梁《びりよう》が高い。眼が細く切れ長で黒い瞳には凄さがあった。一見してやくざのような感じである。きん子はけらけら笑った。

「なにがおかしい？」と男が言った。

「だって、えらい澄ましてるよって」

お兼ばあさんが、きん子を眼で叱り、揉み手をしながら、

「こんな雨降りですよって、お安くしときます、ええ女《こ》でっせ、そりゃ優しいし……」

男はまたたきもせずきん子を見詰めていた。刺すような眼である。きん子は男の眼に射すくめられたような気がした。レインコートの襟を立て、気取ってやくざぶっていると思ったが、それは気取っているのではない。

冷たさと鋭さが、身体全体に流れているようである。きん子は笑おうとして、唇がこわばるのを覚えた。きん子は断ろうと思ってお兼ばあさんを見たが、お兼ばあさんは、すでに男を店の中に引き込んでいる。

階段を上る時、お兼ばあさんは、きん子の耳に囁《ささや》いた。

「気前ええで、五千円出しよった」

男は部屋に入るとじろじろ部屋の中を見回した。ラジオとレコードプレイヤーが小さな机の上に置かれている。ラジオは歌謡曲を流していた。きん子が消そうとすると、

「つけとけよ」と一言いった。

きん子はぴくりとして手を停めた。この客の前ではいつものように口がきけない。トイレに行った帰り、きん子は時江の部屋に行った。時江は明日帰る、と言いながら一向帰らない。客も取らず、昼から夜遅くまで映画を見、帰って来てはごろごろしている。楼主も余り文句は言わない。ひょっとしたら四月まで働いてくれるのではないか、と期待してきついことを言わないのだ。それに時江は、働かなくても、ちゃんと時間割りにして部屋代は払っているようなのだ。

「どうしたん、身体でも悪いのか……」

こたつに手足を突込み、ぼんやり煙草を吸っていた時江が不思議そうに尋ねた。

「気色の悪い客やねん、ものも言えへんし、悪いことでもして来たんと違うやろか」

きん子は寒そうに手をこたつに入れながら肩をすくめた。

「人でも殺して来たのかも分れへんで」

「姉ちゃん、気色の悪いことを言わんといて」

きん子は本当にぞっとした。犯罪者は金を摑むとすぐ女たちを買いに来る。一瞬の悦

楽のために犯罪を犯し、一瞬の悦楽で恐怖をごまかそうとする。殺人者も必ずやって来る。犯罪者の救いは、一夜の女の肌だけである。きん子も、そんな客を幾人も取ったことがあった。中には、ピストルや短刀を持っている者も居た。だが、今夜の男のようにぞっとする感じを持った男は居ない。美貌なだけ、かえって冷たさがある。

「どんな感じの男やの?」

「綺麗な顔してるわ」

「フーン、うちがちょっと見て来たろ」

時江は出て行ったがすぐ戻って来て、

「蒲団の上に服を着たまま寝転んでるわ、せやけど、ええ男やないの、なんやったら、代ったろか……」

「うん、代って……」

と、きん子は即座に言った。時江は面喰いである。ハンサムな客を喜ぶ傾向がある。それは三十歳という時江の年と身体にも関係があるのかもしれない。時江はお兼ばあさんに話してくる、と言って下に下りたが、話がついたと見え、二人で男が待っているきん子の部屋に入って行った。きん子が待っていると、お兼ばあさんが駈け込んで来た。

「きん子、あんたやないとあかん言うて、ごね出した、うるさいから行き……」

時江も戻って来ると舌打ちして、

「おきんに一目惚れらしいよ、今夜は気をつけな、ぶすりとやられるかも分れへんからな」

「きゃ……」

ときん子は言った。が、その悲鳴の割合にきん子は驚いていなかった。あの男が時江を拒絶し、自分に執心しているということで、さっきと男に対する気持が少し変ったからである。

おきんがおそるおそる部屋に入ると、男はあぐらをかいて坐り、入口を睨んでいた。身構えているような顔付きである。おきんを見ると薄い唇を歪《ゆが》めた。

「俺が嫌いか……」

「そんなことないわ、ちょっと身体の具合がおかしかったから、時江さんに代って貰おうと思ったの、でも、もうええのよ」

「ふん、まあどうだって良い、ここへ来いよ」

きん子は仕方なしに男の傍に坐った。男はきん子の手を取り、

「せっかく泊ったんだ、楽しませてくれよ」

「あなた強そうね」

きん子が曖昧に笑うと、

「さあ、どうかな、俺は宮原だ、君の名前は？」

「きん子」

「きん子か、良い名だ」

「ええことあらへんわ、苦労のし続けやん」

きん子は顔をそむけながら、なんとなく宮原を観察した。店先で見た時は二十四、五に見えた。こうして近くで眺めると三十前後だろうか。青白い顔だが額に深い横皺《じわ》が二本入り、顔の肌はかなり荒れている。それに眼窩《がんか》が少し窪んでいるのも、不健康な感じがする。男はきん子の手を放すと、立ち上って服を脱ぎ始めた。きん子がたたもうとすると、

「服には触れないでくれ、それより、早く服を脱げよ」

きん子は、宮原の前で裸になるのが嫌であった。電燈を消すと、宮原は黙って明りをつけ直した。

「女と寝るのに暗くては意味がない」

「ふん、エッチやねえ」

「馬鹿だな、暗くするくらいなら、誰と寝たって同じだ、わざわざ君を口説いたかいがない」

「へえ、それでも私を口説いたつもりなの」

宮原は薄笑いを浮べたきりで答えなかった。この宮原という客には、女の感情を思いやるという気持が全くないようであった。

宮原は床の中で無言であった。きん子は眼を閉じラジオの歌に耳を傾けた。宮原の動作はひどく荒々しい。そのくせきん子を抱きながら、荒い息一つたてない。きん子は冷

やかな機械に身体をいじられているような気がした。突然宮原は、小さく呻くときん子を抱き締めた。その時である。きん子の脳裏に、十五の年の冬の浜辺の記憶が、まざまざとよみがえって来たのは。

きん子はほとんど本能的と言って良い恐怖にかられ、眼を見開いた。青い陶器のような顔の中の、鋭利な刃物のような眼が、突き刺すようにきん子を見詰めている。きん子は顔をこわばらせながら、思わず宮原の身体を突き放した。のけぞった宮原の顔に、殺意に似た怒りが閃《ひらめ》いたようである。

が、宮原はゆっくりきん子の身体を放すと、ひどく嫌われたな、と自嘲的に呟《つぶや》いて、仰向けに寝転った。視線はきん子に注がれている。きん子は恐怖に凍りついたような眼を宮原から離すことができなかった。

桃花楼に来てからきん子は、この時ほど生の感情を出したことがない。きん子はどんな場合でも朗らかな女だったのである。

二人の視線が絡み合ったまま十数秒たった。奇妙なことが起った。

宮原の視線に微かな狼狽の色が浮いたのである。

「俺が怖いか」

と宮原は低く呟いた。

「怖い……」

きん子は手で顔を蔽《おお》った。

きん子は和歌山の田辺《たなべ》に生まれた。きん子が十歳の年に、父は戦死している。実家は製材所であった。戦争が終って間もなく、母は大阪から来た材木ブローカーの井本と結婚した。井本はふしだらな男だった。母は結局だまされたのだろう。賭博と女遊びで製材所は潰れた。井本は家に居る時は、決って母を擲《なぐ》ったようである。材木を切る音が小さくなるにつれて、母の悲鳴が大きくなって行った。

いつか井本のもとには、賭博仲間が集るようになった。その中に佐山弘が居たのである。弘はまだ十九歳の青年だった。

優《や》さ形である種の女に好かれる顔である。眼が妙にとげとげしかった。ブローカー仲間の噂では、優さ形で若いのに似ず時々思い切った大胆なことをするので、年上の者にも一目置かれていたようである。それに佐山弘はいつも腹巻にどすを呑んでいた。

ある夕、きん子が、海辺の岩でかきを取っていると弘がやって来た。きん子は知らん顔できりを使っていた。弘はきん子の傍にしゃがみ、黙ってきん子の手許を眺めていたが、なにを思ったのか、きん子が取ったかきを入れた籠を持って帰り始めた。

きん子は砂浜で弘に追い付いた。

「返してくれ」ときん子は叫んだ。

「ほら……」

弘は薄笑いを浮べると籠を砂浜に置いた。きん子が取ろうとしゃがんだ時、弘が襲い掛って来た。抵抗する間もない、あっという間の出来事である。きん子は掠《かす》れた悲鳴をあげながら、自分を押えつけ稚《おさな》い身体を荒々しくさいなんでいる弘の喉を摑んでいた。だが、その時、きん子は十五歳である。男を押し返す力は、きん子にはなかったようだ。弘はその翌日、やくざの喧嘩に巻き込まれ、あっさり生命を落してしまった。きん子はその時、竈《かまど》に薪《まき》をくべていたところだった。

竈の炎で頰を赭《あか》らめながらきん子は、若者たちの昂奮した声でそれを知った。きん子は宮原に、あの十五の年の浜辺を思い出したのである。男で汚れ切った身体のきん子が、なぜ十年近い昔の暴行事件を思い出したのか、それはきん子にも分らない。ただ宮原には、弘を思い出させるなにかがあったようである。

「どうした、どうして怖い」

突然宮原は、きん子の手を摑むと激しくゆすぶった。今までの氷のような冷たさは消え、焦燥の熱気のようなものが、宮原の顔ににじみ出ていた。宮原はいつまでも手を放さない。不思議な変化が宮原に起った。きん子が身体をすくめて黙り込めば込むほど、絶望的な表情になっていった。その夜、きん子も宮原もなぜか眠れなかったようである。

宮原はまだ夜が明けない午前五時頃、きん子の部屋を出た。

「また来るぜ」

と宮原は帰る時きん子に言った。きん子は身体を縮めながら桃花楼の大戸を開けた。真冬の冷えた空気が流れ込んで来る。廓《くるわ》の中は暗く終夜燈だけがぼんやりともっている。星は氷の破片を大空にまきちらしたようである。宮原はレインコートの襟を立て、固い靴音を立てながら去って行った。

きん子が十六歳の時義父は殺された。誰に殺されたか分らない。出入りの若者たちの誰かに違いなかったが、犯人はあがらなかった。きん子は、大阪に出て新世界の喫茶店のウェイトレスとして住み込んだ。十八歳の年、客に来ていた近くの洋服屋の店員と同棲した。もし、きん子に幸せ、という時があったとすると、店員と同棲していた半年だけだったろう。大人しい男で、きん子を可愛がった。店員には両親が居なかった。ところが半年め、店員は自動車事故でなくなっている。知らせを受けて病院に駈けつけたのだが、意識は不明であった。死相がはっきり出て別人のようになった男は、血の交った泡を微かに唇に浮べながら、しきりに小鼻だけを動かしていた。きん子は鼻紙で男の血の泡を拭いて、医者から怒鳴られた記憶がある。

その男と死別してからきん子は、人間が変ったように生活が崩れて行った。ただ不思議なことに、きん子はやくざとだけは関係しなかった。本能的に相手を見抜き避けた。相手がしつこくなれば、あっさり店を変えた。

きん子が飛田の廓に勤めたのは、三年前、二十一歳の時である。動き回るのが急にめんど臭くなり、お兼ばあさんに誘われるまま入ったのである。お兼ばあさんはコーヒーが好きで、きん子が勤めていた新世界の喫茶店に良くやって来て顔なじみであった。

慣れてしまえば、廓勤めもそんなに辛くなかった。ことに売春防止法がやかましく言われるようになってから、警察の眼も厳しく、楼主たちも昔のように、女たちの自由を束縛できなかった。嫌な客なら取らなくても済むし、送金する相手も、貢《みつ》ぐ男も居ないきん子は、適当に遊びながら貯金通帳の額は増えていった。

時江は二月の十日に桃花楼を去った。意外にも時江は、飛田遊廓の東側の崖上にずらりと並んでいる一杯飲屋の権利を買い、その店の女主人になったのである。二坪ほどの店が十数軒並んでいる。どの店も一人か二人の仲居を置き、酒を飲みながら客と一緒になって大騒ぎする店である。一夜に五組の客があれば、仲居を二人傭って、充分喰って行けるという。

時江は客を取らなくなり、ぶらぶらしている間に、ちゃんと店を買う交渉をしていたのである。楼主の伊平は、時江が手をついて、

「これからは、どうかひいきにしておくれやすや、安うしときますさかい」

頭を下げられると怒鳴りもできなかった。里子が早速、桃花楼を止めたら、時江の店で働きたい、と申し出たが、時江はあっさり断わった。ひもと別れなければ使えない、と冷たい顔で言った。時江の顔は遊廓の女ではなく、一杯飲屋のおかみの顔であった。

時江はきん子を連れ出し、自分の店で働かないか、と誘った。

昼間の飲屋街は、薄汚れた板戸で戸閉りし、侘しい感じである。だが、時江は汚れた板戸を指でなでながら、

「おきん、今のうちやで、あんたはまだ若い、今、男を取る商売から足を洗ったら、必

ずうち以上の店を持てる……」

きん子は、考えとくわ、と答えた。

きん子も、桃花楼を止めたら、男を取る商売から足を洗いたいと思っている。街頭に立つ気はもちろんないし、二十一の時と、二十四歳の今では身体の疲れも違う。今では、たとえ化粧を取って街を歩いても、廓の女だ、ということが一眼で他人に分るような身体になっている。歩き方、肌の色艶、廓の女独得の雰囲気を身につけてしまっている。

ここら辺りで立ち直るのは、良いチャンスかもしれない。そうかといって、一杯飲屋に勤め、客の機嫌を取って、芸者ワルツを大声で歌う商売も気性に合わない。

きん子は、一人でひっそりと部屋にこもっているのが好きな性分なのだ。

時江が去ると、桃花楼はいっそうしんかんとなった。主人の伊平は、ただぶつぶつ言うだけの組合の寄合に顔を出し、後は近所のマージャン屋に入りびたりである。お兼ばあさんは、昼はぼけたように眠り夜になると、ただうろうろと、店先や、きん子、里子の部屋を往復した。ただ、吉岡だけは、三日ごとに通って来る。吉岡はけっして泊らない。夜の八時頃来て、十二時頃帰って行く。

年のせいか、来るたびにきん子と関係できない。そんな時は、一時間も二時間も、きん子の身体に唇を当てている。ことに吉岡は、きん子の脇の下の薄い毛に接吻するのが好きで、きん子が脂汗を流してくすぐったがっても、離そうとしない。

「お前の脇の下を吸うとるとな、だんだん甘い匂いがして、甘酸っぱい汗が出て来る、その味がなんともいえんのや、女の身体というのはどの部分でも宝やが、お前のは、あそこと脇の下や」

吉岡はアパートを買付けたから、明日一緒に見に行こう、と誘った。きん子は、吉岡の世話になる決心もまだつかない。それが、吉岡をいっそうきん子に打ち込ませるのである。

吉岡は五十六歳だが、赫ら顔で額が禿げ上り、身体も脂肪で太って、一見六十過ぎに見える。吉岡にしてみれば、この年で若い女を自由にできるのも、遊廓があればこそで、これがなくなれば、若い女に縁がなくなるかもしれない。だから、吉岡にとって、きん子は、最後の若い女になるかもしれない。

だから吉岡の執心はなみなみでないものがあった。吉岡の世話になり、アパートに住み、月々のものを貰ったとしても、きん子は吉岡一人を守って行ける自信はない。

麻薬におかされたように、きん子は男の身体におかされている。

「なあ、なんぼ渡したら承知してくれる、アパート代別にして、三万やったらどうや……それに時々着物や服も買うたるがな」

昭和三十年頃の三万は、今の五万に相当する。きん子一人なら充分生活できる。毎日客を取っていても、きん子の収入は五万円前後であった。きん子は、吉岡の熱意にほだされて、一緒にアパートを見に行くことを承諾した。

そのアパートは飛田遊廓から歩いて十分ほどの松田町にあった。新しいアパートで、きん子の部屋は二階にあり、畳も真新しい。

アパートの隣りは空地で、子供たちがボールを投げて遊んでいた。新しく出来たばかりの通天閣が見える。

「来月の初めやったら抜けられるやろ、新聞では借金は払わんでもええて、書いてあるぜ」

「借金はあれへんわ、うちなにも縛られてんのと違うからな、新聞はうちらは全部縛られてると思とる、感じ悪いわ」

きん子は眉に皺を寄せて言った。いちげんの客やほうばいたちに呑気な顔を見せているきん子も、吉岡にだけは、感情を露骨に示す。機嫌の悪い時はものも言わない。

「それやったら、今急に移ったら、どうや」

「もうちょっと、考えさせて」

といってきん子は吉岡と別れた。どうして、こう煮え切らないのだろうか、と自分でも腹が立つ。一体なぜだろう。

夜が来た。きん子は自分の部屋でテレビを見ていた。桃花楼の女で、テレビを持っているのは、きん子だけである。夕方から雨が降り出した。なんだか気分が落ち着かない。

テレビでは、夫婦合戦をやっていた。三組の夫婦が出て来て、それぞれお互いのろけを言う、漫才師の司会者が汗を拭く恰好をしながら、合の手を入れたり面白い質問を出す。きん子はいつも、その番組が好きで、客のない限り見ていたが、今夜はいらいらしてスイッチを切ってしまった。なにも人前でのろけなくても良い、と思う。あんな風に仲良くテレビに出ていても、帰ってから喧嘩するかも分らないし、男の方は飛田に女を求めてやって来るかもしれない。客の半数は妻帯者であった。吉岡だってそうだ、妻と三人の子供が居る。長男は店を手伝っており、次男は大学在学中だという。

雨は音もなく降っている。二月の雨は本当に鬱陶しい。きん子はこたつから出て窓を開けた。一年前に較べるとひどく暗くなった灯が雨ににじんでいる。昔は雨が降れば、道はネオンの明りでお花畑のように美しく光ったものだ。廓が終えるなんて信じられなかったきん子も、雨の夜景を眺めていると、珍しく身体にしみ入るような淋しさに襲われた。店の入口は暗く、遣り手ばあさんだけが、ぼんやり顔を覗かせている。警察の干渉が昨日からまた厳しくなり、女は一人でも顔を出してはいけないことになった。

一人二人とやって来る客は、本当に悪い所に来たように俯いてこそこそ歩いてくる。きん子は、三月三十一日までに身のふり方を決めねばならないのが、ひどく億劫《おっくう》であった。十五歳の年、弘に暴力で身体を奪われてから、きん子は桃花楼に入って、やっと落ち着いた安住の場所を得たような気がしていた。

意志が弱いと言えば言えるだろう。社会評論家は、きん子を精薄だと言うかもしれない。確かにきん子は、事務を執る頭もなければ、工場で働く根気もない。しかしきん子は、売春暴力団から身を守るために、桃花楼に住み込んだのである。適当に金を溜めたら、出るつもりだった。だから借金もせずにやって来たのである。ところが、その計画を中途で断ち切らねばならない。おそらく、きん子が生れて初めて立てた計画だったのに。

いらいらの原因はやはりそれだろうか。将来の不安のためだろうか。病院に長らく住んでいる患者は、なかなか社会に出たがらない。なぜなら寝て喰いで、囲碁や将棋だけさして生活できる病院は、先のあてのない長期患者にとっては、社会の荒波から隔離された安住の国である。長期患者の仲間たちは、お互い働かないでも大きな顔をしておれるのを確認し合って安心する。社会に出たらそうはいかない。働かなかったら生活できないし、社会の仲間から軽蔑される。きん子が、紀南の病院を思い出したのも、そんな心理の相似点からかもしれない。遊廓の女たちは、明日の希望のない長期患者に似ていた。

その点、時江は立派だと思う。偉い、と感嘆する。しかしきん子だって、もう二年働けたら、時江のように五十万は貯金できただろう。

きん子は寒くなって窓を閉めた。こんな夜は早く客が来て欲しい。年を取っていても良い、明るい客が来て欲しい。下卑た冗談でも良い、きん子を笑わせてくれる男と一時間でも一緒に居たいのだ。きん子は、自分が笑っていないと、不安で、不安で仕方なくなる。

きん子は廊下に出た。両隣りも向いも空き部屋である。耳を澄ますと廊下の左隅の久子の部屋で声がする。久子に客がついているらしい。きん子は足音をしのばせて久子の部屋の前に行った。あの時の声を聞きに行ったのではない。そんなものは聞き飽きている。

　きん子は久子が一体、どんな話をしているだろうか、不思議に思ったのだ。久子は三月三十一日、ぎりぎりまで働くつもりでいるらしい。九州天草の農家出だという久子は、牛のようにがっしりしている。顔も鈍重で、めったに笑顔も泣き顔も見せない。

　時江は、久子が無神経だと言って嫌い、意地悪したりしたが、久子は腹を立てた様子もない。久子は骨太で十六貫五百あった。

「あの女《こ》を見ていると頭がかゆうなってくる。あれで結構男を喜ばしてるんやよってな」

　それに久子は、床を取った時の声が桃花楼中で一番大きかった。

　きん子は足音をしのばせて久子の部屋の前に立った。耳を澄ますと、ぼそぼそ話し声がする。きん子はなぜか十分ほど立っていた。話の内容が重大なことに思えたからである。

　なんでも男が会社の金を使い込み、それが発見され、会社を止めなければならなくなったらしい。時々きん子はどきっとした。

　会話の間に心中とか、怖ろしい言葉が聞えたからである。部屋で起きる音がしたので、きん子は急いで離れた。

　階段を下り店の間に出ると、里子がだらけた恰好で椅子にもたれていた。

お兼ばあさんだけが、道路に顔を出し、通る客を呼んでいる。

「全然あかんわ、交替しようか」

と、里子が言った。

「うん、久子さんとこはな、ついてるな」

「ああ、いつもの男や」

やっぱりそうだったのか、ときん子は思った。その男というのは眼鏡を掛けた四十半ばの男で、背が低く風采の上らない男である。

小さい会社の、万年平社員といったタイプであった。きん子が感慨にうたれたのは、あの頑丈な無神経な久子が、あの貧相な男とただならぬ関係にあったのを知ったからである。

廓勤めの女が惚れるような相手ではない。しかし、久子はあの男に惚れている。

「どうしたん、変な顔をして」

「いや、なんでもない」

きん子は、二人の会話にあった心中の話は里子にもお兼ばあさんにも喋らないことにした。この時きん子は、久子に憎しみに似たようなものを感じたようである。

きん子は店の間に坐って、客がつくのを待っていた。あの変な宮原という男が来たのは、こんな雨降りの夜であった。また来るぜ、と言って帰ったが、きん子は本当に宮原が来るような気がした。いちげんの客が、また来るぜ、と言ってもそれはほとんど空言《そらごと》である。

それに宮原は、あの夜、きん子に良い感じを抱いていないはずである。別にサービスもせず、子供のように慄えながら宮原に抱かれていた。それなのにきん子は、宮原が現われる気がしてならない。坐っていると雨のせいか、指先が凍るように痛くなって来る。店の間の火鉢など役に立たない。

きん子は手を振り足を小刻みに動かした。宮原が現われたのは、十時頃だった。今夜もレインコートの襟を立てている。肩のあたりが雨に濡れていた。お兼ばあさんが逃げないように宮原の腕をかかえている。

きん子は坐ったまま、宮原を迎えた。宮原は一人で頷《うなず》くと靴を脱ぎ階段を上っていった。お兼ばあさんが階段の上り口で、

「どうしたん、はよ案内し」

と手を振った。

きん子の部屋で二人きりになると、宮原は疲れたように、畳に横たわった。

「そんな恰好しとったら風邪《かぜ》引くわよ」

宮原は薄眼を開けて天井を見詰めている。

「蒲団に入れてくれるか……」

と宮原は言った。

「なにを言ってんの、変な人やな」

宮原は寝返りを打つときん子を見た。

「俺はお前に嫌われているようだからな、嫌だったら抱かなくっても良いんだ」

「えらい強がりを言うてんのね」

「強がりだと思うかい？」

宮原は低い声で言った。宮原は嘘を言っていない、とふときん子は思った。先夜のことを思っても、宮原は男女の行為に淡白なようである。それにエゴイストだ。女の感情を少しも考慮しない。

「うちな、あんたが来るような気がしていた、なんでやろ」

きん子は不思議そうに言った。

宮原は酒でも飲みに行かないかい、と言った。泊り代金は払っているので、自由に外に出られる。宮原と狭い部屋で向き合っていることに気が落ちつかなかったきん子は承諾した。普通なら雨が降っているし、めんど臭いところである。

きん子は桃花楼と書いた番傘をさし、宮原と並んで外に出た。時々ぽつんぽつんと人が通る。雨は小降りなのでそんなに撥ねは掛らない。飛田本通りに出て阪堺《はんかい》線の方に曲ると、小さな飲屋が一杯ならんでいる。そこから、酔っ払った男女の歌声が流れて来る。きん子は、時江のことを思った。開店するのは、四月一日かららしい。つまり時江は、売防法が効力を発揮する日に店を開くのである。しかし、この辺りは、廓の客で持っている。その廓がなくなって、それに依存している飲屋に客が来るだろうか。時江は飲屋の周旋屋にだまされたのではないか。

「どこに行くの？」

「どこでも良いよ」

この時きん子は、客と一緒に外出したことがめったになかったのを思い出した。おかしなものだ、部屋に二人で居るのが気詰りで、まるで愛人のように肩を並べて歩いている。急にきん子はおかしくなった。

「君が笑ったのは初めてだな、笑うと凄く可愛い顔になる」

「うちはいつも笑っているのよ」

宮原が傘を握っているきん子の手を取った。冷たい手である。

「僕がまだ怖いか」

「なんか、冷たい感じがするわ」

宮原は黙って手を離した。二人は客の居ない飲屋に入った。瘦せた皺だらけの顔に厚化粧したおかみと三十くらいの仲居が居た。二人は日本酒を飲んだ。きん子は余り酒は飲まないが、飲んでも酔わない。体質的に強いのであろう。宮原は無言でぐいぐい飲む。少し顔が赫らんだがすぐもとの青白い顔になった。仲居も宮原にねだって飲んだ。

「ねえ、あんたなにしてるの？」

きん子はおそるおそる尋ねた。

「なんにもしていない、毎日アパートで寝ている、そのうち働こうと思っているが」

「気楽な身分ね、でもあんた大阪の人やないなあ」

「ああ……」と男は頷いた。

それ以上きん子に質問させない冷やかさがあった。自分のことを聞かれたくないのだろう。ひょっとすると、なにか悪事をおかして逃げて来ているのかもしれない。そんな男をきん子は何度も客にしたことがある。だが、それらの男たちに共通な、虚勢を張ったような、周囲を警戒するようなところがこの宮原にはない。人眼をおそれている様子がない。

「もうすぐ店がなくなるんだろう、いつまで居るんだ」

「どうしようかと迷ってんのん……」

「君が店に居る限り、時々来るよ」

「変やわ、あんた、うちのこと感じの悪い女と思ったでしょう……」

「感じが悪かったら来ないよ」

「そらそうやね……」

「君と話してると気持が安らぐ」

「馬鹿やからやわ、きっと……」

「俺の方が馬鹿だ」

宮原は呟いた。きん子は肩をすくめた。宮原の言葉の意味が分らない。ただ、この男は決して嘘を言わない男だ、と感じた。

そう思うと次第に、宮原に対する恐怖心が取れて来そうな気がする。人間の感情とは不思議なものだ。廓などに来る客で、本当のことを言う男はめったに居ない。ほとんどが嘘である。また来る、と言って、来た男は十人に一人ぐらいではないか。ひょっとすると、きん子が宮原に恐怖を覚えた理由の一つは、宮原が自分の感情を隠さな過ぎたためかもしれない。その代り、この男は相手の思惑を気にしない勝手気儘な性格だろう。

一時間ほどの間に宮原は銚子を五本もあけた。仲居は何度も歌を歌い掛けたが、最後まで歌わなかったのは、宮原の雰囲気に圧せられたためかもしれない。

「ああ酔った、帰ろう」

宮原は言った。眼が少し充血しているが酔っているように思えない。だが立つと、宮原はよろよろとした。きん子は慌てて宮原の腕を支えた。雨は止んでいた。厚い雲が大空を蔽っているのか、空は真暗で、薄い霧が廓の灯の間を流れて行く。

「淋しいわ、また戦争が始まるんやないかしら、こうして廓の灯が消えて行くのを見ると、大地震か戦争が起りそうな気がするわ」

それはきん子の実感であった。自分の生活が自分の意志でなしに変えられる、それはきん子にとっては大きな不安であった。どん底の女にも、どん底の安住があるのである。それがもうすぐ破壊されようとする。

きん子の言葉に、意外にも宮原は頷いた。

「世の中の奴らは、人のことを余りにも構い過ぎる……」

きん子は気になっていた質問をした。

「あんた、やーさん?」

「やーさん? なんだい?」と宮原が聞き返した。

「あんた、やーさん知らないの、やくざやないの」

「そうか、俺はやくざじゃない、そうか、君は俺のことをやくざだと思っていたんか」

きん子は宮原のレインコートの襟を指でつまんだ。厚く立派な生地のようである。

「これ、高いでしょう」

「ああ、オーストラリヤのレインコートだ」

宮原はきん子の部屋に戻ると、大きな息をつきながら坐り込んだ。

「久し振りに飲んだら本当に酔った、横にならしてくれ」

「蒲団敷いてあるから、早よ寝たら良いやないの」

宮原は本当に酔っているようである。きん子は宮原が服を脱ぐのを手伝った。浴衣《ゆかた》に着換えると宮原は蒲団にもぐり込んだ。きん子も寝仕度をし、トイレに行って部屋に戻ると宮原は軽い鼾《いびき》をたてて眠っていた。きん子はもの珍しそうに宮原の顔を見た。冬なのに額に薄っすら汗がにじんでいる。

きん子の客で、なにもしないうちに眠り出した男は今までになかった。どうやら宮原はきん子の身体を抱きたくてやって来たのではない。なんとなくきん子に会いに来たのかもしれない。そう思うと、きん子は急に宮原がいとしくなって来た。自分で自分の気持の移り変りがおかしい。きん子は宮原の枕元に坐ると、真面目な顔で、宮原の額の汗を寝巻の袖で、そっと拭ってやった。

きん子は静かに宮原の傍に横になった。宮原の鼾が止んだ。きん子が我になくどきどきした気持で宮原の手を待っていると、宮原は寝返りを打ってきん子に背を向け、また鼾をかき始めた。

きん子が眼を醒すとすでに窓ガラスは白み始めている。宮原は煙草を吸っていた。

きん子は黙って宮原の煙草を取り上げると、枕元の灰皿に捨て、自分の身体を宮原にすり寄せた。きん子はおかしいほど燃えた。

唇を噛みしめても気がつくと嗚咽《おえつ》が込みあげる。きん子は宮原の背中に爪を立て気が狂ったように暴れた。宮原は声を立てない。

きん子は寝巻の襟を合せトイレに行くため廊下に出た。なんだかガス臭い、久子の部屋から洩れているようである。

夢中で久子の部屋のドアを開けようとしたが、鍵が掛って開かない。

きん子は悲鳴をあげた。

久子と客は抱き合ったまま死んでいた。枕元に睡眠剤の空き瓶がある。睡眠剤を飲みガス心中したのらしい。遺書はなかった。

きん子たちが夢中になっている間に、宮原の姿は消えていた。

桃花楼の女は、きん子と里子だけになってしまった。きん子はなぜか、客を取る気がなくなり、毎日部屋の中で、ごろごろしていた。きん子のところに来るのは、なじみ客だけである。吉岡は相変らず三日ごとにやって来ては、早く桃花楼を出るように責める。

「今、うちが出たら、里子一人になるやろ、店にも悪いし、お兼さんにも気の毒や、三月の末まで待って……」

ときん子は吉岡をなだめた。

「誰か好きな男、出来たんと違うやろな」

吉岡は眼を光らす。きん子は笑いながら、

「そんな呑気な身分やったらええわ、これでも心配事で胸が一杯やねん」

「どんなことや、言うてみい、金のことならわしが助けたる」

「金のことやあれへん……」

きん子はなぜか宮原が忘れられなかった。始めに恐怖を覚え、それから好きになっただけにいっそう印象が強い。なぜあの朝きん子に黙って姿を消したのだろう。久子が心中し、警察が来るので、かかわりあいになるのを怖れたのだろうか。時々来る、と言っていたが一向にやって来ない。

三月になった。一致団結して最後まで商売を続けると言っていた楼主たちも、団結が崩れ、次々と脱落して行くものが出て来た。

廓の灯は、歯が抜けたように、一つ二つと消えて行く。だが、桃花楼は三月三十一日までねばるらしい。ある日、きん子と里子は伊平に呼ばれた。四月一日から三十日まで、一か月休業し、そのあとは、アルバイト料亭と名を変えて開店すると言う。客と部屋に上った場合、必ずビールと付出を出す、つまり部屋で、寝る代り客とビールを飲む。

「それだけで、客は来えへんわ」

伊平は分厚い唇を捻りながら、

「さあ、それからは自由恋愛や、客と寝よと寝まいと、お前たちの勝手にしたらええね、その場合の花代は店に入れんでええ、貰い得や、店は飲み代と部屋の貸し賃として、三十分で八百円貰う、これからはお前たちの稼ぎ多うなるで、一か月ぐらい、わしがめんどう見たるさかい、五月から続いて勤めてくれへんやろか」

「警察、それで黙ってるかなあ」

「ちゃんと弁護士と相談した結果や、なあに、警察なんかに負けるもんか、女郎屋がわしの商売や、死ぬまで女郎屋を続けたる」

伊平は酒臭い息を吐きながら昂然と言った。里子は一抹の不安を残しながら、安心したようである。里子はなんとしても、桃花楼を出たくないのだ。

「きん子、お前も頼むで……」

「はあ……」きん子はぼんやり答えた。

伊平の言葉は、吉岡の言葉と同じくらいにしかきん子に響かない。ただ、そうしたシステムになれば、今よりも、もっと自由になれそうである。だが、この頃きん子は、そのような身の振り方など、どうでも良いような気がし出した。客が来なくなり、灯の消え掛った飛田できん子が感じたのは、一人ぼっちの淋しさであった。きん子は、久子のように、愛する男が欲しい、と思った。

次々と客を取っていた時、いそがしさにまぎれていた女の孤独感が、急にきん子に押し寄せて来たようである。

そんな時、きん子の脳裡に宮原の顔が浮ぶ。あんな得体の知れない男に惚れてしまったら大変だと思う。そう思いながら、きん子は宮原に会いたかった。

三月の半ば時江が電話を掛けて来た。予定より早く店を開いた、と言う。

「一度遊びにお出よ、お客連れて来て……」

と時江は元気よく言った。

その夜は珍しく六時頃から九時までの間に二組の客がついた。十時過ぎきん子は、お兼ばあさんに三百円ほど握らして店を出た。

営業時間中私用で店を出るなんて、半年前の飛田では考えられなかったことである。

どの店も薄暗い明りで、店の間に女の顔の見えない店もあった。きん子は遊廓の北の突き当り辺りの石段を息を切らして上った。

そこは、時江の経営する店もある飲食街であった。間口一間半ほどの飲屋が十数軒並んでいる。繁盛している店もあるし、客のない店もあった。時江の店はすぐ分った。戸障子を閉めた中で大騒ぎしているようである。きん子は顔を覗かせた。

数人の客が、時江と二人の仲居を相手に手拍子を取りながら、ずんどこ節を歌っていた。人いきれでむっとする。時江の顔は真赤であった。驚いたことに、二人の仲居はもと桃花楼に居た女たちで、客たちも桃花楼に通っていた男たちである。

「よう別嬪《べっぴん》さん」

酔っ払った中年男の一人がきん子の手を取り中に引き入れた。誰かがきん子の尻を撫でた。きん子はせい一杯悲鳴をあげた。

時江はそんなきん子を見て、けたけた笑っている。時江の口はひどく大きかった。きん子は無理やりにビールを飲まされ、ほうほうのていで時江の店を出た。

確かに時江の店は繁盛している。酔っ払い客と一緒になって騒いでおれば、一人つくねんと桃花楼の店の間で客を待っているような淋しさはないだろう。だが、時江の店はきん子が勤める場所ではなかった。

一人対一人なら良い、だがきん子は多勢の男と向き合っていると頭が痛くなるのだ。どうして良いか分らなくなる。時江の店に勤めるくらいなら、吉岡の世話になった方が良い。

きん子が桃花楼を止して吉岡の世話を受け、松田町のアパートに住むようになったのは三月の末であった。小雨の降る寒い日である。

吉岡が大型の三輪を回してくれたので、僅かな荷物はそれに積み込んだ。お兼ばあさんは眼尻を拭い、遊びに行ってもええか、と連発しながら、きん子が邪魔だから、と断るにもかかわらず、洗面具などを運んでくれた。

「おとうさん、ながながお世話になりました」

きん子が挨拶すると伊平は顎をなでながら、

「うちは店を続けるよってな、困ったことがあったらいつでも相談にくるんや、なんちゆうても、吉岡はんも、もう年やよってな」

きん子の身を案ずるように言いながら、自分の利益を考えている。

里子はきん子を見送りに出なかった。頭が痛い、と言って部屋で寝ている。里子はきん子が羨ましくてたまらないのだろう。だがきん子は自分が幸せだとは思わなかった。行く場所がないから、吉岡の世話になるだけである。

その日、吉岡は、夕方からやって来た。

「どうや住み心地は、これからここがお前の部屋や、そしてお前はわしだけのものになるんや、もうほかの男にはさわらせへん」

きん子を自分のものにして初めて吉岡は、嫉妬の言葉を口にした。吉岡の眼は燃えていた。きん子は外で食事をしたかったが、吉岡は近所の饂飩屋《うどんや》に電話して親子丼を取った。

念願かなって自分の女にしたきん子と二人、この部屋で食事することに、吉岡は喜びを感じたようである。

「さあ、風呂に行こ、わしも一緒に行く」

吉岡は持って来た包み紙の一つを開けた。丹前が出来た。それに着換えるときん子と肩を並べて外に出た。きん子は洗面用具をかかえている。吉岡はせかせかと歩いた。

「こうして並んで歩いているとなんに見えるやろ、まさか親娘《おやこ》には見えんやろ」

「そんなこと気にする人、ここら辺りには居れへんわ」

確かにその通りである。二人よりも、もっと年の違う男女が手をつないで歩いている。地下足袋《じかたび》の日傭が街娼の肩に手を掛けて旅館に入る。誰も気にしない。商店街を出ると阪堺線の飛田駅があった。さっきまできん子が住んでいた飛田遊廓の石の塀が夕闇の中に浮いている。小雨が止んだ後は薄い霧が流れていた。飲屋は灯をつけ、今夜の商売の仕度を始めている。飲屋の隣りに太陽宣伝社があった。チンドン屋紹介所である。

厚く化粧した町奴姿《まちやつこすがた》の男が、派手な着物の裾を拡げて出て来た。眉を濃く描き、なかなかの美男子である。その男ときん子の視線が合った。きん子はなんとなくどきっとした。

切れ長の鋭い瞳に記憶があった。宮原に感じが似ている。だが男は視線を外らすと、雨が降っているかどうかためすように手を宙に差し出し、雪駄《せった》の音を鳴らして、今きん子が出て来た、松田町の商店街の方に歩いて行った。きん子が立ち停って見送っていると、

「なんや、チンドン屋やないか、あんなものが珍しいのか……」

「男前やわ、チンドン屋に惜しいわ」

「旅役者崩れだろう、さあ行こ、風邪を引くで」

吉岡は鼻をすすった。

宮原がチンドン屋であるはずはない、着ている服も上等で新しかった。金もたくさん持っていたようである。しかし良く考えれば、宮原の美貌にはどこか崩れたところがある。旅役者、と言われてみると頷けないこともない。

きん子は拭い切れない思いを抱きながら、飛田遊廓内にある銭湯に行った。

この銭湯の女客はほとんど廓や、この辺りの飲屋の仲居であった。きん子が身体を洗っていると隣りに居た女が声を掛けた。桃花楼近くの泉楼の女だった。時々銭湯で顔を合わす。

「あんた、店止めたんと違うの、今日荷物運んどったやないの」

「ああ止めたわ」

「なんで、ここの風呂に来てんの」

「アパートがこの近くやねん」

言われてみてきん子は、どうしてこの風呂に来たのだろう、と思う。アパートの近くにも銭湯があったのだ。なのに無理にいつも来ている風呂に来てしまった。この銭湯にはわが家のような安心感がある。きん子が入っても、誰も廓の女だ、とじろじろ眺める者は居ない。きん子は廓の生活に全く安住していたのだ。だから出ても、他の銭湯には行かずにここにやって来たのだ。泉楼の女には、きん子の気持は分らなかったのだろう。

アパートに戻ると、吉岡は待っていたようにきん子の身体を求めた。そんなに欲望はなかったが、適当に吉岡に調子を合せた。帰る時、吉岡は五万円をきん子に渡した。

「ええか、これで一か月暮すんや、浮気なんかしたら承知せえへんで、これからは、昼間も時々来るよってな」

「この部屋に一日中すっ込んどったら息が詰るわ、映画にも行きたいし、パチンコもしたい」

「そりゃしようがないけどな、とにかく浮気したらあかんで、わしはお前に惚れてるんやで」

吉岡はもう一度、きん子の身体中に顔をこすりつけると立ち上った。

桃花楼に居る時、吉岡は三日置きぐらいに通って来たが、アパートに移ってからは隔日に来る。きん子がパチンコをして戻って来ると、部屋に坐っていたりする。そこでどこに行ってたのだ、ときん子を責めるのだ。

きん子を自分一人のものにしてから、吉岡はかえってしつこくなった。それに嫉妬深く、それが肉体関係に出る。今まで遠慮していたのだろうか、年のせいか、吉岡にはサジズムの傾向があった。隔日に来たって、来るたびに関係できるほど吉岡は若くはない。それが嫉妬と絡みあって、きん子の肉体を責めることで満足しようとする。きん子の白い身体にあざがつき始めた。

きん子は身体が気だるくて仕方がない、そして身体の内部に熱があるようでいらいらする。廓に居て客を取っていた方がずっと良かった。

一人になるときん子は廓時代なじみになった幾人もの男のことを思い浮べた。顔や身体は覚えているが、不思議に名前は忘れてしまっている。覚えているのは宮原ぐらいのものだろうか。そういえば、たった二度会っただけの宮原が一番印象に残っている。きん子は時々太陽宣伝社の前を通った。

昼間はがらんとしており、中年の人の良さそうな男が一人居た。看板には大きく、現代文化の花形宣伝業と書かれている。電話番号も書かれていた。

その日きん子は、パチンコ店の赤電話で、太陽宣伝社に電話した。

「すみませんけど、そちらに宮原さんて方、働いてませんか……」

「宮原、居ませんなあ」

がっかりして電話を切ろうと思ったが、

「色の白い綺麗な顔した、町奴の恰好してはる方やけど……」

「ああ、それなら宮島や、あんたどなたです」

「知り合いの者です、どこに住んではりますか」

「そう聞かれても住所は言えまへんで」

「今日は何時頃帰りはりますか」

「六時頃、戻ることになってるんやけど、あんた宮島のファンかいな」

あんなチンドン屋にもファンがあるのか、ときん子はおかしくなった。

宮原と宮島、きん子はあの若いチンドン屋は宮原に違いないような気がした。あの冷たいニヒルな感じの宮原がチンドン屋とは全く滑稽である。きん子はしかし、宮原がむしろチンドン屋であって欲しい、と思う。宮原にもっと親しみを感じそうである。

きん子は夕方の五時頃から太陽宣伝社の前をうろうろした。皺だらけの芸者のような女から、鳥追い姿、仲間姿《ちゆうげんすがた》、様々のチンドン屋が疲れた足を引きずって太陽宣伝社に戻って来る。きん子は眼を光らせた。

五時半頃、意気な若衆姿の例の男がアコーディオンを胸に掛けて数人と戻って来た。アコーディオンを持っているチンドン屋なんて初めてである。

きん子が胸をわくわくさせて待っていると、その男は一人、電車道を渡り松田町の方にやって来た。きん子は分らないように尾行した。

その男は、きん子のアパートとは反対側の方に曲った。男は松風荘というアパートに入った。古びたアパートである。

きん子は思いきってアパートに入った。

どの部屋に入ったのか、男の姿は見えない。それに管理人室がない。アパートの住人らしい女が居たので、管理人を聞くと、筋向いの駄菓子屋が、管理人だと言う。

「宮島はん、ああチンドン屋さんでんな、二階の二十二号や」

駄菓子屋の主人が教えてくれた。きん子は二十二号室の前に立った。部屋の中からアコーディオンの音が流れて来た。なんの曲かきん子には分らない。が、そのメロディーには胸を締めつける哀愁があった。

きん子がドアをノックするとアコーディオンの音が止んだ。

「誰？」

鋭い声である。宮原の声だった。

「きん子です、桃花楼に居たきん子です」

宮原は返事をしない。なんのもの音も聞えない。きん子はじっとドアの前に立っていた。

「うち、もうお店勤めを止めましてん……」

きん子は泣くような声で言った。

それでも宮原は答えない。数分立っていただろうか。宮原は自分のことを忘れている、いや怒っている、宮原はチンドン屋であることを知られて、腹を立てているのかも知れない。チンドン屋がなぜ辱かしいのだろう。

「怒ってはるのね、すみません、余り会いたかったから来てしまったのです、帰ります」

「入れよ」

宮原は諦めたように言った。

部屋には派手な仮装の着物がぶら下っている。宮原は若衆姿のまま小さなテーブルに頬杖を突いていた。きん子は黙って宮原と向き合って坐った。

「チンドン屋で驚いただろう」

きん子は思い切り首を振った。チンドン屋だからのこのこ会いに来たのだ、そうでなかったらどうして来れよう。それでも厚化粧の宮原の顔を見ているとおかしくなる。笑いそうになって、きん子は必死でこらえた。笑えば宮原はきん子を追い出すだろう。宮原との間はそれで終りになる。笑いをこらえていると眼に涙が出て来た。きん子はハンカチで涙を拭った。不思議な感情の変化である。突然きん子は悲しくなったのだ。なぜだか分らない。ハンカチで涙を拭うという動作が、忘れていたきん子の悲しみを呼び起したのかもしれない。きん子は小さく嗚咽した。

宮原は怒ったような顔で立ち上ると、鏡台の前でドーランを落し始めた。髷《まげ》も取り顔を洗うとズボンとセーターに着換えた。

その間、きん子はじっと坐っていた。

泣いたのは、何年振りだろう。十五歳の時、弘に暴行された時もきん子は泣かなかった。涙が出なかったのだ。そういえばきん子が泣いたのは、同棲していた洋服屋の店員が交通事故で亡くなった時だけである。

それ以来きん子は、涙を笑いに変えて生きて来た。桃花楼でも馬鹿と思われるほどげらけら笑った。笑っている時は結構楽しかったが、その笑いはごまかしの笑いであったかもしれない。だからきん子は、本当の笑い声をあげようとして泣いたのだ。

「変な女だな、君は」

宮原はぽつんと言った。

「馬鹿なんです」

「この間一緒に居た男は？」

「うちを世話してくれている人、だって四月一日から飛田なくなるもん、どこも行くとこないし、しようがなかったの」

「良いじゃないか……」

「良いことあれへんわ、嫌で嫌でしようがあれへんの」

「ふうん、遊廓で客を取っている方が良いのか」

「だって、たまには好きな人とも会えるもん」

宮原は畳に仰向けに倒れると足を組んだ。

「そんな男、何人くらいいた？」

「一人よ」

「一人……」

「ええ、あんただけ」

「馬鹿な」

宮原は吐き出すように言った。

「本気にせえへんなら、本気にせえへんでもええわ……」

「しかし、俺は君とは一緒になれない」

「一緒になれへんでもええわ、時々会うてくれたら、そしたらきん子、生きる望みが出て来るように思うの、違うわ、死んでもええと思うわ」

「悲しいことを言うな」

「うちね、あんたが太陽宣伝社から出て来るのを見て、嬉しかったわ……」

「チンドン屋か、面白い仕事だ、仕事をしている時だけ馬鹿になっていることができる、なにも考えない、人々は滑稽な顔で俺を眺める、こんな憐れな人間も居るのか、そう思いながら自分たちの生活に満足する、安心の吐息を洩らす……」

「そんなにひがまんでもええわ、あんたより不幸な人も多いのよ」

「ひがんでなんかいない、楽しんでいるんだ」

「あんたは昔、旅役者やったの？」

「役者じゃない、そんな世界には縁の遠い人間だよ、君に言っても分らない」

「分るわ、うちは馬鹿やけど、廓勤めを何年もしたから、色々な人間を見て来たわ、世間というものも知ってるし、悪い人間、良い人間、賢い人、阿呆《あほ》な人、区別がつくわ」

「ほう……」

　宮原は身体を起した。

「俺はどうだい？」

「怒るわ、きっと」

「怒らない」

「あんたは賢い人やない」

ときん子は言った。宮原は苦笑した。

「当っている、俺は確かに賢い人間じゃない」

もう吉岡が来ているかもしれない。

「帰るわ、時々遊びに来てもええ」

「ああ良いよ、旦那に見付かるなよ」

「大丈夫よ、うちは賢い人間よ」

誰も知らない貯金を思い浮べながらきん子は言った。

吉岡は来る日は必ず八時までに来る。そして午前一時までに帰る、めったに泊らない、きん子に惚れていると言っているが、吉岡は吉岡なりに家庭を愛しているのだろう。

きん子は宮原と再会してから、急に生きる喜びが出来た。不思議に宮原に抱かれたい、とは思わない。ただ時々会うだけで楽しいのである。宮原もきん子を抱こうとはしない。

宮原の部屋を訪れても居ない時もある。二度に一度は居なかった。そんな夜は、宮原はきっとあのオーストラリヤのコートを着て、どこかに遊びに行ってるのだろう。

宮原の過去がどんなものかきん子には分らないが、なぜかきん子などが知らない世界の人間に思える。そんな宮原を想像するときん子は淋しくなる。宮原がチンドン屋であると思えばこそ、きん子は気易く会えるのだ。きん子は宮原がいつまでも、チンドン屋で居て欲しい、と思う。

だがきん子は、いつか宮原が自分の知らない世界に帰って行くような気がする。きん子が自分の不安を口にすると宮原はむずかしい顔になった。むっつりと黙り込んでしまう。宮原はきん子に、その日の仕事で歩いた場所や人々のことを話す。きん子はわずかに口を開けて聞いた。

八時過ぎて、吉岡が来ないと分ると、きん子は宮原に会いたくて会いたくてたまらなくなった。だがきん子は三日に一度ぐらいしか、宮原の部屋を訪れなかった。

きん子は、アパートに住むようになってから時々自炊した。自分で食事をつくるなど、めんど臭いと思っていたが、つくってみると結構楽しい。市場に買物に行くのも覚えた。髪の形も遊廓時代のように前髪を上にあげずに、両方に分けた。エプロン姿のまま、買物籠を提げて歩くと、廓に勤めていた女には思えない。化粧の仕方も変った。意識してそうしたのではない。水の流れにつくように、きん子はその時その時の環境の中で生きてゆく性格だったのかもしれない。

宮原と再会してから、きん子は今までより吉岡に尽すようになった。嫌な顔もせず、吉岡をもてなす。いつかきん子は吉岡を、自分のところに通って来る上客の一人だ、と考えるようになっていた。そう思うとずっと気楽に接することができる。

そんなある夜、いつものようにテレビの夫婦合戦を見ていると、驚いたことに吉岡夫妻が出ている、吉岡の妻君は六十歳ぐらいに見えた。

司会者が吉岡の妻君に、どうして知りあったのか、と尋ねた。

「はい、今から三十五年前です、当時私は吉岡の主人の娘でした」

「御主人の娘さんとおっしゃると、どういう意味でしょうか」

司会者が小首をかしげた。

「はい、吉岡は父の店に働いていたわけです、店員でした」

観客の笑声が起った。吉岡もにやっと笑った。妻君は笑わない。司会者が、どちらが最初に見染めたのか、と尋ねた。

「それはもちろん吉岡の方です、私は吉岡と結婚することなど夢にも考えていませんでした、ところが失恋しまして……」

「失恋とおっしゃいますと、御主人に」

「とんでもありません、もっとすてきな男性です」

再び笑声が起きた。きん子は眉をしかめた。良くこんな番組に出たものだ、と思う。今まで好きだったのが急に不思議に思えたほどである。

「私が悩んでいましたら、吉岡がどうして知ったのか私をなぐさめてくれまして、後から知ったことですが、それが吉岡の手でした、私も淋しかったし、うまく吉岡に籠絡《ろうらく》されたわけです」

吉岡はにやつきながら顎をなでている。

司会者が笑顔で吉岡に向い、

「そうすると御主人は、うまくお嬢さんとお店を手に入れられたわけですね」

「そうです」

と吉岡は答えた。爆笑が起きた。だが妻君は笑わない。吉岡は養子だったようである。

きん子は吉岡が泊らない理由を知った。それに妻君が吉岡を愛してもいなければ、尊敬もしていないのを知った。

きん子はテレビを消した。

禿頭をきん子の身体にこすりつけて来る吉岡の正体が分ったような気がした。

きん子はこの時、吉岡を軽蔑したようである。今までは好きではなかったが、まだ情にひかれていたところがあった。

それが不思議なほど綺麗に消えた。と同時にきん子は、宮原に抱かれたくなったのである。

きん子は吉岡にテレビを見たことは告げなかった。誰が出ようと言ったのか知らないが、あんな番組に嬉し気に出て、きん子には、お前に惚れていると言う。浮気したら承知せえへんぞ、と吉岡は言うが、もう吉岡の言葉は怖くなかった。こんな男になにができるものか、宮原との間が見つかっても良い、吉岡が変なまねをすれば、妻君に訴えてやる。

その日きん子は酒を飲んだ。顔を赤くしながら宮原の部屋を訪れた。

宮原もラジオを聞きながらウイスキーを飲んでいた。きん子は宮原の傍に坐った。宮原のまつ毛は長い。宮原は歌謡曲を聞いていたようである。渡り鳥いつ帰る、という歌が流れていた。映画の主題歌で、きん子のような廓の女が出ていたようである。

「あんた……」

きん子はなやまし気な吐息をつきながら、

「冷たい人ね、あんたは」

「俺も君が好きだよ」

「嘘、嘘やわ」

宮原は苦そうにウイスキーを飲んだ。きん子は宮原に寄り添った。

「嘘じゃない、だが俺は一人で居たいんだ」

「なにも一緒になって、と言ってるんじゃないわ、せやけど、ねえ……」

きん子は宮原の手を取った。酒のせいか宮原の手は暖かかった。宮原は手を取られたまま、

「きん子の気持は良く分る、しかし、きん子はもう廓の女じゃない、自由な女だ、もし俺が君と肉体関係を持てば、客と廓の女、との関係というわけにはゆかない。情が移る、俺はそれがわずらわしいんだ、いや、不安なんだよ……」

「そんな勝手な理屈分れへんわ、男と女が好きあったら濡れるの当り前じゃないの、当

り前のことに理屈なんかあれへんわ」

「理屈じゃない、君には分らないんだ、俺の苦しみが、それに君は吉岡の女だ、吉岡に知れてみろ、大変なことになる」

きん子は唇を咬むと宮原を睨んだ。

「分ったわ、私が吉岡の女だから嫌なのね、それじゃ吉岡と別れるわ、明日にでも別れるわ」

宮原は驚いたように、馬鹿なことをするな、と言った。宮原の驚きが余り異常だったので、きん子はわざと、別れる、別れる、明日にでも別れると叫んだ。宮原は困惑したように、

「君がそんなことをしたら、僕はここに居れなくなる、せっかく安住の地を見付けたんだ、僕を好きなら、吉岡と別れないでくれ」

「あんた卑怯よ、冷たい男よ、うち、あんたみたいな冷たい男、なんで好きになったんやろ、ああ、口惜しい、ねえ……」

きん子は身体をただすと、

「うちな、これだけは誰にも言ってへんのやけど、貯金が二十万以上あるの、あんたのためやったら使うても惜しくないわ、ねえ二人でどこかへ行こう」

宮原は悲しそうな眼付になった。

「君の気持は嬉しいよ、しかし俺には金はいらない、俺もかなり金は持っている」

きん子は満たされない思いのままアパートに戻った。宮原に抱かれたい、と思うとどうしても抱かれたい。普通の女性はそこまでの欲求を感じないものだが、廓で勤めたきん子は悲しいことに、生理的な欲求が一般の女性よりも強くなっていたのかもしれない。その反面、吉岡に身体をさわられるのが、急に嫌になった。上客だと思おうとしたが、人間の感情とは奇妙なもので、廓時代のような気持になれない。

廓時代の生活が人形の生活であったことに、きん子はようやく気付いたようである。廓を出て宮原を愛するようになって、きん子は人間に復活したのかもしれない。嫌いなものは嫌い、好きなものは好きと、はっきり心で身体で区別できるようになった。

廓時代のきん子は、嫌いなものでも、客だからと、けらけら笑いながら応対できたのである。

「この頃のきん子ちょっと様子が変やぞ、誰ぞ好きな男でもできたんと違うか」

吉岡はきん子の身体から顔を離した。吉岡の眼は異様に光っていた。鳥肌立つような気持悪さをこらえていたきん子は、俯伏せになって煙草を取った。

「そんな男、できるはずあれへんが」

「いや、いつものお前と違う、なにおかしい……」

吉岡はきん子と並んで俯伏せになると、きん子の背中から脇の下に手を回し、

「ええか、わしが冗談言うてると思たら大間違いやで、浮気でもしてみい、わしはお前も相手の男も殺すで」

きん子はテレビのことが喉の奥まで出掛ったが、やっとこらえた。

家付きの妻君の尻に敷かれているこの男に、なにができるものか。きん子が黙っていると、吉岡は脇の下から乳房に手を伸し、きん子の胸を締めつけた。強い力である。

「この身体や、この若い身体がわしには宝や、な、五万円では足らんか、七万円出そう、これでせい一杯や……」

「苦しいわ、離して」

吉岡が来るたびに、二人の間に険しい会話が取り交わされた。そして吉岡は狂ったようにきん子の身体を責めさいなむ。

吉岡が帰るときん子は虚脱したように窓により掛る。五月の夜の飛田界隈は遅くまで明りがついている。宮原は今頃どうしているだろう。

高価な背広を着て、女を求めて遊びに行ってるのだろうか。飛田はなくなったが、それと同時にこの界隈の飲屋やサロンが一斉に売春窟化した。一時、廓を去った女たちも、ぼつぼつ戻り始めたようである。飛田の中でも、アルバイト料亭と名を変えて再開した店があるようだ、宮原はどうして、きん子と関係することを避けるのだろう。なんだかんだと言っているが、きん子をそんなに好きではないのだろう。

きん子は急に時江に会いたくなった。時江のがらがら声を聞くと、侘しい気持がなぐさめられそうな気がする。

飲屋街に行って驚いた。時江の店はなくなっていた。見も知らない中年の女がでんと坐っていた。

「ここ、時江さんの店やなかったんですか」

「ああ、あの女やったら、また廓に戻ったよ、男にだまされてなあ、貯金全部持ち逃げされたらしい、せっかく、廓で溜めた金やのになあ……」

きん子は呆然と口を開けた。信じられない。桃花楼で数年勤め、五十万も溜めた時江が男にだまされるなんて、そんな馬鹿なことが。

「なんという店に戻ったんですか？」

「もとの店らしいよ……」

おかみは、じろじろきん子を眺めながら言った。きん子は廓に通じる石段を下りた。廓の中はほとんど灯が消えているが、数軒に一つは昔のように店を開き、女が店の前に坐っている。しかし店の表には、どの店もアルバイト料亭と書かれていた。

桃花楼は店を開いていた。店先にたっていたお兼ばあさんが、きん子を見ると、

「きん子やないか、まあ入りいな、時江はんも戻ってるで」

時江は店の間の椅子に腰を掛け煙草を吸っていたが、

「おきんも戻って来たんか」

「違う、さっき時江さんの店に行ったん、そしたらまたここに来てるいうから」

時江は唾と一緒に煙草を吐き出した。

「見事やられたわ、ここに居った時は、どんな男も信用せなんだけど、外に出たら、気

がゆるんだ、阿呆みたいにだまされたわ、結婚する言われてつい家に入れてしもた、一週間めに貯金通帳と判持って逃げられた、外に出て飲屋のおかみになったから、男も本気で惚れてくれるやろ、と錯覚したのが大失敗やった、これから新規まき直しや、ばばり稼いだるで、あのなきん子、今度のシステムは前よりずっとええ、店にあがった客とは自由恋愛や、客が渡す恋愛代は店に入れんでええ、前の倍は儲かるわ、きん子も戻ってお出でよ」

伊平も出て来て、きん子に戻って来るようにすすめた。

「わしの言う通りやろ、どんなことがあっても飛田はなくなれへん」

きん子は時江に送られて店を出た。

「そうそう、おきんよ、いつかうちが振られた男前の客あったやろ」

宮原のことである。

「どうしたの？」

「一昨日、うちの前通ったで、覚えていたんで、呼んだったら顔をそむけて逃げよった……」

きん子は時江と別れると宮原に会いに行った。きん子の想像通り、宮原は相変らず廓で遊んでいるのである。なじみの女でもあるのだろうか。宮原は留守であった。

きん子は宮原が帰って来るまで待っていた。午前一時頃、宮原は青白い顔に酒臭い息を吐きながら戻って来た。

「吉岡は？」

と宮原は尋ねた。

「とうに帰ったわ、うち今、もとの店に行ったん……」

「えっ、戻る気か」

宮原は闇を透かすように振り返ったが、

「入れよ」

きん子は坐るなり、時江から聞いた話を告げた。

「あんたは、あんなとこの女だったら遊ぶのね……」

宮原は苦し気に息を吐きながら水を飲むと、

「俺だって若い男だ、女と遊んでも良いだろう、それにあんな場所で遊んだら後腐れがない……」

宮原の背中を眺めているうち、きん子は絶望感に襲われた。宮原の気持はきん子にはさっぱり分らない。だが、宮原が自分を嫌っていないのをきん子は漠然と感じている。だからこうして会いに来ているのだ。

宮原は特定の女と、深い関係に陥入るのを怖れている。

「関係を持ったら、うちがあんたをしつこく追い駈け回すと思っているのね」

「追い駈け回さなくっても、吉岡に知れる、俺はそれが怖いんだ」

「あんたは、そんなに吉岡が怖いの、あの男はなんにもできん男よ、養子で、奥さんの尻に敷かれてんの……」

　きん子はテレビの件を話した。宮原は首を振った。

「いや、そんな男の方が俺には怖ろしい」

「弱虫」

「仕方がない、これには深い事情があるんだ」

「その事情を話して」

「それは話せない」

　きん子はしばらく考えていたが、真剣な顔で、

「それやったら、うちまたもとの店に戻る、そしたら来てくれるやろ、なあ」

　宮原は驚いたようにきん子を眺めたが、熱っぽく濡れたようなきん子の眼を見ると、

「俺を苦しめるな」

「好き、好きよ、あんたのためやったらなんでもする、死んでもええ」

　突然宮原はきん子を抱き締めた。

「馬鹿なやつだ、お前も俺も、俺がそんなに好きか」

「好きやわ……」

　きん子は慄えながら宮原を抱き締めた。

　午前四時頃、きん子は宮原のアパートを出た。西の空に傾いた月はおぼろである。黒

い屋根が微かに濡れている。午前四時になるとさすがにこの辺りも人影がない。きん子の胸ははずんでいた。宮原との炎のような一時が、余韻となって体内に残っている。きん子は自分の情熱を思い浮べて闇の中で顔を赧《あか》らめた。男女の間に羞恥心が伴い、それがかえって興奮の炎をあおることも知った。

だがきん子は宮原に溺れてはだめだ、と思う。宮原はしつこい女は嫌いである。宮原に嫌われないようにしよう。宮原はこんな関係になった以上、今までのようにしげしげと会っていては駄目だ、と言った。

一週間に一度ぐらいしか会えない、と言う。それも宮原のアパートではなく、別の場所の方が良い、と慎重になった。

宮原は吉岡の眼を怖れている。世間の眼も怖れている。きん子もそれを感じ始めていた。宮原がチンドン屋になっているのは、過去の世界から逃げているためではないか。そう云えば宮原は、自分の部屋で仮装して出掛ける。そのままの姿で部屋に戻ってから素顔になる。近所でも宮原の素顔を知っている者は少ないのではないか。

日中は絶対素顔で外に出ない。雨が降って仕事が休みの日は、一日中部屋にこもっている。そのように考えれば、宮原が過去の世界から逃げて来ているのは明らかのようであった。

「君には想像できない世界だ」

と宮原はかつてきん子に言った。宮原はやくざの言葉を知らなかった。案外、宮原の過去は固い世界なのではないか。

　だがきん子にはそんなことはどうでも良かった。一週間に一度、宮原に会えさえすれば良いのである。宮原はかなり学があるようだが、それを表面に出すことはなかった。宮原の部屋には本もない。しかしきん子は、宮原の言葉のはしばしから、学があることを感じるのである。

　宮原ときん子は一週間に一度、阿倍野界隈の連れ込みホテルで会った。

　桃花楼に初めて来た日、宮原は自分勝手にきん子を抱き、女の感情を省みなかった。それは宮原の冷たさである、ときん子は思っていたが、宮原とホテルに行くようになってから、性格ではなく、女を喜ばすテクニックを知らないことに気付いた。

　確かに宮原は知らなかったのだ。きん子は一つ一つ宮原に教えた。教える時恥かしいがそれが凄く楽しい。

「あんたって、本当に変な人だわ、今頃、あんたみたいな男居ないわよ、この頃の男はね、十六、七でもちゃんと知ってるわ」

　宮原は苦笑して聞いている。

　いつだったか、十三歳の子供が桃花楼に遊びに来たことがあった。きん子が説教すると、中学に入ったのだからもう一人前だ、と言ってなかなか帰ろうとしなかった。

「めんど臭かったのだ、別に知らないわけではない……」

「ごまかしたって駄目、知らなかったのよ」

ただ一度宮原が顔色を変えたことがあった。やはりきん子が宮原をからかって、

「そんな調子じゃ、奥さんに逃げられたんじゃないの」

と言った時である。

宮原の顔が青くなり眼が据った。

「妻のことは二度と口にするな」

宮原は激しい口調で言った。冗談からこまが出た。宮原には妻があり、宮原は妻に逃げられたようである。宮原が西成に来て、チンドン屋になっているのも、妻との間が原因ではないか。

きん子はすぐあやまった。

「ご免、かんにんして、もう二度と言えへんから」

きん子が必死にあやまると、宮原は顔色を柔らげ、

「なんでもないんだ、俺は君が好きだよ、男と女の間に、こんな世界があったとは知らなかったよ」

優しくきん子の身体を愛撫した。

宮原と深い仲になってから、きん子は吉岡に気が付かれないように神経を使った。

おかしなもので、宮原のことを思うと、吉岡のしつこい愛撫も再び耐えられるようになった。廓を出てすぐ、きん子は吉岡を上客と思うことで調子を合せた。宮原と再会しこがれている時は、辛棒できないほど吉岡が嫌であった。ところが宮原との関係に生き

る喜びを見出してからは、またごまかせるようになったのだ。女のずるさだろうか。とにかく、きん子は宮原と会い続けるためには、他のどんな苦しいことも辛棒しようと決心したのである。

ところが吉岡はきん子の態度の変化に猜疑《さいぎ》の眼を向けていたようである。きん子はそれに気が付かなかったのだ。

前の日に吉岡がやって来たので、今日は大丈夫だと思いきん子は宮原と会った。宮原のアパートの前で別れ、午前二時頃戻って来ると、不意に吉岡が姿を現わした。きん子はどきっとした。だがこの場所では二人が肩を並べて歩いていたところを発見されているはずはない。

「どこに行ってたんや、こんなに遅うまで」

「友達とこへ遊びに行ってたんや、もと桃花楼に勤めていた女《こ》、またこの近くに来てな、久し振りで会うたよって、その部屋で話しておったんや」

きん子は口から出まかせを言った。

「誰や、それは？」

「満枝ちゃんや、あんた知らんわよ、一月ほど居っただけやったから」

満枝は確かに九州に帰ったはずである。

「ふん、まあええ、わしは今晩泊るで」

きん子はぞっとした。宮原と過した僅かな時間で身体のすべてを燃焼し尽している。

そのあと、嫌な吉岡に責められるかと思うと、想像するだけで鳥肌がたつ。

「不服そうな顔やな」

「そんなことあれへんけど、家の方かめへんの、うち、奥さんとの間、ごてごてするのん嫌よってなあ」

「女房なんか、問題やない」

「嘘ばっかり言うて、そりゃあんたが泊ってくれるのは嬉しいけど」

しかし吉岡は疑い深そうな顔をゆるめない。きん子は仕方なく吉岡と一緒に部屋に入った。

身体が悪い、と言っても吉岡は聞き入れるような男ではない。

「風呂へ行きたいなあ」

きん子が言うと、

「今頃やってるかい、早よ蒲団《ふとん》敷くんや」

「そんなに慌てんでもええがな、うち、茶飲みたい……」

「おいきん子」

「なんやのん?」

「お前、浮気しとったんやろ」

「変なこと言わんといて」

が、きん子の言葉が終らないうちに吉岡は飛びついて来た。吉岡は年を取っているが力がある。あっという間にきん子は押えつけられた。よして、やめて、ときん子は叫んだが、吉岡は狂ったようにきん子の下着を引きちぎった。犬のようにきん子の身体に顔を差し入れた。

突然きん子は吉岡に突き飛ばされた。

「浮気したな、匂いで分る、誰や、相手を言え」

吉岡はきん子に馬乗りになると、きん子の頬を平手で擲った。眼がくらむほどの強い力である。きん子は歯を嚙み締めて苦痛に耐えた。死んでも、宮原の名だけは言うまい。

「うち、あんたと別れる」

「なに、このすべた野郎！」

吉岡はきん子の髪の毛を摑むと部屋の中を引きずり回した。気を失いそうになった。

「あんたのことを奥さんに言うたる、テレビで見た奥さんにや」

このきん子の言葉は想像以上の利きめがあった。吉岡はきん子の髪の毛を離すと、荒い息を吐きながら、きん子を睨みつけた。

きん子は大の字になったまま、吉岡を見上げた。

「明日にでも言いつけたる、さあ、もっと擲って、蹴って……」

叫んでいるうちにきん子は悲しくなった。こんな男とは明日にでも別れたい、だが宮原がそれを許さないだろう。きん子にはそれが淋しかったのだ。

……うちがあんたと別れへんのはなあ、恋人のためや、そうでなかったら、明日にでもこのアパートを飛び出したるわ。

きん子は胸の中で、そう叫び続けていた。


きん子が妻君に告げると言ったのは、吉岡にとってショックだったに違いない。これから絶対浮気しないようにと言ってその夜は早朝帰った。確かに吉岡は妻君を怖れている。きん子にとってそれは武器であった。しかし、きん子に男があることを吉岡は知ったのだ。吉岡はその相手が宮原であることをまだ知らない。知られれば、宮原との間は終りになる。きん子はなぜかそのことを確信するのである。はっきりした理由はないが、それは女の本能の嗅覚のようなものであった。

不思議なことに吉岡の態度が変った。きん子に告げられるのが怖いのだろう。人が変ったようにきん子を追及しなくなった。いやそれどころではない。

「お前は若い、わしは年や、お前を独占しようと思っていたのは間違いやったのかもしれない、せやけどわしから離れないでくれ、いつまでもわしの女で居てくれ」

そう言われると、きん子も吉岡がなんとなく憐れになる。ずっときん子のめんどうを見てくれたのだ。無下に吉岡を捨てることはできない。いや、吉岡と別れることは、宮原とも別れることになる。宮原はきん子が吉岡の女であるから、きん子と会ってくれるのだ。

きん子は宮原が、自分が思うように愛してくれていないのを知っていた。宮原にはきん子の手の届かない、なにかがあった。

六月になった。

梅雨の季節は、西成の飛田界隈にとって、最も鬱陶しい時期であった。狭い露地に密集した古びた家にはすえた湿気がこもる。夜の女たちもぽん引も生活の糧《かて》がなくなる。日傭たちもそうであった。飲屋の客たちも減る。

仕事にあぶれた男女は湿気のこもった部屋で花札にふける。人々は苛立《いらだ》ち喧嘩や刃物沙汰が増える。傘をさして客を求めるぽん引が、客の奪いあいで取組みあい泥まみれになることも珍しくなかった。だが夜の女たちは客がないでは済まない。雨の夜の街をレインコート一つでさ迷う者も少なくなかった。

太陽宣伝社にとっても梅雨の季節は大打撃である。雨の日のチンドン屋なんて意味がない。宮原は割合売れっこだが、それでもあぶれる日が三日に一度はあった。

雨の日アパートの部屋にこもっていて、宮原が近くのアパートに自分と同じように寝転んでいる、と思うときん子は無性に会いたくなった。きん子は宮原のアパートに電話した。

「ねえ、今から行ってもええ……」

「いや、アパートには来るな……」

「どうして」

宮原はちょっと考えているようであったが、阿倍野で会おう、と言った。きん子はピンク色のレインコートを着てアパートを出た。阿倍野は飛田駅からすぐである。屋根のない小さなプラットフォームで待っていると宮原が傘をさしてやって来た。プラットフォームに人は居ない。きん子は嬉しくなって笑い掛けたが、宮原は今までにない怖い顔で睨んだ。話しかけてはいけないのだ。

二人は別々に阿倍野の喫茶店に入った。

「誰か俺のことを探っている者が居るようだ、きん子に覚えはないか……」

「全然ないわよ、吉岡もこの頃、前のように、うちの行動に疑いを持たなくなったし、浮気ぐらいなら、しようがない、と言ってるし」

「そりゃおかしい」

宮原は暗い顔になった。吉岡が態度を変えたのはかえって怪しい、と言うのだ。妻君のことでうちがおどかしたからや、ときん子は弁解したが、宮原の顔色は冴えなかった。

「きん子、悪いが、当分会わない方が良い」

「いや、そんなん、ねえ、あんたなにか悪いことして来たの、それで逃げ回っているの、それやったら、うちと一緒にどこかへ行こ」

きん子は宮原の手を取って搔き口説いたが、

「どこに行っても同じだよ」

宮原はふと自嘲的に呟いた。

そうなのか、宮原はやはり悪いことをして来たのか。だがきん子にとってそんなことは問題でない。かえっていとしさが込みあげる。

宮原はきん子の手を放すと低く言った。

「君と交際したことが生命《いのち》取りになるかもしれない」

きん子と宮原は別々に帰った。きん子は沈んでいた。宮原はお互いのために、しばらく会わない方が良いという意見を変えなかった。

戻ると部屋には吉岡が居た。

「宮原というチンドン屋と会っとったんやろ、証拠はちゃんと押えてある」

きん子は愕然として吉岡を見た。

「あんたどうして……」

「お前が浮気しとると知ってから、ずっと調べとった、それより驚くこと教えたろか、あのチンドン屋は人殺しだ、それも東京で妻君を殺した怖しいやつや……」

「嘘や、嘘や、帰って」

「わしがなんで嘘を言う、今頃は警察に引張られてるわ……」

きん子は気狂いのように悲鳴をあげるとアパートを飛び出した。雨の中を宮原のアパートに向った。きん子は裸足《はだし》であった。

宮原のアパートに通じる露地を曲った時、手錠をはめられた宮原が四、五人の男に囲まれてアパートから出て来たのにぶつかった。

「あんた！」

宮原に縋りつこうとしたきん子は、刑事によって遮ぎられた。レインコートを頭から被った宮原は、刑事の腕の中で暴れているきん子を悲し気に見た。

「こうなることと、分っていた、だから特定の女はつくらなかったが、しかし、きん子、妻に裏切られて女を信じなくなった俺は、この飛田で女を信じることができたよ、有難う」

きん子はぼんやり雨に濡れた路上に坐り込んだ。

宮原たちの姿はすぐ消えた。雨足は音もなくきん子の身体を濡らして行く。刑事の一人が戻って来た。手に宮原が着ていたオーストラリヤのレインコートを持っている。刑事はきん子を抱きあげると、宮原のレインコートをきん子の肩に掛けた。

「あいつからのプレゼントだ、さあ、しっかりしろ」

きん子はレインコートを着ずに、胸に抱いたまま放心したように歩き始めた。

雲の香り

葉村高男が西成山王町の旅館末広に移ったのは、高男が西成入船町、通称釜ケ崎に住むようになってから二年めであった。

最初は釜ケ崎に住むようになった人間が歩む道を高男も歩んだ。つまり一泊百円の安宿を転々としながら、手配師のトラックに乗せられた日傭《ひやとい》仕事で日を過したのである。

高男は身体には自信がある方なのでかなりの重労働に従事した。沖仲仕のような超重労働は、若い高男の体力だけでは無理である。熟練がなければならない。だから港湾荷役の仕事は、二、三日で諦め、主に陸上の荷役に従事した。しかし一日の賃銀手取り千円は、酒と食事、たまに安売春婦と遊ぶことで消えてしまった。とにかく、精神的に貯金などできようもない毎日である。千円の日当を貰いながら、高男は百円の旅館《ドヤ》代が払えず、天王寺公園の芝生で寝たりしたものである。半年はあっという間にたった。高男はなんとかして、釜ケ崎の生活からだけでも抜け出したい、と思った。もちろん、昔のように普通の社会でネクタイをしめて暮したい、という夢はとっくに諦めていた。

なんといっても釜ケ崎界隈は気楽である。周囲のうじうじした監視するような眼がない。ここに居る限り、かつての同僚や学友たちと顔を合せる心配は少ない。といって、釜ケ崎での日傭生活は余りにも侘し過ぎる。

高男は金を使い果し、天王寺公園の芝生に寝転び、夜の星を眺めながら、せめてすぐ近くの山王町の安アパートにでも住みたい、と思った。山王町はスラム街ではない。

安宿や一杯飲屋が軒を並べ、旧飛田遊廓のあとに咲いた仇花《あだばな》である売春街もあるが、山王町には、殺風景な釜ケ崎にはない色彩があった。世に入れられない芸人たちが住む天王寺村もここにある。彼らは一流の舞台にはたたないが、場末や旅回りで結構稼いでいる。

また山王町に下宿し、都心に勤めに出掛ける者も多い。商売人も居れば詐欺師も居り、午前になれば一杯飲屋の女たちが洗面具をかかえ銭湯に出掛ける。山王町には庶民の匂いがむんむんしていた。

高男はかつての社会へのノスタルジアを断ち切ってはいたが、生活の色彩への夢は失っていなかったのである。

その日、高男は珍しく三百円ほどの金が余ったので、百円旅館には戻らず、山王町の旅館に泊った。二百五十円出せば、三畳の部屋に一人眠れるのだった。十日に一度ぐらい、こうして山王町の旅館に泊るのは、高男に許された、ささやかな憩《いこ》いであった。

午前零時を過ぎると、ざわめいた山王町界隈もかなり静かになる。朝まで人影がなくなるということは、雨と極寒の夜以外ないが、大半の人々は、それぞれの巣にこもってしまう。旅館の左隣りは小さなお好み焼屋で、右隣りは一杯飲屋であった。中年の仲居たちが厚化粧で丸椅子に坐り、客の来るのを待っている。客と寝る時もあるし、気が向かなければ寝ない、という女たちだった。しかし、寝ないというのは、身体の具合が悪い時だけで、大ていは寝るようである。

旅館の二階の窓からぼんやり、そんな風景を眺めていると、隣りの部屋で呻き声が聞えて来た。安普請だから男女のいとなみは良く聞える。しかし、その夜の声はしわがれた男の声だけで、女の方が聞えない。

高男は窓を閉め、耳を澄ました。かなり苦しんでいるようである。病気かもしれない、と高男は思った。呻き声が一向に止みそうにないので、高男は思い切ってその部屋のドアをノックした。呻き声が止んだ。

「誰や？」

しわがれた声がした。苦しそうである。

「隣りの者ですが、どこかお悪いんですか……」

「隣りの者、けったいな奴やな、おせっかいはいらん」

そう喋《しゃべ》る間もなく、男は苦しそうに唸っている。なるほど、これがおせっかいというやつか、高男が苦笑しながら部屋に戻ると、数分ぐらいして、隣りの男がやって来た。

丹前を着た六十ばかりの老人で、苦しそうに腹を押えている。皺《しわ》だらけで頬がこけている。眼だけがぎょろりとして、男の気性を現わしているようだった。

「あんたは一人か？」と老人が尋ねた。

「ええ、一人です」

「女は居らんのか」

老人は匂いを嗅ぐように顔を突き出した。高男は黙っていた。

「腹が痛い、すまんけど薬買うて来てくれへんか」

「あなたは今、おせっかいは要らんと言ったでしょ」

老人は痛みが激しいらしく眉を寄せながら、にやっと笑った。途端に、別人かと思うほど善良らしい顔になった。

「自分で行けると思とった、今日はいつもよりきつい……」

そう言いながら老人は五百円札を出した。

「薬は三百円や、釣は駄賃や」

「お断りしますね、そんなものの言い方は、冗談じゃない、金で動く女中でも頼みなさいよ」

高男はかっとなって言い返した。老人はうっと呻きながら、その場にしゃがみ込んでしまった。慄《ふる》える手で五百円札を突き出しながら、頼む、頼む、と叫んだ。余り苦しそうなので高男も仕方なく、

「じゃ買って来てあげよう、薬屋は？」

「飛田商店街、大門通りのすぐ傍の店が遅うまでやっとる、薬の名は……」

老人が告げたのは鎮痛薬であった。高男が薬を買って駈け足で戻って来ると、老人は高男の部屋で俯伏していた。自分の部屋に戻る気力がなかったのだろう。高男は茶碗に水を汲んで老人に渡した。老人は普通の三倍量飲んだようである。それから老人は俯伏したままじっとしていた。三十分ぐらいたって、やっと生気を取り戻したようである。

大きく息をついて起き上ると、

「有難う助かった、もうあかんかと思た」

「返しますよ」

高男は二百円を差し出した。老人は高男を見返し、

「あんたは日傭はんらしいが……」

「ええ、いつもは旅館《ドヤ》で泊るんやが……」

「そうか、釜ケ崎へはいつ来たんや」

「もう一年ぐらいになるなあ」

「わしの部屋に来えへんか、一杯おごるわ」

「有難う」

老人は隣りの部屋に長く住んでいるらしい。四畳半だが、散らかり放題に散らかっている。蒲団も敷きっ放しらしく、紙屑やシャツがばら撒《ま》かれている。それでも壁に鼠色の背広とネクタイが掛っているのは、滑稽だった。窓際には小さな机があり、ウイスキーの瓶と、インク、ペンなどが置かれている。ウイスキーはサントリーであった。

サントリーなど飲むのは久し振りである。注がれるままに、高男は茶碗を差し出した。

老人の腹痛は持病らしい。医者に見せないのか、と高男が尋ねると、

「見せてもあかんやろ、癌《がん》やからな」

「癌……」高男は驚いた。

老人は平然と、

「まあ間違いない、自己診断やがな、それはそうと、あんたはインテリやな」

「そんなもの、ここでは役に立たない」

老人は首を振った。

「そんなことないで、どんな世界に来ても、頭を使《つこ》て生きな損や、どうや、一つあんたの過去を話してみる気になれへんか、普通はこんなおせっかいやけへんけど、あんたが先にやいたから、やきついでに聞くわけや」

高男はまたウイスキーを飲んだ。かつての社会を断って以来、高男は自分の過去について話したこともない。それに誰も聞こうとはしなかった。過去は無縁というより邪魔であった。過去を思い出しておれば、首でも吊るより仕方がない。西成に来て一年足らずの間に、高男は自分に、二十八年の過去があったとは、想像できなくなっている。

毎朝地下鉄に乗り白いビルの大きなガラス戸の中に通い、夕方地下鉄から吐き出され家路に向う。梅田、心斎橋の繁華街はまだ脳裡に残っているが、具体的には思い出せない。

それは実感ではなく遠い幻のようなものであった。

夜は更けて行く。女と男ののしり合う声、ものが倒れる音、続いて悲鳴があがり辺りは急に静かになった。久し振りのウイスキーは心地良く体内を駈けめぐる。

老人の影がぼろ壁に大きく映っている。この男に話しても、どうということはない、そう思った時、高男は話す気になったようである。


葉村高男は小市民の家に生れた。大学在学中、電鉄に勤めていた父は病気で亡くなった。高男はアルバイトをしながら学校を出た。母は熱心なクリスチャンで妹が一人居た。四歳違いである。

高男は大学を出ると商社に勤めた。販売から経理部に移った。なぜ経理などやらされたのか分らない。面白くない毎日だった。

三年め妹が婚約した。婚約者は高男の友人だった。藤田と言った。結婚式まであと二、三か月という時、藤田が青くなって高男を訪れた。藤田は証券会社に勤めていて、株に手を出し、客の株を使い込んだのである。

客は怒って告訴すると、言っている。

「今、住んでいる家を売りに出しているんだ、良い買主が見付かった、ところが契約の最終期限が一月先なんだ、一月先にはだから金が入る、一月間、なんとか金の工面がつかないだろうか、街の金融業者に借りることも考えたんだが、それも心配だし……」

藤田が必要とした金は二百万であった。高男は無一文だが、一月ぐらいなら会社の金をひそかに流用することができる。

妹は藤田を愛していた。

「絶対一月で手に入るんだね」

「もちろんだよ、いざとなったら街の金融業者から借りる」

高男は藤田に、二度と危いことをするな、と注意した後、会社の金を藤田に流用したのだ。それが間違いだった。一週間後、特別監査が行われた。高男は慌てて藤田に、金を返すように言ったが、藤田は言を左右にして返さない。人間の本性はこんな時に出る。かっとなって高男は藤田を擲《なぐ》りつけた。二週間ほどの傷を与えた。高男の社金流用は発覚し、即刻退社処分に決った。

高男が自分が住んでいる社会の人間に絶望したのはこの時である。高男は藤田との一件を書き、母と妹宛に手紙を出して、家には帰らず、西成にやって来たのである。

それ以来、母や妹には会っていない。

「あんたは善良な男や、しかしな、善良な人間のことを別称馬鹿と言う」

老人は呟《つぶや》くように言った。

老人は自分の名を星谷、と告げた。

「星の谷や、綺麗な名前や、わしは山間の谷底のような村で生れた、粟ばかりたべとったなあ、わしは子供の時分からきっとこの檻のような山間の部落から抜け出し、大都会に出て成功したろう、と思った、一時は成功したこともあったが、今はこんな様《さま》や、しかしな、喰べることにこと欠けへん生活は送っとる、どうや、わしの仕事を手伝うてくれへんか、この旅館に来たらええ……」

星谷はどんな仕事か、ということをその夜は話さなかった。だが仕事を手伝ってくれたら三万の月給を払うと言う。毎日汗水たらして重労働に従事しても、三万がやっとだ。いや雨の日もあるし、三万にはならない。

高男は即答しなかった。

「いつでもええ、その気になったら来るんや、ただわしが死なんうちに来な、意味がないで……」

手配師と喧嘩し、高男が星谷老人を訪れたのは、それから十日たってからである。

それから、もう半年もたつ。

来て良かったかどうかは分らない。知っているのは運命だけであろう。星谷の仕事というのは計理士であった。計理士といっても、普通の計理士ではない。この付近の商い店や飲屋、安サロンなどの税金を見てやるのである。

この頃は場末の街でも容赦なく税務署の眼が光る。税知識を持たない人口が多い。

星谷は帳簿を整理させ、収支をうまくごまかし、税金を払う額を少くしてやる。

星谷の手に掛ると、年に五万税金を払っていた者は一万で済むようになる。

驚いたことに星谷は、そのような客を百店ばかり持っていた。幾らでも星谷に見て貰いたい店があるが、体力に限界があるので、星谷は高男を傭ったのである。

昔、相撲取《すもうとり》のことを、一年を十日で暮す良い男、と言ったが、星谷がいそがしくなるのは、一月から三月までである。つまり納税期だった。それ以外は、月末に、顧客の店を一廻りして帳簿を見てやるくらいである。

星谷はそれらの店から、約月額にして平均五百円受取っていた。百軒あるから、五万円になる。

星谷は高男に税務対策のこつを教えると、月末は高男に行かせた。だから一日中、なにもせずにぶらぶらしている。

ウイスキーを飲み、風呂に入り、パチンコに行き、夜は十時頃眠ってしまう。この世に対する未練も欲望も、なに一つ持っていないようである。碁は相当な腕らしいが、碁会所に入りびたる、ということは決してない。

「碁の賭事師でもやって行けるが、あれは教養ある人間のすることとやない」

と星谷は高男に言った。腹痛が、星谷の言うような癌かどうかは分らないが、二、三日置きに痛むようである。癌ではなく胃潰瘍《いかいよう》ではないか、と高男は思っていた。

高男は星谷から三万円の給料を貰った。だが毎日することがない、というのは若い高男にはやり切れない。そこで高男は自分が受け持っている店を四つに分けて、一週間に一度経理相談に行くことにした。

行っても帳簿を見て、手を加えてやるくらいだから簡単である。店の中には茶菓を出し、話して行くようにすすめる者もある。

本当に楽な商売である。

高男は半年のうちに色々な人生を自分の眼で見た。一見、平和な家庭にも、それぞれの悩み苦しみはあるものである。

それに、高男は身体ががっちりして顔もどこか品が良い。小料理屋のおかみの中には、積極的に誘惑する女も居た。

「前のものを、ちょっと貸してくれるくらい、なんでもないやないの……」

昼日中、酒も飲んでいないのに露骨な言葉で誘う者も居る。そのような水商売の女はまだ良いが、最も困るのは、れっきとした商店の妻君が媚《こび》を見せることである。

亭主のぐちから始り、

「葉村さんのような真面目な男を亭主にしたら、どんな苦労でもしのべるわ」

とすり寄って来たりする者も居る。高男にはこのような女性が最も苦手であった。

星谷は高男に、女性関係だけは絶対注意するように、と言っている。

「ええか、この街は日本でも最も住み心地のええ街や、この街で住みたいと思うなら、絶対人の女に手を出さんこっちゃ、手を出したらこの商売はおしまいや、どの亭主だって、税金より女房の方が大切や、それに刃傷沙汰《にんじょうざた》になる、君は今のところ文句のない良い人間やが、女だけが心配や」

「冗談じゃないですよ、僕はそんな甘い人間じゃない、この仕事がどんなに大切なものか、良く分っていますよ」

人間というものは妙なもので、社会に絶望し釜ケ崎に落ちた時は、肉体労働も平気であった。だが星谷の仕事を手伝うようになってからは、あの汗まみれの生活に戻ると思うとぞっとする。いや、もう二度とできないのを高男は感じるのである。しかもそれだけではない、高男は次第にもとの社会に戻りたい、と思うようになった。肉体的にも気持の上でも釜ケ崎時代とことなって、余裕が出来たからだろう。商店を回らなくても良い日は、昼頃まで寝ている。旅館の風呂に入る。

星谷の部屋に行って酒を飲む。星谷はそれからパチンコや碁会所に行ったりするが、高男にはすることがない。映画を見るくらいだった。夜はもっと退屈である。だから憂さ晴しに近くの飲屋に行き、そこの女と寝たりする。若さの快楽は一瞬のもので、空《むな》しさというよりも歯ぎしりするような絶望感が襲う。酒臭い太った女、売春婦まがいの若い女、彼女たちには高男の気持は分らない。だから高男は女と泊ったことがない。すぐ末広旅館に引き返した。

釜ケ崎を出る時憧れていた西成山王町の人生の色彩は、高男が心底から望んでいたものではなかったようだ。それはもとの社会と釜ケ崎との間に横たわる、階段の踊り場としての場でしかなかったようだ。この街に来て半年めに、高男はそれを理解したようである。

高男が釜ケ崎に逃げ込んだのは、社会や人間に絶望したためでもあるが、それだけでもないのではないか。会社の金を流用し退社させられた不名誉を負って、そのまま平気でその世界に住む勇気がなかったのも一因かもしれない。

同僚や友人、そして女友達、そのような周囲の人々の眼を避けるために逃れた、というのが本音だったようである。

はっきり言って、山王町での高男の生活は怠惰以外のなにものでもない。彼は自分で新しい顧客を摑むことはしなかった。それだけの意欲が湧かない。

そうかといって高男は女に溺れるような性格ではない。いや、高男を溺れさせる女が居なかったのだ。

高男が吉谷静江を知ったのは、秋であった。西成は湿地帯のせいか、秋になって冷えと霧が流れる。そんな夜、飲屋から帰って来た高男が、眠る気もせず窓を開けてぼんやり街路を眺めていると、商店街の方から影のように歩いて来た一人の若い女が居た。筋向いのアパートの住人で、いつも夕方になると化粧して出掛け、深夜帰って来る。色の黒い眼の大きいどこか沈んだ感じの女であった。身体を売る女のようではない。

バーかキャバレーに勤めているのだろう。それも一流ではないはずだ。一流の店の女は、この辺りには住まない。静江はアパートの入口まで歩いて行ったが、なにを思ったのか、末広旅館まで戻ってきた。おやっと思って下を覗き込むと、玄関の戸を開けた。

間もなく女中が客を案内して二階にやって来た。そして高男の隣りの部屋に入った。この部屋で男と寝るつもりかもしれない、高男は苦笑して窓を閉めた。星谷老人の部屋をノックしたが返事がない。眠っているのだろう。湿った気分が苛立《いらだ》つ夜であった。暖かいのか冷たいのか分らない、こんな夜は必ず血を流す喧嘩が起る。

高男は耳を澄ましたが、いつまでたっても静江の部屋に男客が来る様子がない。

階段を降りると帳場で末広旅館のおかみがお茶を飲んでいた。おかみといっても、五十半ばの顔色の悪い女である。亭主は居ず別れた旦那からこの旅館を貰い、自分で経営している。高男はおかみに信用があった。

「葉村さん、お茶でも飲みませんか」

「有難う」

高男はおかみにそれとなく、吉谷静江のことを尋ねた。意外にも静江は、男と泊るのではなく、アパートに戻って、男が来ている気配を感じると、一人でこの旅館に泊るらしい。つまり、男を避けているのであった。

「あの女《こ》は、難波のアジサイというアルサロに勤めてはるんやけど、あの女に夢中になってる客があるんやて、松屋街筋の玩具屋の主人でもう五十近いおっさんでなあ、そりゃしつこいらしいの、言うこと聞いたら店の一軒も持たしたる、言うて言い寄ってるんやけど、あの女は相手にせんらしいの、今時、珍しい女でしょ」

「変ってるなあ」

高男が吉谷静江に興味を覚えたのは、それからであった。おかみの話によると、亭主が居るが、亭主というのはもとやくざで、今は病院に入ったきりだ、ということだった。

「じゃ、養ってるわけか」

「そうらしいわ、男運の悪い女《こ》やなあ」

高男がおかみと話していると、静江が下りて来た。この辺りに、一人で住んでいる女は、それぞれの人生の影を引きずっている。

「静江さん、お茶でも飲みなさいよ」

おかみが声を掛けた。静江は高男を見た。二十三、四か、少しおでこで眼が大きい。鼻は高くはないが、個性的な顔である。色は確かに黒いがどこか腺病質の少女のような感じがするのは、ほっそりしているからだろう。アルサロ娘によくあるようなあくどさは少しもない。

「どうぞ、構いませんよ」

高男が席を開けると、

「この人、葉村さんと言うて、ずっとうちに泊ってはる人、計理士さんや……」

高男は苦笑した。吉谷静江は高男に会釈して坐った。おかみは早速、その男のことを聞いたが、高男が居るせいか、その話題を避けた。指は細くすんなりしている。爪は赤くマニキュアしているが不潔な感じはしない。

「旦那さんの様子は？」

「だめですわ、一生治りそうもないわ」

「一体どうするつもりやの、そんな旦那さんのために一生犠牲になるつもりはないんやろ」

「分らないわ、でも今の気持ならまだこのままで行けると思うの、ぎりぎりまで、つまらないこと考えないの」

酒を飲んでいるのだろう、眼の縁が少し赤かった。静江は気負って言ったのではない。普通の会話でたんたんと話したのだが、静江の言葉はひどく高男の胸を打った。このかぼそい女を、かくも真剣に生きさしているものは一体なんだろう。しかもそれが身についている。高男は口をはさむ気持にはなれず、黙って坐っていた。

末広旅館は午前三時頃まで戸を開けている。

三十分ほど話していたが、静江は、

「お休みなさい」と言って立ち上った。

「お店では、何という名で勤めてるんです」

「静江ですの、来て下さる？」

静江は初めて微笑したようである。

葉村高男が大阪の繁華街に足を踏み入れたのは何年振りだろうか。ネオンは見違えるほど明るく、二、三年の間に、高男の知らないビルが建っていた。高男は静江が勤めているアルサロに行くため難波に出たのだが、このようなところに男女の宿縁があるのかもしれない。星谷は、高男が西成を出たことに、すぐ気付いたようである。星谷は細い皺だらけの首を静かに振った。街に出るのは良くないから、止した方が良い、と言う。

「僕は犯罪人じゃない、構わないでしょう、たまには息抜きしなくっちゃ……」

「違う、大阪の街には、高男の昔の世界がある、良くない、華やかな過去に身を置くと、今の生活が嫌になる、嫌になっても、どうしようもないのに、不平が起る、運命を呪うようになる、それは高男にとって危険なことだよ、過去は捨てるんじゃ……」

「大丈夫ですよ、子供じゃあるまいし、そのぐらいのことは良く分っている」

しかし星谷の言葉は当っていた。道頓堀を歩いても心斎橋を歩いても、そこには彼が昔捨てた人間が、うろうろしていた。酒を飲み、腕を組みながら歩いているサラリーマン風の男たちを見るたびに、高男の胸はうずいた。

料理屋の二階では宴会なのか、旧制高校の寮歌が流れている。社会の表道の仲間から外れた落魄《らくはく》感《かん》が胸に迫る。母や妹たちはどうしているだろう。そして自分を裏切った藤田は？

高男は難波からタクシーに乗り、かつて勤めていた会社に行ってみた。灯の消えた白いビルは冷たく闇にそそりたち、もう無縁になった一人の若者を、無表情に眺めていた。

三階の一か所だけ窓の灯がついている。経理の部屋であった。決算を前にして残業しているのだろう、高男は喰い入るように、その灯を眺めた。俺も残業したい、と、高男は思った。夜のビル街を流すチャルメラの音が聞える。残業で遅くなると社員たちは、三階の窓を開け、ラーメン屋を呼び停める。

眺めていると、今にも窓が開きそうな気がして、高男は慌てて暗がりに身を隠した。

打ちひしがれ、そそけだった気持で高男はアルサロ・アジサイの店に入る。

だから高男は静江を指名しながら、余り話もせずビールを飲むだけであった。

静江に高男の気持が分っていたかどうかはしらない。だが静江は高男が来るのが嬉しいようであった。高男の収入は三万しかない。アルサロは安いといっても、指名をして、ビールを数本飲むと三千円近くなった。

だから、行けるのは一週間に一度である。やり切れない、と分っておりながら、高男はアジサイを訪れた。いやアジサイにかこつけて、大阪の街を訪れるのである。

十一月になった。その夜は、余り飲まない静江が自分の方からビールを注文した。静江はいつもと違ってはしゃぎ、歌など歌ったりした。低いハスキーな声で音程は正確ではないが、どきっとするほど、迫るものがある。

　みんなは悪い　人だというけど
　　私にはいつも　良い人だった

大きな静江の眼が潤んでいるようである。高男は激情にかられて、静江を抱き締めた。

「よしてくれ、やくざの歌なんか」

再会、というこの歌を、高男は西成に行ってから覚えたのである。

「なによ、やくざじゃないわ、離して」

身をよじって高男の腕から逃げようとする。小さな静江の胸のふくらみが高男の二の腕で押し潰されているのが感じられる。

高男は静江を抱きたい、と思った。

口がからからになり胸が痛むほどそう思った。高男は静江の唇に接吻した。塩からかった。ビールの味ではない、静江は泣いていたのだ。

「僕は君が好きだ、今夜泊ろう」

「嘘よ、嘘よ、嘘だわ」

と静江は叫んだ。

「嘘じゃない、今夜君が傍に居なかったら、身体も心も凍りそうだ……」

「泊るのはだめ、でも一緒に帰る」

静江は高男と泊ることを承知しなかった。静江も高男も酔っていた。二人は千日前からタクシーに乗り山王町に戻った。静江は車の中で高男に抱かれながらしきりにさっきの歌を歌った。

静江には微かな体臭があった。鼻腔をくすぐるような酸っぱい匂いである。高男はやたらに、静江の髪の中に口を埋め、舌で首筋をなめた。俺はこの女を本当に好きになったのかもしれない、と高男は思った。

商店街で車を下り、末広旅館と静江のアパートのある露地を曲った。人通りが少なくなる。飲屋の女が、好奇心を浮べて二人を眺めていた。二人共、この露地の住人には顔を知られている。それなのに、高男も静江も手をしっかり握りあっていた。

静江が手を放そうとしたが、高男は放さなかった。更に強く握り締め、

「だめだ、今夜、君は僕のところに泊るんだ」

「そんなことしたら、私、ここに居れなくなる、静江そんなふしだらな女じゃないのよ」

「男と女が寝るのがふしだらか、僕は君が好きだ、君だって僕を嫌ってはいない」

「好きだなんて、そんなこと、言わないで、泣きたくなる」

旅館の女中が戸を開けた。高男は静江の手を取ったまま、よし、君のアパートに行こう、と言って歩き出した。だが静江はアパートには入らなかった。二人は手を取りあったまま、道を突き抜けた。しもたや風の家がならんだ暗い道に出る。その先には安っぽい連れ込みホテルがあった。

「葉村さん、主人が一昨日亡くなったの、急性肺炎で、私ね今日お骨拾いに行って、それから店に出たのよ」

高男は自分の唇で、静江の唇を塞いだ。静江は抵抗しなかった。やがて静江の舌が生物のように高男の舌に巻きついて来た。

高男は静江の手を取り、安っぽい連れ込みホテルに入った。吉谷静江は意志を失ったようについて来た。

狭い部屋安っぽいベッド、汚れた窓ガラス、だがバス、トイレはついている。

それが、高男と静江が初めて一夜を明かした部屋であった。抱き合うと、ベッドがぎいぎいと音をたてたが、二人の耳には入らない。酸っぱいような静江の体臭は、髪や、脇の下や、そして女の翳《かげ》りの部分にあったようである。瘦せぎすだが、静江の身体はしなやかであった。静江は幾度も高男の背に爪を立てた。淋しげなこの女に、これほどの情熱があったのか。静江の大きな眼が充血している。

高男はふと、自分が西成に来なければ、このような切ない情感を、一生味わわないで終るだろう、と思った。それは落魄者が寄り添いその融合の中におのれを投入する時だけに生じる魂と肉体の一致であるかもしれない。

高男は静江の顔を指先で引搔いた。ことが終ったのに、どうしてこんなにいとしいのだろう。静江は化粧したままであった。

「どうして、化粧を取らないの」

「取りますわ」

静江はベッドから下りると素肌のまま洗面所で顔を洗い落し、そして明るい光りの中に立って、ベッドに寝転んでいる高男を見詰めた。

「葉村さん、こんな女でも良いの、貧弱な身体で、美人でもなく、賢くもなく、お金もない、アルサロに勤めている一人ぼっちの女、見て頂戴、嫌なら嫌と言って、今すぐ言って……」

静江の身体は汗に濡れていた。

「良いとも、僕は君が好きなんだ、さあ、そんなところに立っていると風邪《かぜ》を引く」

突然静江は顔を蔽《おお》った。わっと大きな泣き声をあげると背を丸めて床にしゃがみ込んだ。静江の背は波を打っている。背を丸めているので、背骨と肩胛骨《けんこうこつ》がはっきり浮き出ている。高男はベッドから下りて、静江をベッドに引き上げようとしたが静江は動かない。

「泣かせて、ここ何年泣いたことがなかった」

と静江は嗚咽《おえつ》しながら呟いた。

その夜、静江は夜が白むまで自分の過去を話した。静江の父は軍人だったらしい。父が戦死したのは静江が四歳の時だから、静江は父の顔を覚えていない。母は静江が九歳の時亡くなっている。静江は伯母《おば》の家で育てられた。豊かではなかった。静江はその頃から、他人の顔ばかりうかがう陰気な子供になっていた。

中学校を出ると近くの工場に働きに出た。勉強がしたく通信の学校に入ったりしたが、仕事がいそがしくてできない。

工場で静江に眼を掛けてくれる職長が居た。静江はその男がどんな欲望で親切にしてくれるのか知らなかった。静江が男の甘言に乗り、当直室で身体を奪われたのは十七歳の年である。静江が家を飛び出し、アルサロに働きに出たのは、十八歳の年であった。

無口で陰気だが、静江のような女を好む客も多い。そんな中に、木山というやくざが居た。木山は愚連隊の準幹部で、彼にねらわれて助かった女はない、というくらいの悪辣な男であった。映画に出て来るまむしのようなやくざは、決して映画だけの世界のものではない、現実に存在するのだ。

静江は店を変えた。木山はまた追って来た。木山の属する暴力団に田所という男が居た。二十三歳で顔は売れていないが、正義派に属する男である。田所がそんな静江に同情し、静江を愛するようになった。静江と田所が手を取り合って逃げられたのは、田所を愛したというより、木山から逃れるためであったかもしれない。静江と田所は神戸で同棲した。

だが一年めに、木山に発見されたのである。木山の暴力団が神戸の高見会の傘下に入り、そのため、木山は神戸に良く来るようになっていた。

「主人は、木山やその仲間に擲られて、腰の骨を折ったのよ、そのため半身不随になったわ、だから私がまた勤めに出て、病院に入れたのよ、入院代は医療保護でやってくれたけど、それだけじゃ足りないでしょう、二年間、長いか短かいか分らない、ただ、私、田所を捨てることができなかったの、私のために不幸なめにあったんですものね」

「うん」と高男は頷《うなず》いた。

「急性肺炎でなくなったの、身体が弱っていたのね、心臓が持たなかったのよ、アパートには、田所の骨があるわ」

「その木山というやつは」

「死んだわ、日本刀で切られたんだって」

静江は他人事のように言った。

葉村高男と、吉谷静江は、全く違った世界で育っている。だがそれがどうだというのだ。川を流れる木片のようにこの人生を流れ、こうして寄り添った二人なのである。

俺はこの女を離さない、どんなことがあっても、と高男は決心した。

「静江ね、葉村さんと一緒に生活しなくても良いのよ、さっき、私がこんな女でも良いか、と言ったのは、なにもあなたを束縛するつもりじゃないのよ、そう取らないでね、こんな女でも時々会ってくれる？　という意味よ」

なぜ君はそんな淋しいことを言うのだ。僕は君と結婚するつもりでいるのに……

高男は胸の中で呟きながら、いとしさにかられ再び静江の身体を求めた。

高男が静江と末広旅館で住むようになったのは、年が明けてからであった。

それまでに高男は、静江を追い回してる玩具問屋の主人に会い、店に来るのなら良いが、この辺りをうろついていたら容赦はしないぞ、と追い返した。だが、その時、その男が言った言葉はしばらく、高男の胸に残っていた。

「あんたはきっと、あの女と別れる、わしはその時まで待つ」

と彼は言ったのである。

星谷老人は、高男が驚いたほど喜んだようである。彼はすぐ子供を生むんやな、と言って、近くの小料理屋で二人の将来を祝してくれた。末広旅館のおかみや女中、それに高男たちが帳簿を見てやっている飲屋のおかみや、商店の親父なども出席し、どんちゃん騒ぎが行われた。人間の心と心とが触れ合う暖かいものが、あったようである。

高男はそれを感じた。

静江と一緒になってから、憑《つ》きものが落ちたように白い社会への郷愁がなくなった。現実に足を下ろして、二人で生活を築き上げたい。そんな気持にさえなったのである。静江はアルサロを止して、飛田商店街にある婦人用品店の店員として勤めることになった。その店も、高男たちが帳簿を見ている店である。高男は今更のように、星谷老人の信用度について感心した。

経理ができる人間は、西成でもかなり多い。だが幾らできるからといって、その人間に誰も生活の秘密である収入を知らせたりはしない。

よほど信頼されなければ駄目である。

その信頼を星谷はかち得ている。薄穢《うすぎたな》く酒ばかり飲んでいるが、これほどの人物は今の日本でも少ないのではないか。

高男は時々そう思うことがあった。星谷は他人のことは一切喋らない、自分の過去も話さない。高男は星谷の部下で、隣りどうしで、絶えず顔を突き合せている。そんな高男にさえも星谷老人は、過去について話さなかった。

それに、星谷老人の魅力はひょうひょうとしていることである。パチンコに勝っても負けても、碁会所に行って遊んでも、決して夢中にならない。女の方は、もう予定数が終了して用がない、と言っているし、一種仙人じみた風格があった。

ただ、星谷老人は、金だけは相当な額を貯金しているようである。酒はサントリーを飲んでいるが、女遊びはしないし、収入から考えると、二万ぐらいは残るのではないか。この商売を始めて、数年たつらしいから、相当な貯金額になっているはずである。身寄もある様子もないし、死ぬ時は寄付でもするつもりなのだろうか。西成山王町の私設計理士が何百万も慈善事業に寄付、そんな新聞記事がのって、世間はあっと言うかもしれない。

高男はそんな風に星谷を眺めていた。

静江の給料は一万円だった。高男の収入と合せると四万になる。

静江と結婚して高男は、この街にずっと落ち着く気になった。今更、虚栄と競争の世界に出てあくせくするより、この庶民の街でささやかな幸せを抱いて暮すのも、またこれは人間の生き方だろう。

それに年が明けてからは、納税期なので、高男も星谷老人も、身体を休める暇がないほどのいそがしさだった。

一日に何軒も回り、旅館に帰って来るのは、午前零時近かった。

帰れば静江が部屋を暖め、夜食の仕度をして待っていてくれる。高男には、雑念が入る余裕がなかった。それに星谷老人は、身体がいうことをきかないから高男を傭ったので、高男のいそがしさは大変である。

こうして、あっという間に、納税期が過ぎ四月になった。

今まで余りにもいそがしかったので、高男はしばらく気が抜けたようになった。と同時に暇を持て余すのが、人間にとって良くないのを感じたようである。

このところ静江は少し太ったようだ。

静江は十時半までに店に行けば良いので、朝は割合ゆっくりしている。顔の艶《つや》もアルサロ時代に較べてずっと良くなったし、現在の幸せをせい一杯嚙み締めているようであった。

一緒に住むようになってから、静江は旅館で生活するのは高いし、アパートに移ろうと言っていた。

二階に炊事場がないので、食事のたびに二人は商店街の食堂に行かねばならない。不経済というより、静江は自分で食事をつくりたいようであった。

「権利金なら充分あるわ、私の収入全部貯金に回してるでしょ、もう四万も溜ったわ、あなたさえ承知してくれたら、私明日にでも探してくるわ」

「うん、僕もそれは考えないことはないが、星谷のおっさんは、末広旅館を動かないだろう、ここがわが家なんだからな、おっさんの傍を離れるのも気の毒な気がする」

星谷老人の食事は旅館がした。

アパート住いも良いが、高男は星谷老人と離れ難い気がするのだった。高男がアパートに移ると言えば、星谷老人はきっと淋しがるだろう。この頃、星谷は高男をわが子のように思っているようである。

静江のことを思えば、アパートに移ってやりたいが、高男はなかなか決心がつかなかった。

そんな生活の中で、高男が最も困ったのは、納税期が済んで仕事がなくなったことだ。数軒のグループに分け、帳簿を見るといっても、一週間に一度で良いし、集金は月末三日あればできる。なにもしない、ということは確かに身心にとって良くない。

そうかといって、空いた日だけ働くような仕事もない、セールス的な仕事ならあるが、高男は頭を下げて、ものを売り歩くのは嫌であった。この街の生活に慣れた。といっても、高男はやはりサラリーマン出身である。旅館でごろごろして居ると、なんとなく不安が頭を持ち上げて来そうである。

静江の勤務時間は、十時半から夜の八時半までであった。

終る頃、高男は迎えに行く。だがそれまで暇なので、つい外で飲んでしまう。

その日も高男は、旧飛田遊廓の中にある洋酒バーに行った。七時頃で客は誰もいない。一人でカウンターにむかいながら、ウイスキーを飲むのが楽しみであった。

バーテンは、ちんぴら上りの男だが、今はやくざの世界とは縁を切り、真面目に働いているようであった。

アルバイト料亭のネオンはどぎつい。

売春が公然と行なわれていることが知れ渡ってから、一時さびれていた飛田新地もだいぶ賑やかになったが、昔の遊廓時代に較べると客は少ない。丸首のセーターにジャンパー姿の高男は、静江を迎えに行く間、ウイスキーをちびちび飲んでいた。

表で車が停り、騒がしい女の声がして男女が下りた。ガラス戸越しに外が見える。女は辺りをきょろきょろ見回しながら、しきりに男に説明を求めているらしい。バーテンがカウンターから首を突き出して眺めた。

「すごい外車ですぜ」

するとその男女は店に入って来たのである。高男はその女を見て、すぐ視線を外らせた。緑色のバックスキンのコートを前ボタンをはめずに着ている。コートの中の服はしぶいえんじのシホンベルベットのスーツらしい。

眉の濃い二重の眼が印象的な彫りの深い顔立である。鼻先がつんとして、品の良さもあった。二十五、六だろうか。

男は背が高く青年社長、といったタイプであった。

女は高男の隣りに坐った。女の視線はもの珍し気に高男に注がれているようである。カウンターに置かれた女の恰好の良い白い指には、はっきり直線の浮き出たキャッツアイが瞬いている。コティの匂いがした。

「ねえ、店先に立っている女の人、みな、男の人と遊ぶ人ばかり……」

女が隣りの男に質問している。

「そうだよ」

男はバーテンや高男を意識し、困ったように答えた。

女は東京の住人らしい。

西成見物だな、と高男は思った。釜ケ崎が映画になり本に書かれて以来、もの珍し気に見物する客が多くなった。ことに好奇心の強い女性が多い。釜ケ崎は浮浪者と麻薬の巣だと思ってやって来る。大ていは車の中から、きょろきょろ眺めて通り過ぎるが、めったに車から下りる者は居ない。この女もおそらく、釜ケ崎は車の中から見物したのだろう。

バーテンが無表情に言った。

「なにをお飲みになりますか？」

「私、そうね、ジョニ黒が欲しいわ」

「そんなものはないよ」

と男が小声で言った。

「ございませんね」

バーテンが答えた。

女の視線が高男のグラスに注がれた。

「それじゃこの店で、皆さんが飲むもの、日本の安いウイスキー」

高男はかっとした。顔に血が映える。

「名前をおっしゃって下さい」

バーテンも少し頭に来たようである。

「トリスだ、トリスだ」

と男が言った。

「僕もトリスだ」

高男はウイスキーを一息に飲んだ。出よう、と思ったが、傍の女が放つ甘い香水の匂いが、高男をとらえて離さない。

女が突然、高男に声を掛けた。

「ねえ、失礼ですけど、なにをお飲みになっていらっしゃいますの?」

男が女の袖を引いている。

「なにを飲んでいても良いじゃないですか、そんなことを聞くのは、良い趣味じゃない」

高男は叩きつけるように答えた。

バーテンが薄笑いを浮かべた。

「出ましょう」

と男が言ったが、女は、

「私ここでお酒が飲みたいの……」

男に言って、高男に向い、

「ご免なさいね、でも余りにおいしそうに飲んでいらっしゃるから……」

素直に詫びた。

女に対する不快な印象が飛び去ったような素直な言葉である。高男は女を見た。美しい、と高男は思った。

高男が捨て去った世界でも、ちょっとない美しい女である。

高男はあでやかな花が眼の前で、ぱっと開いたような気がした。

女の中に、このような女が居たのを、高男は長らく忘れていたような気がした。

「サントリーの白ですよ」

高男は微笑した。

女が男に言った。

「それごらんなさい、トリスじゃないじゃないの、私もそれを頂戴」

連れの男は苦が虫を咬み潰したような顔をしている。女は高男に興味を持ったようである。この近くに住んでいらっしゃるの、と尋ねた。

「ええ、このすぐ傍です」

答えながら高男は、このような場面が昔、あったような気がした。いやあったのではない、映画で見たのだ。

ジャン・ギャバンの名作『望郷』である。

アルジェリヤのカスバに逃げ込んでいるパリのギャング、ペペル・モコは、カスバ見物に来た美貌のパリの女と会う。カスバを出ることはペペル・モコにとっては生命取りである。だが美しいパリ女によって呼び醒まされたパリへの郷愁は押え難く、女の後を追ってカスバを出、刑事に摑えられるという映画であった。波止場で手錠をはめられながら、女の名を大声で叫ぶギャバンの表情を、高男ははっきり覚えている。

飛田はカスバではない。

だが社会から転落した葉村高男にとって、西成山王町が、別世界であったことは事実である。なぜならここでは、友人に会う気遣いもなく、虚栄や名誉欲にわずらわされることもなく、のんびり生活できるからである。

女の視線が高男の横顔に注がれている。グラスを握る高男の手が微かに慄えた。

間もなく静江を迎えに行く時間である。

高男が勘定しようとすると、女が口をはさんだ。良かったら、私の方と一緒にしますわ、青年紳士はしきりに、女の膝をついている。馬鹿な真似は止せ、と言っているらしい。

高男はせい一杯の皮肉を眼にこめて、

「僕は今まで女の子におごって貰ったことがないんですよ」

女はおかしそうに笑った。白い歯が指の宝石と同じように輝いている。この女は、歯にまで、気品と贅沢《ぜいたく》さがある、と高男は思った。

「おかしいですか……」

高男は勘定を払いながら言った。

「だって、昔の男の人がおっしゃりそうな言葉だもの……」

女は不思議そうな顔で高男を見上げた。この辺は、住んでいる人間まで、変っているのだろうか、そんな好奇心が浮いている。

この女は、俺のことを動物園の猿ぐらいに思っているのかもしれない。高男は赤くなった。これ以上話しておれば、腹が立つばかりである。高男は顔をそむけて店を出た。

立派な外車である。黒く輝いていて大きい。アメリカの車だろう。いかにもあの女に似合いそうだ。歩こうとすると、女が出て来た。

「今度一人で来ます、この辺、案内して、ね……」

女は高男の手に紙片を渡すと、店の中に入った。手帳を破って書いたのだろう。

来月の同じ日、今時分、この店に来ています、と書かれていた。白い紙片に薄赤い光りが映っている。アルバイトサロンのネオンが投影しているのだ。高男はその紙片を丸めた。捨てようとしたが、鼻先に持って行った。

甘いしびれるような香料の匂いがする。あの女の移り香であろう。高男はズボンのポケットに入れた。静江が勤めている店に行くと、もう帰り仕度をした静江は、店の主人と話をしていた。主人は良く太った愛想の良い男であった。高男の顧客の一人である。

「今、静江さんと話しとったんやけど、今度わし、この裏にアパート建てたんや、あんたのことや、敷金負けとくから入れへんか、そうしたら、静江さんも近いし、通うのにも都合が良いわ、旅館暮しなんかもったいないやないか、それに世帯を持った味いうのは、旅館じゃ味わえん、どうかな」

静江はもちろんそのつもりらしい。

「済みません、考えときます」

「考えることないと思うがなあ」

主人は意外そうに言った。敷金を負ける、というのは、この主にとっては大きな好意である。高男が喜んで礼を言う、と思っていたらしい。高男は静江をうながして外に出た。

静江は買物籠をぶらさげている。二人が、静江の手料理で食事をするのは、朝と休日だけである。そうか、明日は静江の休日か、と高男は思った。静江は黙ってうつむいている。

「良いか、僕に相談せず、勝手なこと言っちゃいけない、おっさんの身にもなれ」

「だって、私生活は大切にしなくっちゃ」

静江は唇を咬んだ。私生活、久し振りに聞く言葉だ。そうか、静江と俺との生活は私生活なのか。高男は初めて気づいたように、

「そうだな、考えておこう」

静江が顔をあげた。不思議そうに、

「良い匂いがするわ、なんの香水かしら……」

高男はどきっとした。手帳の切れはしが匂うのだ。それは微かな匂いであるが、ズボンのポケットからすえた街に芳香を放っている。高男は、手帳の切れはしがある太腿の辺りが痛くなったような気がした。

「さっき、スワンで飲んでいたら、外車に乗った女優のような女が入って来た、西成見物さ、気障《きざ》な女だ、匂いが移ったんだろう」

静江は答えない。まっすぐ通りを見ている。高男は眉を寄せた。女の本能というのだろうか、静江はなにかを感じている。

「嘘だと思うのかい、なんならスワンに行ってみよう、バーテンが証明してくれるよ」

「嘘だなんて、言ってやしない……」

「じゃなんですぐ返事をしないんだ」

「あなたの今夜の様子変だわ、店に入って来た時からおかしい、と思ったの、怒ってるみたい、喋り方も突っけんどんだわ……」

静江は唇を咬み締め、大きく眼を見開いている。静江は大人しい女だが、意志は強い。半身不随のやくざを、二年間も養ったのだ。

高男は歩きながら、白い薔薇《ばら》のような女と静江を内心較べている。美しさも気品も問題にならない。思い浮べるだけで、コティの匂いが全身を包むような気がする。静江はおでこで色が黒い。高男は自分の気持にぞっとした。なんという残酷な較べ方をしているのだろう。あの女に較べると問題にならないが、この静江には人間の味があるではないか。

落魄者同士の魂の悲しみの中で、静江を抱き、この女と一生を過そうと決心してから、まだ一年もたっていない。高男は歩きながら静江の肩に手を掛けた。

「ご免よ、なんだか気分がすぐれなくていらいらしていたんだ、アパートに移っても良いよ」

「本当、嬉しいわ、でもちょっと星谷さんに悪いわね、待って、蜜柑《みかん》を買うわ」

静江は嬉々として、果物屋《くだものや》の店先に入って行った。買物籠が揺れている。

高男は、静江を悲しませたくないと思う。静江との生活は、この世で拾い得た小さな幸わせである。白い社会を捨ててから、高男は名誉も出世欲も捨てている。男としての闘争心を捨てている、そんな高男には、小さな幸せというものが、この世で最も大切に思えるのだ。やっと摑んだこの大切なものを、高男はこわしたくなかった。しかし、高男が今まで旅館住居《ずまい》をしていたのは、星谷老人のせいだけではない。仮り住居という意識の中に、西成山王町の生活に、まだ埋没し切れない、なにかがあったのではないか。だから、静江と一緒になっても、旅館住居を止めなかったのではないか。その中には静江との生活も仮りのものだという……

高男は自分の中のものを打ち消すように、果物店から出て来る静江を迎えた。

その夜、高男は星谷老人に、来月、静江とアパートに移りたい、と言った。星谷老人は相変らず万年床の部屋で酒を飲んでいる。

この頃、高男は星谷老人の部屋に入ると、異様な匂いがするのを感じていた。本当に癌かもしれない。ここ一年で、星谷老人はかなり痩せている。高男の話を聞く星谷老人は、

「その方がええかもしれん、わしのことは心配するな、ところで、お前と静江さんの間の籍はどうなってんね」

「まだいれていません、そのうち、そのうちと思いながら」

「籍を入れるためには、家に帰らないかんわけやな、お前は今は無籍者やな……」

「家には籍がありますよ、無籍者じゃない」

「はは、しかしな、赤ん坊が生れるまで、籍は入れん方がええ……」

星谷老人は呟くように言った。

静江の籍は入れたいと思うが、高男は家に帰るのが怖かった。高男は母と妹を捨てている。西成に居るということだけは、葉書で知らせているので、母たちは高男が死んでいるとは思っていないだろう。高男は今更のように、自分自身の存在が不安定なのを痛感せずには居れなかった。高男は、逃げ出して来た過去の社会と、絶縁し切っていないのを知った。籍一つの問題にしたって、そうなのだ。その夜、高男は籍のことを静江に話した。静江はアパートに移る希望が達せられたことで喜びにひたっている。

「籍なんか良いわ、静江ね、そこまで考えていないの、そんなものは問題じゃないわ、あなたと一緒に生活できることだけで充分、お願い、籍の問題は考えないで、そりゃね

え、普通の夫婦にとってはね、籍は大切かもしれないわ、結婚って、社会に認められることですものね、でも、私たちは違うのよ」

「どう違うんだい」

珍しく静江の熱っぽい口調に押されながら、高男は尋ねた。

「あなたと私はね、社会に認められるために一緒になったのじゃないのよ、お互いに必要だから一緒になったの、他の人たちが認めてくれなくっても良いの、いいえ、静江はね、社会に認められるのが怖いのよ、形の中に嵌《は》め込められるのが、静江はあなたを束縛したくないの、だから当分は赤ちゃんは生まないわ」

静江の気持は高男にも分るような気がする。静江は母や妹に会うのが怖いのだろう。だが高男は静江の気持を、すべて理解し切っていたとは言えない。

あの女が手帳に書いた日が迫って来るにつれて、高男はなんとなく落ちつかなくなった。毎日する仕事がない、というのが大体高男には不安なのである。昼、映画を見、パチンコをし、夜になると静江を迎えに行く。日傭労務者で夢中になって働いていた時は、釜ケ崎に飛び込んだばかりで、考える余裕もなかった。だが、今は生活も落ちつき静江も得た。それなのに不安がかえって増して来る。

パチンコをし、映画を見ていても、気が乗らない。とげとげした顔、人生に疲れ切った表情、そんな男たちの中に交り、パチンコをはじいてると、高男は自分の将来の姿を見るような気がして仕方がない。

そうなのだ、釜ケ崎から西成山王町に移り、高男は自分が、これらの人々と別な世界に住む人間であることを、はっきり感じるようになった。高男は、暇があり、ぶらぶらすることに満足できる人間ではない。

ところが、この辺りには、ぶらぶら遊び、休養することが、最上の生き方だと思っている人間が余りにも多過ぎる。

遊ぶために働く、働けるために遊ぶ、この違いは大きい。高男がかつて住んでいた社会の人たちは、働くために遊んでいる。満員電車のサラリーマンたちは、日曜日以外に休日があれば、とまどうだろう。

日曜日以外に休日のある会社も多い。だがそんな人たちは、落ちつかない、と言っている。勤勉に慣らされた貧乏国民の悲哀かもしれない。しかしそれが一般社会の人たちなのだ。

彼らは会社の門をくぐることで、自分の人生を確認し、家庭の安全を思う。年老いた退職者が、急にふけ込んだり、亡くなったりするのは、そのためである。仕事によって人生を確認し、家庭を確認して来た人々が、仕事から離れた場合、どんな孤独感に襲われるか、それは当事者だけしか分らないだろう。

生活のゆとりが出て来て、高男はかつて過した社会の習慣におびえた。本質的に高男は、勤勉な人間であり、アウトサイダーではなかったのだろう。高男には、女に働かして、暮している男たちの気持が分らない。

無意識のうち高男の眼は、新聞の求人広告に走るようになった。高男は、星谷老人と、自分との違いも、はっきり感じるようになった。高男は昼の時間を持て余した。

そんな高男に、白い薔薇のような女が入り込んで来たとしても当然だろう。

あの女が、再び西成に現われる、そんな馬鹿なはずはない。高男はそう思おうとした。だが一方、きっと来る、そんな気もする。生半可な好奇心で、あんな真似ができるはずはない。バーテンは、女が高男に紙片を渡したことを知らない。月が変った。

約束の日の前夜、高男は眠れなかった。新しく移ったアパートは、木の香も匂い気持が良い。静江は安心し切って眠っている。

静江は眠る時、必ず高男に手を出す。高男が持ってやると、十分以内に眠るようである。眠る前、手がぴくりと動く。すると静江は安心したように、今夜も眠りの神様がやって来たわ、お休みなさい、と言って手を離す。

一人アパート暮しをしていた時、静江は蒲団に入っても、二、三時間、眠れなかったようである。高男は眠れないままに、静江の寝顔を眺めていた。ここに、一人の男によって、幸せを得、それを守り抜きたい、と思っている幸《さち》薄き女がいる。静江は一緒に生活するようになっても、妻になった女特有のふてぶてしさを現わさない、現在の生活を咬みしめ、高男に気を使っている。

寝ている最中、静江は眉をよせ、小さな声で、スースーと泣くことがある。悪夢にうなされるのであろう。高男はそんな時、静江を揺り動かして起す。すると静江は、眼を見開き、じっと高男の顔を眺める。そして微笑しながら再び眠りにつく。昼、一生懸命に働くから、静江の肉体は疲れているのだ。だが静江は、朝になって、そんな夢を見たことは知らない、と言う。

「一人の時は何度も眼を醒したの、でも、あなたと一緒になってから、眼を醒さなくなった、本当よ」

きっと悪夢にうなされ、眼を開いた静江は、高男の顔を眼の前に見て、安心して眠りこけてしまうのだろう。

そんな静江に、高男はいとおしさを感じて仕方がない。これは、落魄者の男女だけに通じる、微妙な愛情の交流である。

その夜も、高男は、静江の寝顔に見入っていた。おでこに汗が浮いている。やはり、いとしい女だ、と思う。それなのに、あのあでやかな女の顔が胸に迫って来る。あの女に対する感情は、いとしい、というような静かに自分で抱き締めるようなものではない。もっと刺戟的《しげきてき》で、なにもかも忘れさせるような強烈なものがある。この二つの感情が、一人の人間の胸の中に同居する、というのは一体どういうことだろうか。

人間の感情というものは、自分自身でも、理解できないほど複雑なものなのか。

その夜、高男はスタンドバーに行った。客はなかった。時刻は七時である。店は寒々しかった。バーテンが、寒くなりましたね、と高男に言った。

「そうだね、例のやつ」

高男はこの店では、サントリーの白を三杯飲むことにしている。高男は表を車が通るごとに胸を高鳴らせた。だが、女はやって来ない。次第に高男の胸は空虚になる。やっぱり良い加減な嘘だったんだ、俺はそれなのに、一月も待ちこがれていた、なんという馬鹿だろう、自嘲したくなる。一方では、これで良いんだ、という思いもあるが、それよりも、絶望感の方が大きい。高男のポケットには、あの女が渡した、手帳の切れはしが、今もある。静江に見つからないように隠していたのだった。汗によごれ黒くなっているが、あの甘い香りは、まだ微かに残っている。よほど高価な香料なのだろう。ドアが開いた。

「いらっしゃいませ」

高男の全神経は背中に集中する。だが入って来たのは、髪を赤く染めた街娼であった。ぽん引の婆さんも一緒である。女は十八、九か、小柄で太っている。二人は高男の傍に坐った。二人共、ビールを注文した。バーテンがビールとピーナツを出す。

「もっと入れてよ、けちねえ」

若い街娼は、豆を咬みながらバーテンに要求している。街娼の身体からは、ピーナツの匂いがした。街娼とぽん引は、大声で金の話をしている。そのうち、話の内容が変った。

街娼のひもが、昨日、警察にあげられたらしい。差し入れのことで相談し始めた。若い街娼はビールを飲みながら、明日は、どうしても自分が行くんだ、と言っている。

あげられたひもには、三、四人女がいて、毎日順番で差し入れに行くらしい。この子供のような夜の女には、明日行くことが、自分にとって絶対的らしい。ぽん引の婆さんが、なだめている。別の女を行かせようとしている。二人は言い争った。

「良いかい、おけいなんかに行かせたら、うち承知せえへんからな、覚えといてや、うちをなめたらあかんで、うちのどこに、にいさんの名を彫ってあるか、知ってるやろ」

高男には、二人の争いなど、遠くから聞えるようである。間もなく八時を過ぎた。

高男は四杯めのウイスキーを注文した。女たちが出て行った。

「今夜はえらい、すすみますなあ」

バーテンが言った。高男はあの女のことを話したくて、仕方なくなった。

「いつかの気取った女、あれから来ないかい」

「ああ、生意気な女でしたなあ、しかし、良い女《スケ》だ、あんな女が、この辺りをうろついていちゃ、毒ですなあ……」

「女優かな」

「女優じゃないでしょう、あっしも映画が好きで良く見ますが、見覚えありません、しかし、東京の女らしいですな、今夜の飛行機で、帰るとか、言ってましたから……」

高男は六杯めを飲んだ。八時半である。この店に客が来るのは、十時過ぎである。

次第に酔って来るのが分る。もう静江は仕事を終えた頃だ。高男は、今夜は迎えに行けない、と言っておいた。

電話のベルが鳴った。バーテンが受話器を取り上げる。なんだか応対が変である。

「知りませんぜ、ジャンパー着た男……」

高男は、はっとした。あの夜高男はジャンパーを着ていた。今日は着ていない。

「僕にの電話じゃないかな」

「いいえ、東京からですよ、女でね、ジャンパーを着た男が、居るはずだから出してくれ、と言うんですが」

「僕だよ」

高男は胸を高鳴らせながら受話器を取った。

やはりあの女である。急用が出来て行けないが、一週間後には必ず大阪に行く、という。新大阪ホテルに泊るから、電話を掛けてくれ、と言った。原川、と言って呼び出して欲しい、という。

「午後九時ジャストに、もう信用したでしょ」

高男が受話器を置くと、バーテンが驚いたように、

「羨ましいね、東京に女がいるなんて、俺もそんな身分になりたいですよ」

高男はバーテンの言葉を聞いていなかった。外に出ると、道路が踊っているような気がする。あながち酔いのせいだけではない。

あの原川、という女は、ちゃんと店の電話番号を控えて帰ったのだ、原川、名はなんというのだろう。原川、良い姓である。あの女にぴったりだ。時刻は八時四十分である。

高男は急いで静江の店に行ったが、静江はもう帰ったあとであった。高男はアパートの前まで来たが、ふと立ち停った。高男の部屋には灯がつき、静江の影らしきものが動いている。それを見た途端、高男は跳《は》ねるような歓喜が消えて行くのを覚えた。あの部屋に入れば、この踊るような喜びは完全に消え去ってしまうだろう。

高男は踵《きびす》を返した。その夜、高男は一人で新世界の飲屋を歩いている。

午前零時過ぎ、高男はアパートに戻った。ドアが閉っている。ドアの間に紙片がはさんである。高男はどきっとして、紙を取った。……星谷のおじさんのところへ行ってます……

高男は眉をひそめた。静江の態度が、面当てがましく思える。だが、鍵がないので入れない。なぜか高男は、星谷老人のところへ行く気がしない。あの男と俺とは違う、と高男は思った。星谷老人には、もう未来がない。

だが俺には未来がある。そうなのだ、未来がある。高男は天の星に向って叫びたい思いであった。

静江と一緒になった時でさえ、高男は、このようにしびれる思いで、未来がある、と思ったことはなかった。

高男が戻ったのは、午前二時であった。完全に酔っている。静江は戻っていた。高男はドアを開けると部屋の中に転がり込んだ。静江は嫌やな顔をもせず、高男を介ほうする。高男の服を脱がせ、床に寝かせた。

「酔ったよ、たまに一人で飲むくらい、文句を言わさないぞ……」

「文句を言ってません」

「なにしに、おっさんとこに行ってたんだ」

「病気が気になったからよ、あなたは居ないでしょ、一人になったら急におじさんのことが気になったの、いつもいそがしくて忘れているから、行ってみたの、入院しなくても大丈夫かしら、だいぶ衰弱していたわ」

こいつは、神のようなことをぬかしやがる、だが俺は人間だ、人間には悪魔だって住んでいる、高男は胸の中でぶつぶつ言っていたが、やがて眠ってしまった。

これほど長い一週間はない。高男は待ちこがれた。その日の朝、高男は静江に、今夜は迎えに行かないぜ、と言った。

「良いわよ、気になさらなくっても、毎日、迎えに来て貰って、悪いと思っているの、これからは気のむいた時で良いわ」

静江の言葉は高男の胸にくる。この若いのに、どうしてこれだけの包容力があるのだろう。それはおそらく、現在の幸せを逃すまいとする、必死の努力から来ているのではないか。それを感じるから、高男の胸は痛むのである。静江が高男の気持をどう取っているか、高男には分らない。

その日、言われた時間に高男は電話した。あの女の声がした。華やかな声である。声にまで甘い香りが匂っている。

「嬉しいわ、案内して下さるの、この前のスタンドバーに行こうかしら……」

「いや、あそこはまずいです」

高男は、地下鉄の動物園前のプラットフォームで待っていてくれるように言った。

「余り派手な恰好はしない方が良いですよ」

女は華やかな声で笑った。心から楽しそうである。高男はこの前のジャンパーを着た。その女は、ベージュ色のスラックスに、水玉模様の赤いブラウス、サングラスを掛け、ネッカチーフを被っていた。手にはピンク色のコートと、皮のハンドバッグを持っている。

これで地味な恰好だろうか。地下鉄の動物園前は、飛田、新世界、そして釜ケ崎の中間地帯にある。プラットフォームに居る人々は、一様にその女を眺めている。

女は高男を見付けると、手を挙げた。人々の視線が、女から高男に集中する。高男は困惑した。この女は、周囲を全く無視している。あの時もそうであった。自分の感情のおもむくまま行動するようである。

女は、長い交際相手のように、肩をすり寄せ、遠慮なく喋り掛けて来る。高男は次第に期待が裏切られたような気がした。女は、もの珍し気に周囲を眺め、高男に説明を求めるが、高男という人間を余り意識していない。女の興味は、西成の風物にあるので、高男ではない。高男は敏感にそれを感じる。

しかし、それは当然かもしれないのだ。この華やかな贅沢な女が、一眼で高男を好きになり、高男に会うため、わざわざ東京から来たなんて、考える方がおかしい。が、高男はやはりそんな期待を抱いていたのであった。

サングラスを掛けているせいか、街娼たちやぽん引、愚連隊などが、けんのある視線を送ってくる。女は気がつかないから平気のようだが、高男はやはり心配だった。

動物園前から、山王町の裏手の男娼が出没する通りを抜け、飛田商店街に出た。静江はもうアパートに帰っているだろうか。

途中で、サングラスを取りなさい、というと女は素直に取った。眼はすずしい。黒眼がかっているせいかもしれない。次第に高男は疲れて来た。大門通りから萩の茶屋に向って歩いた。もう二時間近く歩いている。

「お茶でも飲みませんか……」

「良いわ、きたない喫茶店ないかしら」

「喫茶店って、どこも同じですよ、きたなかったら、営業を取り消される、この頃は警察がうるさいんですよ」

「だんだん、つまらなくなるのね」

ブラウスからむき出た白い女の肌には、産毛《うぶげ》が光っていた。幾つぐらいだろうか。案外若いかもしれない。大門通りの安っぽい喫茶店に入った時、高男は疲れ切っていた。

ちんぴら風の若者が数人居る。女は例の華やかな声で笑った。なにがおかしいのか、と聞くと、さっき会った男娼が言った言葉がおかしいと、一人思い出し笑いをしているのだ。

山王町の裏手を歩いていた時である。暗い露地に、こうもりのようにへばりついていた男娼が、女に声をかけたのだ。

「おねえさん、お連れの方、素敵じゃないの」

女は初め、自分のことを素敵だと言われたと思ったらしいが、そうではなく、高男のことだと知り、腹をかかえて笑ったのである。

それを思い出して笑っているのだが、高男はだんだん憂鬱になった。今夜の高男の立場は、先月この女を案内していた、あの気障な男と、どこが違うというのか。一個のピエロに過ぎないのではないか。ちょっとした女の好奇心に、道が踊るように思いながら待ち続けた毎日、自分は、なんという情けない男だろう。そうは思うものの、眼の前の女は、余りにも美し過ぎる。女はコーヒーを注文した。一口飲んで、顔をしかめ、

「まずいコーヒーね」

声が大き過ぎる。高男ははっとした。ちんぴらの一人が睨んでいる。そうなのだ、この女の西成に対する興味は、この言葉に集約されている。眺める分は結構興味があるが、その内面のものには、触れようとはしない。いや、触れた途端、こんな汚いもの、と慌てて逃げ帰るだろう。このコーヒーをまずい、と言ったのと同じように。

「こんなところに、あなたの口に合うようなもんはありませんよ、でもあなたは、この

まずさに興味を抱いたんじゃないですか」

　ちんぴらの一人が叫んだ。

「おい、まずければ出ろよ、じゃらじゃらさらしやがって……」

　女は驚いたように高男の腕を取った。

「出ましょう、怖いわ」

　高男が金を払うと、後からどっと笑声が起った。聞くに耐えない卑猥な言葉が投げかけられた。これでおしまいだ、と高男は思った。女の好奇心も、これで消えただろう。

　だが女はまた高男の腕を取った。

「面白いわ、ね、どっかで飲みましょうよ、私がご馳走するわ」

　腕に縋《すが》られると嫌応なく女の暖い身体が薄いブラウスを通じて感じられる。柔かく弾力のある肌である。今日は余り香料をつけていないが、甘い香りがそこはかとなくただよってくる。高男は飛田駅界隈の一杯飲屋に連れて行った。この辺りは余り愚連隊は来ない。一杯飲屋にたむろしている街娼も、ひもつきでない者が多い。

「ビールが良いわ、少し疲れたわね」

「あなたは変った女《ひと》だ、一体なにをしている方なのかな、ずっと考えていたが分らない」

「良いじゃないのそんなこと、ここの人たちは過去のことを聞かない、と言うでしょう、私もあなたのことを聞かないわ、だからあなたも私のことを聞かないで、ね、それで良いでしょ」

迷惑なんですね、口まで出掛った言葉を高男は呑んだ。いやらしいひがみになる。

「じゃ、もう聞かない、原川という名前が、本名かどうか、そんなこともどうでも良い、どうして、僕に案内して貰いたくなったんですか、あなたの傍についていたような立派な男が居るのに……」

女は唇を突き出した。乾杯、とコップを高男と合せた。旨そうに一息飲んだ。旨いはずだ、歩き回って喉はかわいているし、ビールの味は、東京の一流クラブも西成も変らない。

女は、自分のコップと高男のとを取換えた。そして高男のビールを飲んだ。

「あなた信じないと思うわ、でも、聞かれたから言うけどね、あのスタンドバーに入った時、あなた一人で飲んでいたわね、私、その時、強烈な印象をあなたに受けたのよ、私と一緒に居たのはね、あるホテル王の息子だけどね、なんだか背広を着たマネキン人形のような気がしたわ、あなたはジャンパーを着てね、そうこのジャンパーよ」

高男のジャンパーを引張りながら、

「こうして背を丸めて、ウイスキーを飲んでいたわ、いいえ、なめてるって感じ」

女はまたその真似をした。

「でもあなたの顔は知性的で憂鬱そうだったわ、私ね、その時、ああここに人間が居るって感じがしたの、そりゃ、私の回りには、お金持も、頭の良い人も、有名な人も多いわ、でもね、みんな同じ、規格品よ……」

「僕はあなたが興味を持ったのはこの土地で、僕を安全な案内人に傭ったのだ、と思いましたよ、でもそれはあなたの感傷に過ぎない、山でたやすく恋愛した男女が、都会に戻って失望したように、あなたはこの土地に感傷を抱いているに過ぎない、さっきあなたが飲んだコーヒーがまずかったと同じように、僕の中身はつまらない」

「コーヒーと人間は違うわ、ね、私、あなたとお友達になりたいの、私ね、月に一度大阪に来るの、来たら必ずあなたに連絡するわ、連絡場所ない？　ここだけで、あなたとお友達になるの、恋人になっても良いじゃないの、素敵だと思うな、誰も知らない、私だけの秘密の生活、虚栄を捨てた人間的な生活、ね、良いでしょ、お互いに私生活は秘めているの……」

　あなたの感傷の相手なんか真平だ、理性では割り切っていたが、高男はアパートの電話番号を教えていた。部屋の番号と……

　午前零時を過ぎた時、女は腕時計を見た。

「私、もう帰らなくっちゃ」

「通りに出れば、タクシーは幾らでも通ってますよ」

　女を送って通りに出た。人々は影のように歩いている。酔っている者も、酔っていない者も、この辺りを歩く人々は、影のようにひっそりと歩く。酔っている者は酔い痴《し》れているし、酔っていない者は疲れ切っている。

刑事の眼をおびえている者もある。このようにひっそり歩く人たちの街は、やはり、この飛田駅界隈しかないのではないか。

だが、その中で女の靴音だけが勇ましかった。甘い香料を漂わせながら、女は力強く歩く。そこには、生活の怖さを知らない、勇ましさがあった。

不意に女は立ち停った。覗き込むように高男を眺めた。

「今度来た時、あなたの部屋に案内してくれる？」

「ちょっと、それは？」

女はまた華やかに笑った。

「分ったわ、奥さんが居るのね、構わないじゃないの」

女は自分の秘密は守りながら、高男の秘密をおかそうとしている。

タクシーが停車した。突然女は、高男の唇に唇を押しつけた。あっという瞬間である。柔かく熱い朱唇が触れたかと思うと、女はもう、タクシーに乗っていた。

「有難う、また来月ね、私の名は原川綾子」

と女は言った。

綾子のあの唇の触感は、アパートに帰るまで、消えそうにない。高男は肩を落して歩いた。高男の歩き方も、どこか影のようであった。あの最後の唇の触れ合いは、高男の理性をしびれさせている。本名か偽名かしらないが、高男は原川綾子の、遊びの相手として、綾子に選ばれたのだ、なにが人間復活だ、この西成に、どんな人間復活があるというのか。

ある者は、庶民の人情の深さをうたい、またある者は、虚栄のない裸の人間の姿をたたえる。だが、そのどんな意見も、自分だけは別なところに立っているのだ。

たとえ、西成の中に住んでいても、彼らは別なところに立っている。あのきらびやかな原川綾子の好奇心と、どれほどの違いがあるというのだろう。

しかし、その人情の深さも、裸の姿も、原川綾子が高男に与えたあの口づけの前には、もろくも崩壊しそうな気がする。

所詮人間は、贅沢なもの、きらびやかなもの、香り豊かなものを、本能的に欲しているのではないか。

だが、それが得られないと知った落魄者たちは、そのようなものに眼を閉じ、落魄者同士の人情の中でのみ、人間の真実を発見しようとする、いや、見付けた気でいる。

それは自己慰安に過ぎないのではないか。高男には、静江との間の、あの魂の触れあいさえも、空しいものに思えて来た。

真実は、確かに静江との生活にあるだろう。しかし、原川綾子との遊戯に似た、それこそピエロにも似た、架空なものに、高男はひきつけられるのである。

人間の本能は、真実なものにだけひかれるとは限らない、いや、往々にしてそれ以外のものに、真実があるように錯覚する。

錯覚すら、真実だと思う。

高男は急に、もとの社会に戻りたくなった。原川綾子との関係はいつか、終末が来るだろう。その時が良いチャンスではないか。

もし高男が、本当に静江を愛していたなら、静江を連れ、今すぐ、出るべきであった。だが原川綾子との交際を続けたい思いが、高男を、今しばらく西成にとどめさしたのだった。

高男は、架空なものに負けたのである。

相変らず空しい日を過しながら、高男は静江に、近々西成を出るつもりだ、と言った。静江は黙っている。高男がいったん言い出したら聞かないことを知っているからだろう。

「僕はもう一度、社会に出て、闘いたくなったのだ、この手で、金と名誉を摑みたくなったのだ、君にも上等な服を着せたい、良い香水も買ってやりたい」

そんな時の高男の眼は、きらきら光っている。高男は自分の言葉に酔う。

すると静江は淋し気な微笑を浮べ、

「私には、上等な服とか、香水なんて似合わないわ、静江はここで、こうしてひっそり暮している方が似合うわ、私がそんな上等な服を着たら滑稽よ……」

「馬鹿を言っちゃいけない、そんな自己卑下が、人間をいやしくするのだ、僕はここを出る時、君を連れて行く、ここを出れば、苦しいかもしれない、生活は楽じゃなくなる、君はどんな苦しさでも耐えられるかね」

静江は歩きながら、高男の手を取る。

「苦しさなんて平気よ、静江が怖いのは、あなたが成功して、苦しくなくなった時よ」

「変なことを言うね、成功したらどうして怖いんだい？」

「私はあなたにふさわしくないから……」

「またそんな自己卑下を……」

高男は怒鳴ったが、その声はどこか弱々しかった。この頃、高男は余り、星谷老人のところに行っていない。星谷老人は、高男がここに落ち着くことを願っている。

しかし、仕事の報告で、一週間に一度は行かねばならない。

その日も星谷は、部屋にこもっていた。星谷はこの頃、自分の仕事のほとんどを、高男にまかせようとしている。動くのがたいぎなのだろう。

高男の顔を見ると、

「高男、飲みに行かないか？」

「大丈夫ですか……」

高男はさすがに心配した。

「大丈夫だよ……」

旅館を出たところに一杯飲屋がある。星谷のなじみの店である。星谷の顔色は良くない。元来渋茶色だが、それに薄く青いこけがはえたような感じがする。余り長くなさそうであった。病院に行くように言っても聞かないので、高男も余り忠告しない。この男は、この男なりに、自分勝手に生きて、死んでゆくのだろう。星谷は苦しそうだったが、酒を飲むと、元気を取り戻した。

「高男、お前はこの頃少しおかしいぞ、わしの眼を避けてばかりいる、それにお前の表情は宙に浮いている、それにお前は、変な女とつきあっているようやな」

「変な女ですって……」

「そうだ、変な女じゃ、旅館の女中が、お前とその女が歩いているのを見付けよったわ」

原川綾子のことなのだ。高男には弁解の余地はない。綾子がどんな恰好をしようと、所詮綾子はこの街の女ではない。人眼にたつのは当然だろう。

「どうして知り合ったかは問うまい、しかしな、静江さんを悲しませるな、もしお前に、静江と長く生活できる自信がないなら、今のうちに、お前はここを去れ……」

「なんということを言うんですか?」

高男はむっとして喰って掛った。

「わしは静江を養女にする、わしはあの子を幸せにしてやりたいんじゃ、な、分るだろ、変な女に溺れて、静江を苦しませて、あげくの果てに捨てるつもりなら、今のうちに捨てろ、ここを出て行け」

星谷の言葉は峻烈であった。高男は星谷が本気で言っているのを感じた。険しい人生の谷を乗り越え、やっとここまでたどりついた星谷は、すでに高男と静江の間がうまく行かないのを、予感していたのかもしれない。

高男の中に復活して来た、虚栄、名誉、地位、それらに対する高男の欲望をも、見抜いたのかもしれない。

「おじさん、それは少し言い過ぎじゃないですか、そりゃ僕がある女を、一夜、この辺りを案内したのは事実です、しかし、僕は静江を愛している、男は誰だって浮気ぐらいする、僕は浮気もしていない」

「浮気ぐらい、幾らでもしたら良いんじゃ、この辺りの女となっ、しかし、昔の社会の女とは交際するな、お前がどんなに静江を愛していても不幸がやって来る」

「はっきり言いますけど、僕はいずれ、静江を連れて、ここを出るつもりです、僕はあなたとは違う、怠惰な生活が耐えられないんだ、僕は人間競争の渦の中に飛び込みたくなった、そして、この手で金も摑みたい、地位も……」

「馬鹿め！」

と星谷は怒鳴った。苦しそうに咳き込む。

高男は仕方なしに、星谷老人の背中をさすってやった。

「お前にそれだけの気持があるなら、なぜおふくろのところに行き、静江の籍を入れない、そして、もとの社会とやらで、仕事を見付け、ここから通わないんだ、ここからだって、幾らでも通える、通っとる人間も多い、わしは、お前はもっとましな人間やと思とった、地に足のつかんような男とは、思わなかった、わしは、なんにもお前を束縛するつもりはない、人間は自分勝手に生きたら良いんじゃ、しかしな、人間にとって大事なのは、悩んだり、苦しんだりすることよりも行動じゃ、不平を言うことよりも行動じゃ、わしが開拓した店を、のほほんと回って、ぐうたら、ぐうたら言うてる男に、一体なにができる……」

高男は飲屋を飛び出した。これ以上黙って聞いていたら、星谷の首を絞め兼ねない。

高男は飛田界隈を歩き廻った。

畜生、と思う。だが高男も、星谷老人の言葉がすべて当っているのを知っていた。

高男が、自分自身、眼をそむけていた卑怯さ、弱さを、星谷はずばり突いたのだ。

高男の肋骨の中に手を入れ、高男の内臓を引き出し、高男の前に叩きつけたのである。

そうなのだ、高男が現在、のうのうと暮せるのは、みな星谷老人のおかげである。

もし星谷老人が、高男を解雇したと、告げて回ったら……高男を迎える店は十分の一に過ぎなくなる。いや、もっと少ないだろう。

商店が高男に帳簿を見せるのは、高男が星谷老人の代理だからではないか。

高男は打ちひしがれて、アパートに戻った。今夜は遅くなる、と言っていない。

ドアを開けると、

「心配したわ、幾ら遅くなっても良いの、お酒を飲んでも良いの、やけを起さないでね、余り遅いから、静江、心配しておじさんのところに行って来たの、おじさんも、少し言い過ぎたかな、と言ってたわ」

「静江、お前は、俺を取るか、あのおっさんを取るか……」

「馬鹿！」

静江は手を振り上げたが、そのまま崩れると、わっと床に泣き伏した。一時太った静江の身体は、この頃また痩せて来ている。

肩胛骨がワンピースに、くっきり形をつけている。静江と初めて結ばれた夜、静江は安いホテルの床に、同じようにして泣き伏した。あの時は喜びの涙であった。だが、今は悲しみのために泣いている。

あれから一体、どれだけの歳月を経た、というのか。

高男は原川綾子から電話が掛っても、会わない決心をした。今の間に貯金し、静江と一緒にここを出る決心をした。どんなことがあっても静江だけは幸せにしなければならない、高男はそう思い直したのだ。

だが、綾子から電話が掛った時、高男の決心はもろくも破れている。ギリシャ神話の英雄オデュッセウスさえも、美しい女の魔神には、一時故郷を忘れている。高男は凡俗な男に過ぎない。

蒸し暑い夜であった。原川綾子は、高男と会った時すでに酔っていたようである。

今夜はなにもかも忘れるの、私はここに住む一人の女、そしてあなたは私の恋人、綾子は歌うように言った。今夜の綾子の香料は、いつもと違って鼻を刺すようである。そのくせ男の心を麻痺させるような甘さがあった。

先夜で、西成はほとんど歩き回っている。どこに行ったら良いのだろう。それに、うかうか商店街を歩いていると、また見つかりそうである。高男は暗い道をよって歩いた。綾子は、高男に身体をぴったりつけている。歩くたびに綾子の腰部の肉や、胸のふくらみが感じられる。もう六月で絹の薄い服地を通し、まるで素肌に触れているようである。綾子の身体はしなやかで重量感があった。

高男は口がかわいた。媚薬を飲まされたように昂奮し胸が苦しいほどである。綾子と一夜を過せるなら、もうどうなっても良いような気がする。静江への愛も、真実の人生も、高男の脳裡から消え去っている。女の魔力というものは、そんなものである。

男女の間は、所詮、とりこになった方が負けである。それには、なんの理屈もない。

高台の小さな墓地に出た。そこから西成界隈が一眼で見回せる。か細い灯が点々と連っている。都会の盛り場のような強烈な灯はない。その灯は、そこに生きる人々のようにか細かった。

綾子が高男の肩に手を掛ける。潤んだ炎のような眼で高男を見詰め、静かに唇を寄せてくる。二人の唇が合わさる。

「ねえ、あなたのアパートに連れて行って、ね、綾子、今夜は燃えたいの、あなたのアパートで、他の場所では嫌……」

綾子は熱い息を吹き掛けながら、再び高男の唇を求める。この贅沢なエゴイストは、自分の秘密は守りながら、高男の私生活を覗こうとしているのである。

「綾子はこの街と、あなたを知りたいの、ね、良いでしょ、連れて行って……」

「この間、言ったでしょ、僕には妻が居る」

綾子は、子供がだだをこねるように身体をゆすった。

「たった、三時間ほどじゃないの、ね、綾子はあなたと燃えたいのよ、あなたの部屋で」

高男は、自分の良心と最後の格闘を行った。だが勝負は始めから決っている。

……たった三時間じゃないか、もし俺が西成に落ちなかったら、一生このような女にはめぐり合わなかっただろう、この女さえ抱けば、もうここには未練がない、明日にでも静江を連れてここを出よう、静江を一生愛そう。それが高男の弁解であったのだ。

高男は綾子を近くの飲屋に待たせた。一人で部屋に戻った。静江はすでに蒲団を敷き、寝巻を着て高男を待っていた。

「静江、おっさんが怪我した、豊中のY病院だ、お前はタクシーですぐ行ってくれ、僕はおっさんの荷物を持ってあとから行く、さあ早く……」

静江は小さな悲鳴をあげた。寝巻を脱ぐと、急いで服を着た。簞笥《たんす》を開け、しまってある五千円をハンドバッグに入れた。

高男は静江の手を取って飛び出す。通りに出て、タクシーを拾った。

「すぐ行くからな、運転手さん、豊中のY病院だ、分らなかったら探してくれ、急病人だよ」

「あなた、アパートの鍵をちゃんとしめて来てね……」

それが静江の最後の言葉であった。そう、高男が耳にした最後の言葉であったのである。

原川綾子が、高男のアパートを出たのは午前二時である。高男は綾子を通りまで送った。

「有難う、楽しかったわ」

と綾子はタクシーの窓から高男に言った。

高男は虚脱したような思いでアパートに戻った。静江が戻って来た時の弁解を考えながら。高男がアパートに通じる辻を曲った時、高男はアパートの入口にたたずんでいる女の影を見た。いやそれは影ではなく静江であったのだ。

高男が立ち停った時、その影が消えた。高男は、喚きながら追い駈けたが、静江の姿はなかった。

静江は行く途中で、男の高男が星谷老人の洗面具などを持って来るのに気付かないと思い、老人の旅館に引き返したのである。

星谷老人は旅館に居た。

高男と原川綾子との情事の最中、静江がドアの外に立っていたのを、高男は知らなかったのである。

静江の自殺死体が、中之島の川に浮いたのは、それから三日後である。

その頃東京では、原川綾子と名乗った女、フラワー化粧品社長原貝まゆみと、ホテル王の息子相沢二郎との結婚披露宴が、東洋一の大ホテル、相沢ホテルで華やかにくりひろげられていた。

【附録】飛田界隈と私

私が大阪市西成区にある釜ヶ崎や、その周辺に住んでいたのは、昭和三十年頃であった。これまでも随筆などに書いたが、私は全身麻痺で四年間入院中、全財産を失い、父が建てた家、和歌山にある先祖の土地も売り払わなければならなくなった。

相場で大失敗したからである。

私が釜ヶ崎に移り住んだのは、行くところがなく仕方なしに行ったので、好奇心からではない。

現在、釜ヶ崎は、愛隣地区と名付けられているが、釜ヶ崎に住む人達は、おかみが付けた名前を嫌い、昔のようにカマと呼んでいる。

私が住んでいた当時の釜ヶ崎は全くの旅館《ドヤ》街で、旅館も一泊五十円の部屋が多かった。部屋には蚕棚式の木製のベッドがあり、四人ないし六人寝る。

住人の総ては、その日暮しの労働者だった。当時の彼等の収入は一日働いても三百円足らずで、その収入からニコヨン、と呼ばれていた。だがなかには港の荷受作業に従事し、八百円ぐらい稼ぐ者も居た。また技術を持った鳶職など、千円ぐらい貰っていたようである。

ただ彼等はどんなに稼いでも貯金をしなかった。稼いだ分だけ、その日のうちに遣ってしまう。安酒を飲み、女を買う。釜ヶ崎には百円で身体を売る女も居たのだ。なかには泥酔し、風呂にも入らず旅館に戻って来る者も居た。重労働で汗だらけになり、風呂にも入らないのだから、そういう男が戻って来ると、何ともいえない匂いがした。

私がカード占いでもして稼ぎ、どんな部屋でも良いから一人で寝たい、と思ったのは、匂いのせいである。それに一部屋に四人も六人も寝ると、睡眠のプライバシーも侵される。当時を振り返ってみると全身麻痺時代と異なり、嫌な記憶は余りないが、旅館暮しだけは、辛かった。

間もなく私は釜ヶ崎に接している東田町の旅館に移った。三畳の部屋で一泊三百円だった、と記憶している。身体を大の字にして、一人で眠れる素晴らしさを私は痛感した。私は今でも、睡眠に対して貪欲だが、その原因は釜ヶ崎の旅館暮しにあるような気がする。

東田町を出ると飛田商店街である。長い商品街で、地下鉄の動物園前から飛田遊廓まで五、六百米はあったのではないか。

なかなか賑やかな商店街で、今と違い独得の味が漂っていた。

近くにあった天王寺村の芸人達が飲屋で気炎をあげていたり、白粉を塗ったサンドイッチマンが、そのままの姿で食事をしたりしていた。

天王寺村は世に出ていない芸人達が住んでいた山王町の一角の呼称である。ここからは後に有名な芸人が何人も出た。今はなくなり石の記念碑が建っている。阿倍野から飛田遊廓に通じる旭町商店街と、飛田商店街は庶民の哀歓が漂い、庶民の体臭が匂う通りであった。

私が住んでいた旅館の周辺には男娼が多く、ゲイバーなどもあり、有名な男娼はミナミの料亭に呼ばれたりしていた。

確かに私はカード占いを一時やったが、長続きしなかった。矢張り性格的に合わなかったのである。私は夕刊新聞のコントやラジオ小説に投稿し始めた。名前を変えて投稿するのだが、驚くほど入選率は高かった。当時は大阪に、夕刊紙が数紙あって、そのうちの半数ぐらいがコントを募集していた。コントは一回千円。ラジオ小説は三千円ぐらいだった。また東京の婦人雑誌に、全身麻痺時代の闘病記を送り、採用され、吃驚するような原稿料を貰った。

ただ、闘病記は何故か掲載されなかった。その原因は今でも分らない。

私は旅館を転々とした。最後に移り住んだのが、松田町にある旅館だった。これは、随筆や小説にも書いたが、私の部屋は階段の下にあった。階段の下の物置場を部屋に改造したのである。その階段には小さな穴があり、眠れない時、私はよくその穴から娼婦を連れてやって来る客を眺めた。

旅館の近くに今はなくなった平野線の飛田駅があった。飛田駅の傍は飛田遊廓である。

飛田駅はプラットホームだけで建物がなかった。夜、プラットホームに立つと、長い影が伸びる。私は酔った時など、まるで子供のようにプラットホームに影を映して、その影を見入ったりした。

飛田駅の傍には屋台があり、娼婦達が集まった。馴染客の私は何時か娼婦達と友達のようになった。屋台に集まる娼婦達は暴力団とは関係がなかった。ただ彼女達にもポン引が居た。そのポン引は活動写真時代の弁士上がりだったり、かつて飛田で勤めていた女達だった。商売に関してはしたたかだが、商売を離れると人情味の溢れる人物達である。

大体午前零時頃に屋台のおかみは店をしまうが、お茶を引いた女達は、飛田駅の筋向いにあるアパートの部屋に集まり花札をする。賭け金は小さく、私も時々参加した。

釜ヶ崎の大多数の住人と同じように、彼女達も明日のことを余り考えていなかった。その点私は将来のことばかり考えていた。落魄者同士の連帯感はあったが、私は西成での生活に溺れることはなかったようだ。

私が西成に住んでいたのは半年ぐらいだが、家に戻ってからも度々西成を訪れている。現在では、飛田商店街にも、旭町にも余り庶民の体臭は感じられない。午後九時を過ぎると、商店街はシャッターを下ろす。

通行人も少なくなり、夜は普通の女性達の姿も余り見られない。

第一の原因は、昭和三十年末の釜ヶ崎暴動である。多くの商店が破壊され、交番が焼かれたりした。各商店は自衛のため、頑丈なシャッターを取り付け、営業時間を短縮するようになった。一時期、夜の商店街はゴーストタウン化した。

最近は旧飛田遊廓の後に出来たアルバイト料亭が若い女性を集め、夜遅くまで営業する店も出始めているが、往年の賑やかさはない。釜ヶ崎も外見は変った。旅館街にはマンション風の建物が建ち、屋台はなくなり皆店舗になった。マンションは冷暖房完備で、個室が多く、当時の蚕棚式の旅館は殆ど消えてしまった。

私は西成に行くと先ず釜ヶ崎の一杯飲屋に入る。飲みに来る人達は、アメリカの西部劇映画に出て来る酒場のように、一杯飲む前に金を払う。焼酎を飲む人は少なく大抵日本酒かウイスキーである。

私は黙って彼等の会話を聴く。技術の進歩で、建築現場などで働いても、往年の彼等の技術はすでに通用しなくなっているのだ。

時の流れとはいえ、そういう会話を聴くと、私はやり切れなくなる。当時、私と花札をした娼婦達は、今はどうして暮しているだろうか。私には想像がつかない。

この頃は、釜ヶ崎やその周辺を散策しても、往年の食物や酒の匂いを嗅ぐことは稀になった。屋台が店舗になったので、匂いが外に出ないからである。

そういう意味で、釜ヶ崎やその周辺の街の外見は当時より贅沢になった。

だが商売人は別として、肉体で稼いでいる人達の生活は余り変っていない。明日を考えない、その日暮しの人達が多いからだ。

黒岩重吾

解　説

花房観音

地下鉄の動物園前駅の構内は、あらゆるところに「動物園前」という駅名に相応しく、愛らしい動物たちの絵が描かれている。まるで子どもたちの喜ぶ夢の国の入り口であるかのようだ。

けれど地上に出ると、そこが夢の国とは全く対照的な世界であるとすぐに気づく。路上で人が寝そべり、昼間から酒に酔った人の怒鳴り声も聞こえてくる。自動販売機で売っている飲料の値段は五十円だ。通天閣のある、観光客だらけの新世界につながる線路をくぐるコンクリートの道は、行きかう人は多いのに、いつも湿りけがあり空気がよどみ、息苦しい。

数年前、大阪府知事選を題材にしたドキュメンタリー映画で、この地域が登場し、カメラが誰に投票するかと道端にいる老人に問いかけると、「俺、選挙権ねぇもん」と言い放たれた。当たり前だろうと言わんばかりに。

この辺りでは千円代の宿、いわゆるドヤが多くあり、最近では外国人のバックパッカーたちの利用も増えたが、まだまだあの映画に登場したような行き場のない人たちの住処だ。

商店街を抜けると飛田新地に出る。数年前、飛田新地を描いたルポがベストセラーになって多くの人に知られるようになり、見学者も増えた。ピンクの照明の部屋で白いライトに照らされた女の子たちは、道行く男たちに張りついた笑顔を向けている。

初めて飛田新地に来たときは、平成の時代にまだこんな場所があるのかと驚いた。もう全国の遊郭は、ほとんど失われてしまいつつあるこの時代に。

けれど先日、久しぶりに天王寺公園に行くと、あまりにも様相が変化していた。二〇一四年に完成した、三〇〇メートルを超えるあべのハルカスという超高層ビルの出現と共に、足元である公園は鮮やかな緑の芝生になり、清潔感のあるカフェが出来て、親子連れが遊んでいた。数年前なら、この辺りは、独特の酸味と苦みの混じった臭いが漂い、行き場のない人たちのたまり場で、子どもが来るところではなかったのに。かつて天王寺公園を住処としていた人たちは、どこに行ってしまったのか。「排除」という言葉が浮かんだ。

昔からあの辺りを知る人は、「天王寺公園だけじゃなくて、西成もずいぶん変わった。綺麗になった」というがやはり多くの人にとっては近寄りがたい街だろう。

黒岩重吾がこの辺りに住んでいたのは、昭和三〇年代、「売春が人としての尊厳を害し、性道徳に反し、社会の善良の風俗をみだすものである」として売春防止法が成立し、施行された頃である。赤線が廃止され、社会の中で居場所のない人たちが、さらに行き場を失った時代に重なる。

本書『西成山王ホテル』は、黒岩重吾が初期に描いた「西成もの」と呼ばれる一連の作品の中のひとつである。売春婦、ヤクザ、ヒモ、家族も仕事も捨てた者たちが集う場所は、社会の底辺ともいえる光景であり、そこに生きる人々を描いている。

社会からこぼれ落ちた人間たち――愚かで、弱く、正直な男女の息苦しくなるような物語だ。男はもれなくクズで、女はクズを許すだめな連中ばかりで、読んでいて胸が痛むのは、自分にも覚えがあるからだ。かつてクズな男に貢いでサラ金に手を出し仕事も失った私は、自分は最低のだめな女だと思っていたし、未だに心はあの頃から動けず、ときおり自分を責めている。

お前はどうしようもないだめな女だ、ロクな死に方をしない、まともに生きられない――と。


――南海電車の萩の茶屋駅に立つと西成天王寺界隈が一眼で見渡せる。汚れた街である――

冒頭のこの「汚れた街である」という一文が、そこに集う人たちの末路を暗示させているかのようだ。その汚れた街に、黒岩重吾も住んでいた。

「湿った底に」

二十三歳の澄江は片足が悪い。一緒に暮らす母の康江は次々と男を家に連れ込み獣のような呻き声を発している。しかし澄江は康江と血は繋がっておらず、康江には咲江という実の娘がいた。三人の女たちは、それぞれ男を求めるが、愛すれば愛するほど安泰な生活が遠のいてしまう。

――康江も咲江も、どうしてこう男運が悪いのか――

「落葉の炎」

芦屋の大学教授の息子の啓文は、大学三年のある夜、神戸のナイトクラブで不二という名の女と出会い、彼女に惹かれていく。「私の生活の場に連れて行ってあげるわ」と、不二が啓文を案内したのは、西成だった。自分の知らぬよどんだ環境に驚く啓文は彼女を突き放す。

――刺戟《しげき》の多いめまぐるしい現代では、打算と情欲に衣をきせた愛情が幅をきかしているようであるが、そんなものでは割り切れない愛情も多いのだ――

「崖の花」

あかねの母は芸者上がりの妾で、母の死後、愚連隊に入った兄の実とふたりで生きてきた。兄はあかねへの愛情ゆえに、暴力を振るい人を傷つける。そんなあかねの前に、異母兄の裕二が現れた。

――あかねは、自分で自分の感情が怖ろしい。自分の中に、どうにも押えられない激情の火種が埋っているのを、あかねは知っていた――

「朝のない夜」

売春防止法がまもなく施行される頃、飛田の廓ではたらく女たちは行先を探す。そんなとき、きん子は、客として自分の前に現れた男に、おそれを感じながらも惹かれていくが、紙屋の主人である吉岡の妾となる。

――きん子を笑わせてくれる男と一時間でも一緒に居たいのだ。きん子は、自分が笑っていないと、不安で、不安で仕方なくなる――

「雲の香り」

大学を出て商社に勤めていた高男は、ふとしたことから会社をクビになり家族とも離れ、西成で日雇い生活をしていた。高男は謎の老人と、薄幸な静江という女と出会い、一緒に暮らし始めるが、東京から来たひとりの美しい女により、眠っていた欲望が呼び覚まされる。

――高男はふと、自分が西成に来なければ、このような切ない情感を、一生味わわないで終るだろう、と思った。それは落魄者が寄り添いその融合の中におのれを投入する時だけに生じる魂と肉体の一致であるかもしれない——

黒岩重吾の描く社会からこぼれ落ちた男女と、西成、飛田の光景を思い浮かべると懐かしさがこみあげてくる。あの鮮やかな緑の親子連れが遊ぶ芝生の天王寺公園や、天から見下ろすようなあべのハルカスよりも、ずっと人の熱い血と情を感じる。西成、飛田、新世界の付近は、私が大阪で一番好きな街だ。

自分の中の弱さや愚かさを許してくれるような気がするから、私はあの街にときおり足を運ぶ。『西成山王ホテル』は、あの街の光景と共に、人を許す物語だ。

ろくでもない、クズ男、だめな女、社会の底辺、愚かで弱い人々——本当は、この世の中にいる人間のほとんどは社会性を取り繕っているだけで、立派な人間などいない。いるとすれば、守られ恵まれた環境で無知なままで奇蹟的に生きてきた者たちだけだろう。要するに、つまらない、鈍感な人間だ。

大阪だけではなく、日本のいろんな街が、どんどんきれいになるのを見る度に、窮屈になってうんざりする。社会からこぼれ落ちた人間の居場所を失わせることは、息苦しさしかない。

『西成山王ホテル』を読んで、堕ちていくろくでなしに胸を痛めながらも、私は懐かしさにひたった。この時代を知らないのに、まるで故郷のように思えるのは、私もここに登場するろくでなしと変わらないからだ。

いや、私だけではない。人間は、正しく生きられない、過ちを犯す弱くて愚かな生き物だ。それでも折り合いをつけたり、許されたりして、なんとか生きている。健全に、綺麗で、正しく、窮屈な社会に抗う力はないけれど、せめてこの物語の中に生きるろくでなしたちを愛することにより、自分を許せるかもしれない。

この場所が失われてしまったら、私はどこに行けばいいのか。

昔と変わらずそこにあり、「西成山王ホテル」にも登場する、パリのエッフェル塔を模した通天閣の光が、せめてもの救いのような気がして、行く度に足元からその光を見上げている。

（はなぶさ・かんのん／作家）

本書は一九七〇年八月に角川文庫として刊行されました。

初出：「小説現代」昭和三十九年七月号より昭和四十年二月号まで
　連載。

単行本：『西成山王ホテル』講談社、一九六五年七月刊。

「飛田界隈と私」は『黒岩重吾全集　第七巻』（一九八三年一月、中央公論社刊）を底本としました。

本書の中には、人種・民族、職業、身体障碍などについて、現在では不適切な表現があります。しかし、作品の時代背景や執筆時期、また作者が故人であることを考慮し、原文通りとしました。

JASRAC　出1807250―801

飛田ホテル　黒岩重吾

刑期を終えたやくざ者に起きた妻の失踪を追う表題作など、大阪のどん底で交わる男女の情と性。直木賞作家の傑作ミステリ短篇集。（難波利三）

笑いで天下を取った男　難波利三

吉本興業創立者・吉本せい。その弟・林正之助は、姉を支え演芸を大きなビジネスへと築きあげたのだった。「小説吉本興業」改題文庫化。（澤田隆治）

落ちる／黒い木の葉　多岐川恭　日下三蔵編

江戸川乱歩賞と直木賞をダブル受賞した昭和の名手、深い抒情性とミステリのたくらみに満ちた、単行本未収録作品を含む14篇。文庫オリジナル編集。

あるフィルムの背景　結城昌治　日下三蔵編

普通の人間が起こす歪んだ事件、そこに至る絶望を描き、思いもよらない結末を鮮やかに提示する。昭和ミステリの名手、オリジナル短篇集。

夜の終る時／熱い死角　結城昌治　日下三蔵編

組織の歪みと現場の刑事の葛藤を乾いた筆致でリアルに描き、日本推理作家協会賞を受賞した警察小説の記念碑的長編『夜の終る時』に短篇4作を増補。

赤い猫　仁木悦子　日下三蔵編

爽やかなユーモアと本格推理、そしてほろ苦さを少々。日本推理作家協会賞受賞の表題作ほか〈日本のクリスティー〉の魅力をたっぷり堪能できる傑作選。

名短篇、ここにあり　北村薫　宮部みゆき編

読み巧者の二人の議論沸騰し、選びぬかれたお薦め小説12篇。となりの宇宙人／冷たい仕事／隠し芸の男／少女架刑／あしたの夕刊／網／誤訳ほか。

名短篇、さらにあり　北村薫　宮部みゆき編

小説って、やっぱり面白い。人間の愚かさ、不気味さ、人情が詰まった奇妙な12篇。華燭／骨／雲の小径／押入の中の鏡花先生／不動図／鬼火／家霊ほか。

断髪女中　獅子文六　山崎まどか編

新たに注目を集める獅子文六作品で、表題作「断髪女中」を筆頭に女性が活躍する作品にスポットを当てた文庫初収録作を多数含むオリジナル短篇集。

ロボッチイヌ　獅子文六　千野帽子編

長篇作品にも勝る魅力を持ちながら近年は読むことができなくなっていた貴重な傑作短篇小説の中から、男性が活躍する作品を集めたオリジナル短篇集。

ちくま文庫

西成山王《にしなりさんのう》ホテル

二〇一八年八月十日　第一刷発行

著　者　黒岩重吾（くろいわ・じゅうご）
発行者　喜入冬子
発行所　株式会社　筑摩書房
東京都台東区蔵前二―五―三　〒一一一―八七五五
振替〇〇一六〇―八―四一二三
装幀者　安野光雅
印刷所　株式会社精興社
製本所　株式会社積信堂

乱丁・落丁本の場合は、左記宛にご送付下さい。
送料小社負担でお取り替えいたします。
ご注文・お問い合わせも左記へお願いします。
筑摩書房サービスセンター
埼玉県さいたま市北区櫛引町二―六〇四　〒三三一―八五〇七
電話番号　〇四八―六五一―〇〇五三

ISBN978-4-480-43537-8 C0193